# 美得令人心醉的诗

丁萍 编著

中国财富出版社

图书在版编目（CIP）数据

美得令人心醉的诗 / 丁萍编著 . —北京：中国财富出版社，2015.11

ISBN 978-7-5047-5843-9

Ⅰ.①美… Ⅱ.①丁… Ⅲ.①古典诗歌－诗歌欣赏－中国 Ⅳ.①I207.2

中国版本图书馆 CIP 数据核字（2015）第 189408 号

策划编辑 刘 晗　　责任编辑 张 静
责任印制 方朋远　　责任校对 杨小静　　责任发行 邢小波

出版发行 中国财富出版社
社　址 北京市丰台区南四环西路 188 号 5 区 20 楼　邮政编码 100070
电　话 010－52227568（发行部）　010－52227588 转 307（总编室）
010－68589540（读者服务部）　010－52227588 转 305（质检部）
网　址 http://www.cfpress.com.cn
经　销 新华书店
印　刷 北京京都六环印刷厂
书　号 ISBN 978-7-5047-5843-9/I·0203
开　本 710mm×1000mm 1/16　版　次 2015 年 11 月第 1 版
印　张 17.5　印　次 2015 年 11 月第 1 次印刷
字　数 323千字　定　价 36.00 元

[ 序 ]

# 为你写诗，是我今生最美的缘

《诗经》开启了我国千年诗歌的源头，自此以后源远流长。收集了西周初至春秋中叶三百零五篇诗的《诗经》中，不乏像《伯兮》《君子于役》这般表达对徭役兵役憎恨的诗，也有如《静女》《蒹葭》这般歌颂男女之间真挚的爱情和对美好婚姻生活向往的诗。

汉乐府民歌和《诗经》是一脉相承的，《诗经》是“饥者歌其食，劳者歌其事”。汉乐府以“感于哀乐，缘事而发”，其中有如《上邪》《有所思》这般表达对真挚爱情向往的诗。《古诗十九首》是东汉末年无名氏文人创作的一组抒情短诗，是汉代文人五言诗成熟的标志。《古诗十九首》长于抒情，以委婉含蓄自然质朴中显出精练工切的艺术特色，前人有“五言之冠冕”的赞誉。

魏晋南北朝时期，文学开始进入自觉时代，其中诗歌的地位最为重要。汉末魏初，在“世积乱离，风衰俗怨”的背景下，文人诗歌创作进入了“五言腾踊”的大发展时期。以曹操、曹丕、曹植父子为核心，加上“建安七子”组成的“邺下文人集团”，创造了“建安文学”的辉煌。建安文人的作品属曹植的文学成就最高，人称“建安之杰”。他的诗歌“骨气奇高，词采华茂”，《白马篇》《赠白马王彪》分别是他前期和后期诗歌的代表作。

唐代诗歌堪称一代文学标志，中国古典诗歌的顶峰，是诗歌史上的黄金时代。初、盛、中、晚各期都名家辈出，大家纷呈。诗歌创作几乎遍及社会各个阶

层，《全唐诗》收录的诗人就有两千余家，诗作近五万首。初唐宫廷诗歌承齐梁余风，流行靡丽软艳的“上官体”诗。王勃、杨炯、卢照邻、骆宾王，和稍后的陈子昂，上承汉魏风骨，力扫齐梁宫体诗颓风，使唐诗开始由宫廷走向社会，由艳情转向现实，由靡靡之音变为清新健康的歌唱；同期的宋之问和沈佺期在诗歌的形式上也做了大胆的探索。他们共同为唐诗的发展铺平了道路。

盛唐时期出现了两大诗歌流派和我国诗歌史上的“双子星座”。以王维、孟浩然、储光羲等人为代表的山水田园诗派，上承陶渊明、谢灵运而别开生面。以高适、岑参、王昌龄等人为代表的边塞诗派，诗风刚健，韵味深长，唱出盛唐最强音。高适的《燕歌行》和岑参的《白雪歌送武判官归京》等七言歌行体诗，描绘雄奇的边塞风光和艰苦的军旅生活，或悲壮浑厚，或奇逸峭拔，都是唐代边塞诗的佳篇。李白与杜甫是古今诗坛的“双子星座”。李白诗歌豪放飘逸，史称“诗仙”。杜甫诗歌号称“诗史”，风格沉郁顿挫。

安史之乱以后，进入中唐时期。经过短期的衰退之后，诗歌创作又形成了一个新的高潮。刘长卿、韦应物的山水诗，是王维、孟浩然一派的继续；卢纶、李益的边塞诗，是高适、岑参一派的余绪。以白居易、元稹为首的诗人倡导了一场新乐府运动，提出“文章合为时而著，歌诗合为事而作”的创作主张，并以巨大的热情投入新乐府诗的创作实践。这一时期，各具艺术个性的著名诗人还有柳宗元、刘禹锡、贾岛和李贺等；李贺以其浓丽浪漫的诗风独树一帜，并启迪了晚唐的李商隐。

到了晚唐，随着李唐王朝走向没落，诗歌气格染上了浓厚的衰亡感伤色彩，最有成就的诗人是杜牧和李商隐。杜牧长于写七绝，可与盛唐“七绝圣手”王昌龄并肩；李商隐的七律沉博绝丽，以爱情诗独擅胜场，他的《无题》诗意蕴深远。

诗发展到宋代已不似唐代那般辉煌灿烂，但却自有它独特的风格。宋初诗人杨亿、钱惟演等学晚唐李商隐，讲究声律辞藻，注意华丽典雅，但缺少社会内容。继之而起的梅尧臣、苏舜钦、欧阳修作为宋代诗文革新运动的领袖人物，奖掖后进，倡导平易流畅、注重气骨、长于思理的诗风，形成宋诗的自身特点。

北宋诗坛最大的两位诗人是苏轼和黄庭坚。苏轼诗说理抒情，自由奔放，他的作品代表了北宋诗歌革新运动的最高成就，而黄庭坚和他的江西诗派的诗歌最具宋诗的特色。同时陆游、杨万里和范成大，都出于江西诗派，最终却分别自成一家。陆游是宋代最伟大的爱国诗人，他的诗篇最感人的是表现了他老而不衰、死而不渝的抗敌复国的爱国壮志；杨万里的诗清新活泼；范成大的诗善写田园风光，颇有生活情趣。南宋后期还出现了“永嘉四灵”和江湖诗派，也有文天祥、汪元量等人的爱国诗篇，浩气磅礴，为诗坛增添了最亮一抹光彩。

在诗的世界里，古老而温婉的水乡，千年的烟雨染白了月光，染出了无尽的美丽与惆怅；高高的黛瓦白墙，柳烟笼罩着烛影雕花窗，却藏不住一枝杏花的暗香；悠深的雨巷，青石板上的流水凝结着丁香紫色的忧伤，油纸伞下却掩不住如水双眸的渴望。

如诗若梦，望穿隔世的云烟，望不穿今生的红尘彼岸。月满西楼的夜晚，摇一叶心舟，缱绻于你的青山碧水间， 解读你如山的情怀，静享你若水的柔善。扬起梦的风帆，一川烟雨中，摆渡我的似水流年；冷月寒塘的断桥上，寻不见花的折翼枯叶蝶，却总会听得到残雪映白衣的清唱……

# 目录
Contents

## 第一篇　情深深，雨蒙蒙，相思成灾

## 第二篇　你的快乐，是我生命里的全部信仰

## 第三篇 落红不是无情物，化作春泥更护花

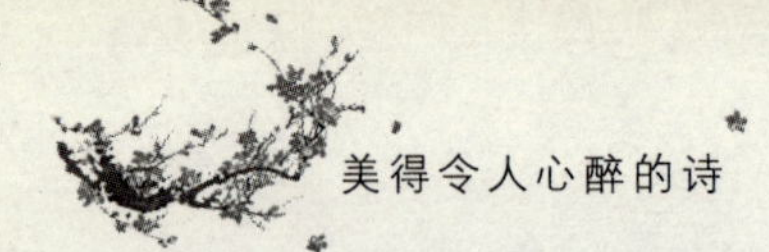

## 第五篇　青山一道同云雨，明月何曾是两乡

## 第六篇 一叶知秋，一树萧萧，一季轻愁惆与踌

# 第一篇

# 情深深，雨蒙蒙，相思成灾

# 第一章

# 相思相见知何日？此时此夜难为情

## 有一种爱情，要勇于去表白

——《诗经·召南·摽有梅》

### 诗经·召南·摽有梅

摽有梅，其实七兮。求我庶士，迨其吉兮。
摽有梅，其实三兮。求我庶士，迨其今兮。
摽有梅，顷筐塈之。求我庶士，迨其谓之。

暮春时节，杨梅成熟，有风吹过来的时候，小梅子不时掉落枝头。树下路旁一位姑娘见此情景，敏锐的内心感触到虽然青春无价，可是时光流逝太快太无情，自己依然婚嫁无期。

这个女孩子可爱伶俐，在话语中把自己比成杨梅，请小伙子们采摘，婉转地表达了自己的心声——来求爱吧，既奔放又矜持。一举两得。无怪乎春秋时期晋国人范宣子来到鲁国，想请国君帮助晋国伐郑，却又猜不透鲁君时候，就吟了这一段："摽有梅，其实七兮。求我庶士，迨其吉兮。"诗歌运用到政治上，范宣子既表达了请求的意思，又给双方留下回旋的余地。

那么《摽有梅》中听到女子呼唤的男人如何作答呢？是不是他心领神会，也以诗作答？答案是让人失望的。

随着梅子树上的果实渐渐掉落，身边的闺中密友也一个个陆续嫁掉，女子的心有点急切了，于是接下来唱出的日子数目就变少了：由“七”减到“三”——树上的梅子可就只剩下三成了，要来下聘礼今日也好，要是你不下，明天人家来迎娶了也说不定，到那时候你后悔可就来不及啦。女子的心确实有些急切了，梅子落地，青春太容易失去了。罗丹就说，真正的青春，贞洁的妙龄的青春，全身充满了新鲜血液，体态轻盈而不可侵犯的青春，这个时期只有几个月。眼看婚期将尽，怎能不急？

不知道这个女子几次抛出绣球的对象究竟是不喜欢她，还是傻乎乎不明事理，听了女子的进一步表白还是没有一点反应，女子只好使出自己的撒手锏——放下矜持身段，拿出勇气，也许是她有生以来说过的最勇敢的话语：帅哥，你别走，和我来说几句话，感觉我们合适不？合适就嫁给你了。如此直白的话语，惊爆所有人，看来女子老大愁嫁，古代也是有的。

不知道经过这次赤裸裸的表白，男子是否接受，不过这首诗最令人称道的地方就是女主人公毫不掩饰自己对爱情的渴求，大胆用语言表达出来，情感炙热、性格泼辣的程度不比今天的女孩子差。女性在内心深处对情感寄托的欲求是最真实的，天经地义，无可指责。可生活在现实之中，要将这些想法无顾忌地说出来，是需要莫大的勇气的，即使社会运行到了今天也不是那么容易，所以，千百年来，对《摽有梅》的女主人公，人们一直讴歌与称赞。

这首具有代表性的诗，不时有口语点缀，似是我们日常的对话，生活味道的浓重，更加体现出当时的风情，来听：

梅子落地纷纷，树上还留七成。有心求我的小伙子，请不要耽误良辰。
梅子落地纷纷，枝头只剩三成。有心求我的小伙子，到今儿切莫再等。
梅子纷纷落地，收拾要用簸箕。有心求我的小伙子，快开口莫再迟疑。

虽然直白得无药可救，但必须要承认的是，有一种爱情叫表白。

## 淡淡的青色，悠悠的情怀
### ——《诗经·郑风·子衿》

**诗经·郑风·子衿**

青青子衿，悠悠我心。纵我不往，子宁不嗣音？
青青子佩，悠悠我思。纵我不往，子宁不来？
挑兮达兮，在城阙兮。一日不见，如三月兮！

“我等了你很久，从傍晚就在窗口张望，每一次脚步都像踏在我的神经上，让我变成风中的树叶，一片一片地在空气的颤动中瑟瑟发抖。我想你会来吃晚饭，就是不来吃晚饭，晚饭过后也会来，就是晚饭过后不来，你在酒吧和朋友喝过酒，聊过天，和陌生女孩儿调过情也会来看我。我就一直等着，等着，等着，我知道你一定会来……”

话剧《恋爱的犀牛》里，女主人公明明就是这样无望地等着一个男人偶然的眷顾。然而，纵使她卑微到尘埃里，他依然不肯来见她，不肯让她开出花来，狠心地任她独自委顿憔悴。

但是，明明竟然是甘愿的，竟然是没怨言的，只是一味在原地傻傻地等着、念着。她有着坚韧的信念，如果时间将他带走，她会选择等待，而这等待，却如同陆上行舟，不能前进，也难以后退。我们看着她退不得、进不得，又倔强得让人慰不得，能如何？只得叹一声：“痴！”奈何这样痴的女子在漂泊红尘中从来不止一个。

《子衿》中的女子在城楼上等候她的恋人，在因等待而生的焦灼里，轻轻唱起这首歌：

我一直记得你的衣领是青青的颜色，这让我每次看到青色都会心绪难平，悠悠地将你记起。我在这城楼上，望不见那属于你的颜色，纵然我不曾去会你，难道你就真的不给我捎来任何音讯吗?

你常系的佩带也是一样淡淡的青色，多么像我悠悠的情怀，带着浅浅的忧郁和心焦。可是你好像并不知道我此刻的心情，即使我不曾去与你相会， 难道你就不能主动前来找我吗？你可见，我在这高高的城楼上，来来回回地踱着、等着，是如何的茫然无措。但细想来，你我也不过一天不见，我怎么感觉好像已有三个月那么长啊。

为情所困，为爱等待的女子，略带薄责的幽怨，稍带嗔怒的娇憨，却情深几许，纵使再怒再怨，心也是向着那人的，为他翘首，为他张望，只愿抬头看见清月是他，低头看见流水也是他。

所谓“圣人忘情，最下不及于情，然则情之所钟，正在我辈”。我们都是凡夫俗子，就难免情有所钟，纵使受尽情的苦，也是怨不得人的。

张爱玲在等待胡兰成时，曾写下这样的句子：“雨声潺潺，像住在溪边。宁愿天天下雨，以为你是因为下雨不来。”你不在，但爱还在，我就只能这样一边等你，一边独自排解因等你而生的焦灼不安。

因等待爱人而生的患得患失，于任何人都是一样的，即使通透玲珑如张爱玲者也不能免俗。她在他的身上放下了自己所有的卑微和不确定，然而纵使她低到尘埃，在雨中追着他，她也看不到他心的依归。也许他从来就不准备给她的感情以善终的。

这个从血统到才情都足以傲立于世的女子，在这样一个多情至泛滥的男子身上用尽了自己一生的卑微，但最终也只得以悲剧收场。世间的聪明女子总也免不了在爱情上做出最笨拙的决定，就算早已明了这段感情的结局，她仍是要到最后一刻，亲历他的决绝，才死心的。

这世间最著名的花花公子唐璜说：“我对你的爱就是对人类的恨，因为爱上了人类就不能专心爱你。”殊不知，这句话是反之亦然的，他若仍对尘世有情，必定难以专心爱你。

然而，所谓一往情深者，究竟能深到几许呢？君不见，夕阳西下，落入地平线，也落入世间女子翘盼的身影后。

# 化蝶去寻花，夜夜栖芳草

## ——无名氏《君生我未生，我生君已老》

**君生我未生，我生君已老**

无名氏

君生我未生，我生君已老。
君恨我生迟，我恨君生早。
君生我未生，我生君已老。
恨不生同时，日日与君好。
我生君未生，君生我已老。
我离君天涯，君隔我海角。
我生君未生，君生我已老。
化蝶去寻花，夜夜栖芳草。

《世界上最遥远的距离》中有这样一段话：

世界上最远的距离，不是树与树的距离，
而是同根生长的树枝，却无法在风中相依。
世界上最远的距离，不是树枝无法相依，
而是相互瞭望的星星，却没有交汇的轨迹。
世界上最远的距离，不是星星之间的轨迹，
而是纵然轨迹交汇，却在转瞬间无处寻觅。
世界上最远的距离，不是瞬间便无处寻觅，
而是尚未相遇，便注定无法相聚。
世界上最远的距离，是鱼与飞鸟的距离。

一个在天，一个却深潜海底。

有人说，在对的时间遇到对的人，是一种幸福；在对的时间，遇见错的人，是一种悲伤；在错的时间，遇见对的人，是一种叹息；在错的时间，遇见错的人，是一种无奈。这样的话现在听来虽然俗不可耐，但却是对这尘世间的情爱最好的注释。

“君生我未生，我生君已老。君恨我生迟，我恨君生早。君生我未生，我生君已老。恨不生同时，日日与君好。”每当感叹起这世间种种无可奈何的感情，便会不由自主地想起这首镌刻在唐代官窑瓷器上的小诗，为其中饱含的心酸和苦涩感动，以至于莫名潸然泪下。

这是一个关于忘年之恋的故事。是怎样深刻的感情让这个正值妙龄的女子如此绝望，竟憎恨自己如花般的年纪，只恨不得能多苍老几年，好能够与自己所爱的人相配。每次看着他沧桑的倦容，她总是感叹世事无常，总是想着今生的距离或许只是前世在奈何桥上的几步之遥。她也总是后悔如果当时能够紧赶几步，便不会造成这样的遗憾。只可惜造化弄人，在命运的摆布下，他们就这样在轮回中擦身而过，等到回首相遇之时，已然一个红颜，一个白发。

“我生君未生，君生我已老。我离君天涯，君隔我海角。我生君未生，君生我已老。化蝶去寻花，夜夜栖芳草。”面对她凄惘的泪眼，他能做的也只有沉默。他也曾怨恨上天对他们开这样的玩笑，将他们至于时光的两端，虽然好似近在咫尺，其实却是远隔天涯海角。

电影《巴黎，我爱你》中，有一段台词是这样说的：“听着/有些时刻生活呼唤着需要有变化/一个变化/就像是四季一样/我们的春天是完美的/但是夏天已经结束/很长一段时间/并且我们想念着秋天/现在突然的/变得寒冷起来/太冷了以至于把万物都冻僵了/我的心脏停止了跳动/我们的爱陷入冬眠/它被雪花惊醒了/但是那些还在雪中沉睡的东西/并没有意识到死亡/请珍重。”

这台词仿佛是在告诉我们，爱情也一样要经历四季的转换。纵使春花迷眼，夏日炽烈，秋风动人，总有一天我们都要走进无情的冬，将所有的爱情冻到脆硬，一碰就碎成屑。

既然不能冲破俗世的阻碍，就只能在泪水中将这段爱情遗忘吧。红尘茫茫，这世上的男女总是为了心中的爱苦苦追寻，可在这人海之中又有多少人，能够在对的时刻与对的那个人相遇。时光无情涌动，不由人拨动轮转；命运无常变换，

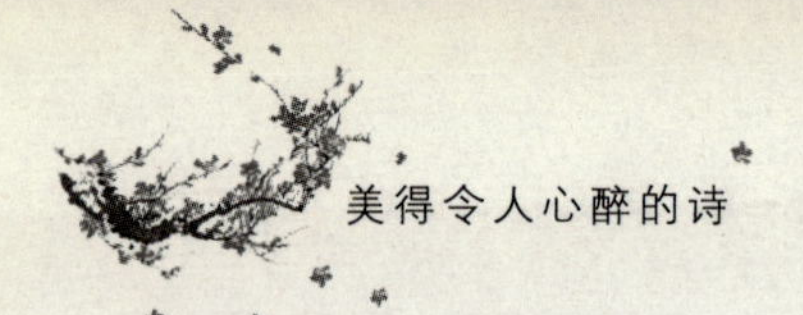


更不由人控制更换。有些人注定要爱上不该爱的人，而有些爱注定只能远望，错过了一时，便错过了一生。

## 仿佛永远分离，却又终身相依
——《冉冉孤生竹》

**冉冉孤生竹**

冉冉孤生竹，结根泰山阿。
与君为新婚，菟丝附女萝。
菟丝生有时，夫妇会有宜。
千里远结婚，悠悠隔山陂。
思君令人老，轩车来何迟！
伤彼蕙兰花，含英扬光辉；
过时而不采，将随秋草萎。
君亮执高节，贱妾亦何为？

“心若倦了，泪也干了……”

每个人的心中都会藏有一段不为人知，也不足为人道的“不了情”。它平时被压在心底，深深的，静静的，却容易在某些时刻突然浮上心头，化作一汪热泪涌出。

生活让每个女子从一场痛哭开始明白它玫瑰面纱背后的真相。但是真相无比清晰又能如何，让自己好过，好好活下去才是正途。生活瞒住我，我亦瞒住我，想想，多合算。

“冉冉孤生竹，结根泰山阿。”你看那在大山之中孑然孤立生长的竹子，这就好比无依无靠、柔弱可欺的我啊，但是，纵使再柔弱，只要你做我的港湾，给我依靠，为我遮风挡雨，我定会像那结根于大山中的竹子一样，奋力生长，与大山不离不弃。

她的誓言不是“青藤缠树”，也不是“夫贵妻荣”，而是以竹和山为喻，山让竹结根，竹为山增色，山与竹共生共长，俱荣俱损。舒婷所写的那两棵比肩而立、深情相对的橡树和木棉亦是如此：

我必须是你近旁的一株木棉，
作为树的形象和你站在一起。
根，紧握在地下；
叶，相触在云里。
每一阵风吹过，
我们都互相致意，
但没有人，
听懂我们的言语。
你有你的铜枝铁干，
像刀，像剑，也像戟；
我有我的红硕花朵，
像沉重的叹息，又像英勇的火炬。
我们分担寒潮、风雷、霹雳；
我们共享雾霭、流岚、虹霓。
仿佛永远分离，
却又终身相依。
这才是伟大的爱情，
坚贞就在这里：
爱——
不仅爱你伟岸的身躯，
也爱你坚持的位置，足下的土地。

“与君为新婚，菟丝附女萝。”他们将要成婚，从今而后，他们的生命就如同菟丝和女萝这两种蔓生植物一样，茎蔓互相牵缠，永不分开。

“菟丝生有时，夫妇会有宜。”只是这菟丝并不是年年常青，日日常绿的，

它也有枯萎死去的那天。我们相会成婚也要及时抓住眼前的吉时，不可拖沓得过久，错过了彼此的好时光。

她先后用了多种比喻向对方剖白自己的内心，看似婉转，却又真切地流露出她内心的急切和煎熬。这样女子的心是珍贵的，若得良人耐心剥去她的含蓄的武装，定会得到一颗毫无保留的真心。

“千里远结婚，悠悠隔山陂。”男子所在甚远，结婚并非易事，所以她一直在企盼着、等待着，不知何时他的车子才能到来。

“思君令人老，轩车来何迟！”我日日思念你，你使我一生的年日窄如手掌，而我一生的年数在你面前如同无有，只是你来接我的车子为什么这么晚还不来呢?

“伤彼蕙兰花，含英扬光辉；过时而不采，将随秋草萎。”采花最好的时机应当是在花朵初开半妍之时，那时摘下你将会看到花朵容光焕发的模样。过了这个好时机，蕙兰就要随着秋草而凋萎了，白白辜负了一朵花开上枝头的愿望。

“君亮执高节，贱妾亦何为？”我想做一个对生活、对爱情、对你能够有所担待的女子，不说谎，不怀疑，不盼望，不强求。而你也一定与我一样，对我们的爱情有着不渝的坚贞，所以我就不必疑惑哀伤，我敢承受任何未知的命运，只因为我爱你。也正因为爱着你，我相信你一定会来的。

她将自己的疑虑抒写毕尽，遂改为自我安慰，让自己相信自己的爱人有着高尚的节操和忠贞，那么自己就不必怨，不必哀伤。

可见《冉冉孤生竹》中的女子深谙自我安慰的智慧。是啊，活得糊涂点儿、乐观点儿，于女子，是再好不过的事。

# 相思，是一种美丽的忧伤
## ——王维《相思》

**相 思**

**唐·王维**

**红豆生南国，春来发几枝？①**
**愿君多采撷，此物最相思。**

**【注释】**

①春来：《王右丞集》作“秋来”。

相思是一种美丽的忧伤，然而究竟什么才是相思？是满城飘飞的柳絮，长街蒙蒙的春雨，那封迟到的情书，已经被岁月染黄的照片，抑或仅仅只是留在千年历史中，孤独而风干的背影？

或许在王维的诗歌中，我们能发现些许相思的秘密。

“红豆生南国，春来发几枝？愿君多采撷，此物最相思。”读上几遍，便觉时光倒流，枯木逢春，当年的一颦一笑，涌上心头。如若反复吟诵，就像吃了一枚熬透的红豆，甜蜜在心里。

这是一个传奇而又动人的故事，古时有位男子出征，其妻朝夕倚于高山上的大树下祈望；因思念边塞的爱人，哭于树下。泪水流干后，流出来的是粒粒鲜红的血滴。血滴化为红豆，红豆生根发芽，长成大树，结满了一树红豆。日复一日，春去秋来。大树的果实，伴着姑娘心中的思念，慢慢地变成了地球上最美的红色心型种子——相思豆。

时光如一条静静的河流，轻轻地流淌在姑娘的身边，任凭山河斗转，心中情怀依旧。若要问思念为何这般让人心醉，竟也说不出只字片语。

都说淡语能表深情。首句素颜出镜，却极富形象，以红豆暗示后文相思之情；接着不经意的询问，“春来发几枝”，像是一位儒雅男子在耳边轻声呢喃，亲昵却不失庄重，其作用与“来日倚窗前，寒梅著花未？”（王维《杂诗》）竟是极为相似的。“愿君多采撷”，远方的人啊，多采一些红豆吧，千万莫把我忘怀。这呼唤诚恳而情深。最后点题，“相思”与“红豆”呼应，深切“相思豆”之名，又关合相思之情；一语双关，更具内涵。“最”字坦露肺腑之言，诗人倾吐的，不正是叫人伤神的相思吗？

冯梦龙的《山歌》中有这样一首：“不写情词不写诗，一方素帕寄心知。心知拿了颠倒看，横也丝来竖也丝。这般心事有谁知？”“丝”和“思”是谐音，以真丝素帕，写出横竖即是相思之感。更有情深如李商隐者，乃“春蚕到死丝方尽”，唯有生命停止，才能令自己忘却此情。读罢，不禁令人感动，也充满淡淡的感伤，“至死方休”的誓言，在无情之人看来，也许只是无稽之谈；而在深情之人看来，却是重若千金的承诺。无论在生活中，还是艺术世界里，执着的爱情始终令人神往。

著名作家张洁说：“爱，是不能忘记的。”生活可以有很多内容，但在痴情人心里只有一个主题，那便是相思。爱情不会因生命而终止，绵绵的思念可以随着不老的爱情写进生命的年轮。

如果说，生命是一条线，那么生与死便是两边固定的端点，这其中有限的距离就是人生最宝贵的经历。三毛说：“人，空空的来，空空的去，尘世间所拥有的一切，都不过转眼成空。我们所能带走的，留下的，除了爱之外，还有什么呢？”对于泣血成红豆的姑娘来说，生命是有限的，但爱却是无限的。

而相思，恰如这生命线段的延长线，它并不因为一方生命的结束而中止，而会随着另一方的爱绵延下去。在很多人的眼中，或许这只是一段虚线，但在当事者的眼中，午夜梦回，多少个辗转难眠的日子依然会涌上心头，曾经走过的岁月依旧鲜活如初。

# 羞花美人，胜过万紫千红
## ——李白《清平调词三首》

**清平调词三首**

唐·李白

云想衣裳花想容，春风拂槛露华浓。
若非群玉山头见，会向瑶台月下逢。

一枝红艳露凝香，云雨巫山枉断肠。
借问汉宫谁得似？可怜飞燕倚新妆。

名花倾国两相欢，长得君王带笑看。
解释春风无限恨，沉香亭北倚阑干。

你有“回眸一笑百媚生，六宫粉黛无颜色”的天香国色，云霞想要你的衣裳，鲜花想要你的容貌；春风吹拂着栏杆，花上的露珠是那么浓盛。如此美人若不是在神仙居住的群玉山见到，也只能在瑶池的月光下才能遇到。

一枝鲜艳的牡丹沐浴着雨露凝聚着芳香，云雨中的巫山神女使楚王白白相思断肠。请问汉宫的美女有谁能相比？可怜赵飞燕还得依靠新妆。

牡丹艳，美人艳，人映花，花衬人，美丽而和谐，纵有后宫三千的君王，也禁不住含笑顾盼，举步流连。哪怕君王心中千般恼，只要和贵妃一起来到这沉香肆溢的牡丹园中，也会被化解得无影无踪。人倚栏杆，春风拂来，丝竹入耳，何其风流蕴藉，令人艳羡呀。

李白以笔墨渲染玉环之美，甚得唐玄宗之心。一个是倾国倾城的“羞花美人”，一个是手掌天下大权的帝王，相爱时，如整园的牡丹，万紫千红。

李白的这三首《清平调》自问世起便好评如潮，虽为奉承之作，但“语语浓艳，字字葩流”。诗作忽而写花，忽而写人，由识人而喜花，由爱花而赞人，语意平浅但含意深远。清代沈德潜在《唐诗别裁》中赞其，“三章合花与人言之，风流旖旎，绝世丰神”。虽然没有直写贵妃的容貌，却也写尽了杨玉环如花似玉的气韵与风流。

红颜福祸各掺半，《倚天屠龙记》中殷素素告诉儿子张无忌，“要小心女人，越是漂亮的女人越是要小心”。红颜祸水，添香也添乱。可惜，玄宗也没能逃过“美人关”。岂不知倾城与倾国，只怕美人难再得！于是，从此君王不早朝，夜夜笙歌，人生苦短，不如及时行乐！假如历史不异常变幻莫测，也许杨贵妃的人生也不会有许多的转折。

兵临城下之时，梁上垂下了白绫，抬头仰望，曾经与她共品尝花容、凝香、春风的人，曾经赐予她无限风光的人，也终究离她而去了。一切不复存在。三尺白绫，一段深情，挽了一个死结，却挽留不住她的青春年华！她只是一个女人，原本只是期待可以得到一个男人全部的爱。不幸的是，这个男人的全部，竟然是一个国家。一如紫霞仙子在电影《大话西游》的结尾含泪道出的心声，“我的意中人是个盖世英雄，有一天他会踩着五彩云霞来见我。可是，我猜得到这开始，却猜不到这结局。”

而唐明皇所赐给杨贵妃的幸福，也如刀锋上行走的爱情，锐利、锋芒，有夺人的目光，也含着一片杀气腾腾。作家张小娴说，“爱，从来就是一件千回百转的事。不曾被离弃，不曾受伤害，怎懂得爱人？”可是，假如爱情只是一种恩赐，假如快乐的尽头是悲凉的牺牲，杨贵妃还会做出这样的选择吗？

历史无声，从来不给人们答案。恰如爱情，从来没有答案一样。

# 古今若流水，同看明月心
## ——杜甫《月夜》

**月 夜**

唐·杜甫

今夜鄜州月①，闺中只独看。
遥怜小儿女②，未解忆长安。
香雾云鬟湿，清辉玉臂寒。
何时倚虚幌③，双照泪痕干。

**【注释】**

①鄜州：今陕西省富县。当时杜甫正在长安，其家眷在鄜州羌村。

②怜：爱。

③虚幌：透明的窗帷。

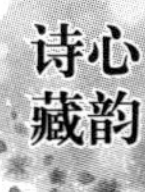


月光如水，那静静的相思，如滴滴甘露，净透人心，直落心底，打动着每一个有情之人。无论想念的是父母、朋友，还是恋人，抑或只是不懂事的儿女，沐浴着月光独有的清辉，相思之感便一一来袭。

一束月光，穿山绕水，投递在彼此的眼中，又从眼中越过，直抵内心最柔软的地方。那月光无比清冷，就像藏在心底的相思，缥缈、忧伤。

相思成诗，忧伤亦美。杜甫伫立风中，抬头望月，却也忍不住泪湿衣襟。啼哭无声，便让月光流淌成肺腑之言。孤身一人，思家急切，便触发了郁勃真切的离情别绪。他是性情中人，诗便也能渗彻人心，撩拨最柔软的地方。

《月夜》便是佐证。此诗，杜甫没有写自己困在长安的情景，而是时空穿越，想到此时正在鄜州的妻子。明月皎皎，她独自坐在闺中，想必也是在思念自己吧……可惜的是，那些不懂事的小儿女们，天真烂漫，根本不懂得惦记远在长

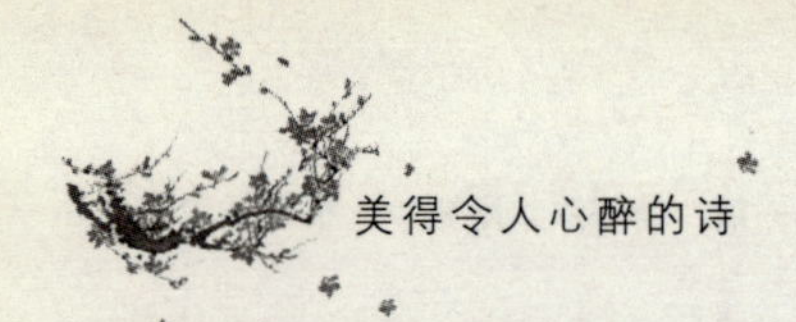



安的父亲。夜深不能寐，只有妻子一个人孤独地望月。缓缓弥散的雾气渐渐打湿了她的云鬟，月亮的冷光也凉凉地洒在她的臂膀上。一轮月，两地情，何时能团聚，双双依偎在薄帐前，共赏天上的明月呢？到彼时便再也不用对月垂泪了！

诗作起笔，悄焉动容，神驰千里，只提被忆的一方，抒写角度的转换，使得辞旨婉切，更显出诗人对妻子的一往情深。“遥怜小儿女，未解忆长安”，儿女的“不解忆”，反衬妻子的“忆”，更显妻子之深情。第三联具体化，虚拟妻子在这个夜晚望月怀夫的情景，是整首诗中意境最优美、辞采最清丽的抒情句子。王嗣奭《杜臆》认为此联“语丽情悲”，实为中肯。诗之结尾，以“泪痕干”照应首句的“独看”，给人以希望。全诗含蓄委婉，章法严密，语淡情深，甚是流畅清丽。

读懂全诗，更明了战乱的年代，唯有亲情最难释怀。

李白在《把酒问月》中说，“今人不见古时月，今月曾经照古人。古人今人若流水，共看明月皆如此”。这是李白对人生幸福与无常的一种感慨。今天的人已经看不到古时候的明月，而今天的月亮却曾经照耀过古人。古人和今人逝者如斯，但那些曾经鲜活的生命，都曾对月感伤，望月怀远。千古离思，都不过是一束皎洁的月光。虽然历史的背景不断变换，但留在人们心中的情意却是相通的。

月光清雅、素淡，如一曲离歌拨动人们的心弦。月光如水，清新凉透，载满了深深的浓愁，载满了人间的离别与思念。月亮悠远、神秘，而又妩媚动人。尘世几番梦回，一首《月夜》，照透古今相思，令今人的情感，如每一寸月光，皎洁、多情。

## 点点滴滴的回忆，化成相思雨
### ——刘禹锡《望夫山》

**望夫山**

唐·刘禹锡

终日望夫夫不归，化作孤石苦相思。

望来已是几千载，只似当时初望时。

可怜时间的手，把今日写成曾经。

傍晚的时候，天下起淅淅沥沥的小雨，无声亦无息。雨，拍打着玻璃窗，像是执拗的孩子，纯粹地哭泣。脑海中，便浮起往事种种。在那个季节里，杜鹃遍野；在那个季节里，草长莺飞；在那个季节里，橘子熟透；在那个季节里，雪花飘落。而今，在每个有回忆的季节里，只有相思作伴，只剩下人影绰绰。

屋子里曾有你的影子，墙壁上曾绽放你的笑容。曾经最美，却也最痛。秋夜无边朦胧，在琥珀色的月光下，只能做的也不过是，独坐窗口，让点点滴滴的回忆，化成相思。

痴情真真切切，却又酷似传说。正像诗中描述的一般，这是一个传奇而又动人的故事，有一个女子因为思念老家的丈夫，而长久地站在山上眺望。日出日落，月圆月缺，她凝望未来的目光，穿越了时间的尘埃，撒落在爱情的银河里。花开花落年复年，几千载的时间过去了，她苦苦相思的身影化作了坚固的磐石，变成了一座动人的雕像。

时光如一条静静的河流，轻轻地流淌在她的身边，但是相思之情已经令她完全忘记了自然界的更迭。她遥望了几千年，却和当年刚刚站立的时候一样深情，这份苦苦的相思让她的爱情在人们心中化为永恒的磐石。

此诗质朴无华，以反复咏叹突出主题，围绕“望”层层深入，步步深化。首句“终日”，可窥见“望”者之一往情深。次句以“苦相思”昭示爱情坚如磐石。第三句“望来已是几千载”，将整首诗的寓意描摹得淋漓尽致。苦恋执着，风雨不动，千年如一日。末句 “只似当时初望时”，极有力地表现了相思之情的真挚和深切。全诗单纯明快，用意甚深，便也有了“语虽拙而意工”的嘉奖。

曾经说过会回来，女子便痴痴等待。流年似水，覆盖过生命。想念和回忆渐渐成为一种舍不掉的习惯。当初因爱而起伏，在起伏中失望，在失望中悲鸣，在悲鸣中回味，在回味中孤吟，在孤吟中断肠，在断肠中等待。春夏秋冬，日日夜夜，从不停歇。刻骨的怀念啊，终成就了一生的悲凉。

张洁说过：“爱，是不能忘的。”纵然上天赐予的爱情，是一种无望的等待和长相思。但是爱过，就是一种绚烂。试问，望夫山上的女子，一生后悔吗？是

否也会在某个失魂落魄的午后，想要喝下一碗孟婆汤呢？或许在辛酸中，忆起的更多的还是初见之时的娇莺软语。

时间可以使年轻人失去青春的激情和冲动，却不足以抹去一段刻骨铭心的爱情。《望夫山》告诉我们的，便也是如此吧。

## 相濡以沫的爱情，才是真正的浪漫
——朱自清《妇难为》

**妇难为**

朱自清

妇詈翻成幼妇辞，
却怜今日妇难为。
米盐价逐春潮涨，
奴仆星争皎月奇。
长伺家公狙喜怒，
剩看稚子色寒饥。
闲嗔薄怼犹论罪，
安得诗人是女儿。

“竹影拂阶尘不起，清风穿池水无声。”她拜读过他的至情散文，感动于细腻清丽的文字；她赏识他的翩翩风度，折服于其孤傲高尚的人格。她虽不是他的结发妻子，却为他养大了六个子女；她虽经媒妁之言与君相识，却谱写了清风荷塘的爱之恋曲。纵然日夜操劳的手，再也画不出绚烂的色彩，但她患难与共义无反顾；即使干渴疼痛的嗓子，再也唱不出婉转的戏文，她仍相濡以沫此爱绵绵。正如那：至近至远东西，至深至浅清溪。至高至明日月，至亲至疏夫妻。

1932年8月4日，一场热闹喜庆的婚礼在上海杏花楼酒店举行。茅盾、叶圣陶、丰子恺、夏丏尊、胡秋原以及柳亚子、柳无忌父子等当时的文化界名流，均到场贺喜。

这场婚宴，宾主都十分尽兴。座上嘉宾纷纷举杯，向一对新人送上新婚祝福，新郎也一反往日的谦和儒雅，酒兴高涨，直喝得大醉狂吐。

夜已深，筵席尽散，宾客已归。

洞房内红烛高照，新娘正在温柔细心地照料着醉了的丈夫，新郎则在微醉半醒中温柔地握住了她的手。四目相对，无须多言，那份朴质的深情早已融入彼此的心中。

他们经媒妁之言而相识，没有太多浪漫曲折的恋爱故事；

他们才高家贫，所以用最简单的方式举行了婚礼，甚至连洞房都只是一家旅社的客房；

但是他们，却凭借着相互之间的尊重和包容，真诚地相爱，共同驾驭着家庭的小舟穿越了十七年的风雨巨浪。

这新郎，便是民国时期的著名文学大家朱自清；

这新娘，便是锦城才女、朱自清的第二任夫人陈竹隐。

1930年的一天，清华园南院十八号的屋子依然是冷冷清清。清华大学中文系主任朱自清正在屋中踱步。他眉峰紧锁，目光深沉而痛苦。

此刻，萦绕在他脑海心间的便是扬州老家的六个孩子。他们在做什么呢？有没有吃饱穿暖？是不是又淘气不听话，惹得年迈的爷爷奶奶生气着急？

老父老母年纪都大了，身体也并不十分硬朗，自己不但不能为其分忧，在膝下承欢尽孝，反而丢下六个幼小的孩子让他们受累。

想到这里，朱自清更加烦恼、惭愧了，叹了口气，回到办公室，目光落在书案上静静立着的一帧相片上。他忍不住轻轻地说："谦，你还好吗？"

相片里的女子文静安详，她就是朱自清的原配夫人武钟谦。此时，距她离世已有一年多了。

这一年多来，陪伴着朱自清的就只有那"滴滴答答"的钟表声和夜晚的几点小星。失去了女主人，家便不再成为家，原来那些温暖的时光也偷偷溜走，再也没有回来过了。甚至连朱自清每日的饮食都成了一大难题，一日三餐都由挚友俞平伯的夫人做好后差人送来。

陈竹隐出身于四川成都一个没落的书香世家，十六岁时便失去了父母双亲。

几经辗转，她来到北平，考上了北平艺术学院。陈竹隐艺术天分很高，是国画大师齐白石、书法家寿石先生的爱徒，工笔画尤其出色。她还痴迷于昆曲，当时的戏曲名家、红豆馆主溥侗便是她的昆曲老师。

朱自清这个名字，陈竹隐早就有所耳闻。她曾读过他的散文，那种柔和细腻的笔调、恬静淡雅的画面，都令她深受感动。如今见到朱自清本人，也像他的散文一样平和、宁静，陈竹隐心中便已暗暗地给他打了高分。

因朋友关系，二人渐渐有了交集。一次，朱自清约陈竹隐同游西山。山间薄雾轻绕，红叶飒飒，牧童村女，悠然自适。朱自清和陈竹隐饶有兴致地赏景、听泉、对诗……景不醉人人自醉，两个人都沉浸在那发自内心的愉悦和恬谧中了。

第二天，朱自清收到了陈竹隐寄来的一封信。信封里并无信纸，也无只言片语，只有一束精心装饰过的红叶。朱自清捧着这封红叶信，激动不已。红叶似火，照亮了他那片黯淡阴霾的心空，温暖了他那颗久已冷寂的心房。

朱自清当即提笔，为陈竹隐写下了三首旧体诗：

文书不放此身闲，
秋叶空教红满山。
片片逢君相寄与，
始知天意未全悭。

薜荔丹枫各自妍，
缤纷更看锦丝缠。
遥知素手安排处，
定费灵心几折旋。

经年离索黯萦魂，
飒飒西风昼掩门。
此日开缄应自诧，
些许秋色胜春温。

然而此时，陈竹隐的心中却笼罩着一层阴影。

自己正值青春年华，朝气蓬勃、跃跃欲试，艺术前途也是开阔而光明的。可是如果嫁给朱自清，就会一下子成为六个孩子的母亲，就要担负起一大家人生活起居的重担。丢掉画笔颜料、告别昆曲剧艺，整天围着锅台转，这样的生活自己真的能够承受得了吗?

有一段时间，苦恼的陈竹隐有意疏远朱自清。这种若即若离的态度，给朱自清带来了许多忧虑和烦闷。

一切只不过是因为爱——这个简单而又深挚的理由!

陈竹隐曾经在回忆朱自清时这样说："我与他的感情已经很深了。像他这样一个专心做学问又很有才华的人，应该有个人帮助他，和他在一起会和睦与幸福的。而六个孩子又怎么办呢？想到六个失去母爱的孩子多么不幸而又可怜！谁来照顾他们呢？我怎能嫌弃这无辜的孩子们呢？于是我觉得做些牺牲是值得的。"

而后，生活并不易。生活艰难之时，因国难分隔之时，朱自清便在夜晚轻轻读写给妻子的《妇难为》。可陈竹隐却从未有过任何怨言，她甚至向朱自清提出"约法三章"：

一、家务事由她包揽，朱自清不必插手，只需专心写作、备课即可；

二、要培养孩子们的独立意识和生活能力，该让他们去做的事，便不用父母代劳；

三、虽然家贫，但也不必为此烦恼，各项开支能省则省，能维持基本生存就够了。

偶尔安闲的夜晚，孩子们都睡熟了，陈竹隐就会拿出自己珍藏的一卷挂轴来细细欣赏。这是朱自清送给她的一份礼物，内容是一首诗，是他当年刚刚南下时，思念她而作的：

勒住群山一径分，
乍行幽谷忽千云。
刚肠也学青峰样。
百折千回只忆君。

无论辗转流离到哪里，这幅挂轴都是陈竹隐随身携带的心爱之物。只要看到它，陈竹隐的心就会被爱与希望的火光照得暖融融的。初嫁他时那些爱的誓言，

她始终记得，并用尽一生去实现它。

朱自清与陈竹隐的爱情，既没有轰轰烈烈、激荡人心的炽热，也没有波澜起伏、扣人心弦的经历，但是，谁又能说他们的感情不令人为之动容呢？

这份相濡以沫的爱情，才是真正的浪漫。

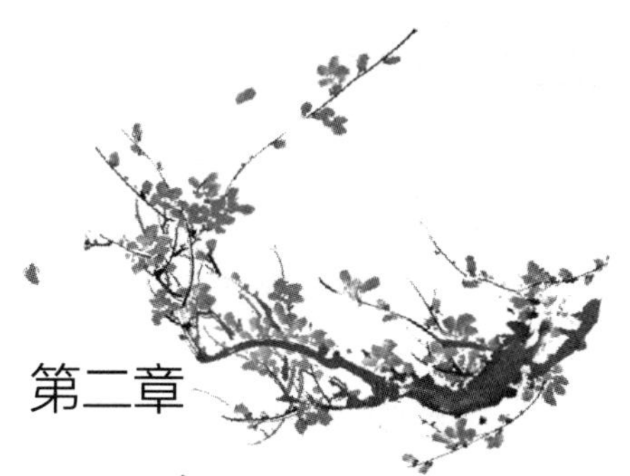

# 第二章

# 相隔天涯，只念相思情深时

## 那座沙洲，那排荇菜，那只雎鸠
——《诗经·周南·关雎》

**诗经·周南·关雎**

关关雎鸠，在河之洲。窈窕淑女，君子好逑。
参差荇菜，左右流之。窈窕淑女，寤寐求之。
求之不得，寤寐思服。悠哉悠哉，辗转反侧。
参差荇菜，左右采之。窈窕淑女，琴瑟友之。
参差荇菜，左右芼之。窈窕淑女，钟鼓乐之。

**诗心藏韵**

翻看《诗经》的时候窗外落着小雨，淅淅沥沥，那关关雎鸠、苍苍蒹葭的形象就在江南这湿润的空气中徐徐展现，充盈丰沛的原初之气扑面而来，似乎一切都鲜活如初。

关关和鸣的水鸟，相伴栖居在河中沙洲。那善良美丽的姑娘，是君子的好配偶。长短不齐的荇菜，在船左右两边捞它。那善良美丽的姑娘，醒来睡去都想追求她。思念追求却没法得到，深深长长的思念啊，教人翻来覆去难以睡下……一

部中国诗歌史就在这淳朴而清丽的民歌中悄然盛开，雎鸠悦耳鸣叫，荇菜茂盛生长，先秦的古朴醇厚在我们掀开历史的帷幕之后，渐渐显露，曲调像一首天籁之音。

“爱情”，轻启嘴唇一遍遍吟读这两个字，会发现这两个字的发音连在一起不仅动听，又曼妙飘逸，绵绵流长，不觉让人向往。爱情本就无比美好且无可回避，在盈耳的鸟鸣声中，在清脆的和鸣中，我们似乎不经意跨越了两千多年，来到这片长满荇菜的沙洲，观望到两千多年前的淑女与君子的绵绵爱情。“关关雎鸠，在河之洲。”田野之中，空气清新，雎鸠和鸣，河水微澜，古朴单纯的情愫就以这样的暖色调渐渐氤氲开来。风中曳荡着翠绿如墨的柳条，地上盛开灼灼欲燃的花朵，一派生动的景象之中，君子却孤身一人，这怎么让他受得了。

河岸之上，徘徊着的小伙子，一会儿张望，一会儿低头，转来转去，时间不断流逝，河心绿地上停留的雎鸠飞走一只又来了一只，他还没有离去的意思。雎鸠在斑驳光影之中不停欢唱，男子对着河心开始发呆。密密麻麻的荇菜如翠玉凝成，青青成荫，它们的茎须在流水的冲刷下参差不齐，涟漪缠绵，它们的叶片如指甲大小，阳光落在上面闪烁着动人的光泽。他肯定是爱上了那个采荇菜的姑娘。那个勤劳的女孩在水边采摘翠绿的野菜，荇菜上开着黄色的美丽小花，一如她一样好看、自然、美好。

姑娘穿着和荇菜一样色泽的罗布裙子，阳光照在她身上，游弋着微甜的气息，她脸露笑容，提起自己的裙摆，轻轻蹚过他们家乡的这条小小河流，采摘青青的荇菜，她束起来的头发里有着扑鼻的花香，似乎一只只蝴蝶从里面飞出来，引得所看到的人不禁心旌动摇，恨不得立刻上前追求。远处的桃林如云似锦，灼灼其华，绽放着一年的繁华，也开满小伙子一树的思念与忧愁，美丽清纯的姑娘已经闯进他的心怀，夜深的时候，辗转反侧都不能入眠——满脑子里都是女子笑语翩跹的模样，婀娜多姿，却没有办法接近姑娘，“求之不得”。

现代著名作家沈从文说美都是散发着淡淡的哀愁。他认为美是理想化的东西，是高于现实的，我们追求它却永远得不到它，就有种愁绪在里边。有人也说人生最痛苦的事就是求之不得，一个人那么挚爱的东西却无法得到，这怎能不痛苦呢？美天生就带了一份哀愁。

于是，第二天，在水草丛生的河岸，薄雾之中，小伙子就对着来到河边的姑娘拨动起了琴弦。美妙的琴声，在清晨的薄薄白雾和细微水波里，婉转动听，和着关雎的清脆鸣叫，夹在微暖的风中，流向女孩采荇菜的地方。

“窈窕淑女，琴瑟友之。”这也成为历代相互倾慕的青年男女表达内心感情的一种方式，众所周知的就有司马相如与卓文君的千古佳话，司马相如在卓府的一曲《凤求凰》就换来了卓文君的当夜跟随。

“关关雎鸠，在河之洲。窈窕淑女，君子好逑……”它对后世的影响确实巨大，几岁的小孩都会轻轻吟唱，诗中那个窈窕的姑娘，带着先秦的古朴与浪漫，和着水鸟的鸣叫与水草的鲜绿，走过了秦时的明月汉时的关，唐朝的诗歌宋朝的词，明代的长河落日清代的小桥雨巷，还走过了每一个清晨的细雨与黄昏的飞雪。一直，走进每一个华夏子孙的心中。

提及那条河流，那座沙洲，还有那排荇菜，那只雎鸠，就轻易嗅到了爱情的滋味，如水诗韵。

## 乐哉新相知，忧哉生别离
### ——《诗经·王风·采葛》

**诗经·王风·采葛**

彼采葛兮，一日不见，如三月兮。
彼采萧兮，一日不见，如三秋兮。
彼采艾兮，一日不见，如三岁兮。

朱自清的《匆匆》这样写道：“洗手的时候，日子从水盆里过去；吃饭的时候，日子从饭碗里过去；默默时，日子从凝然的双眼前过去。我觉察它去得匆匆了，伸出手遮挽时，它又从遮挽着的手边过去。天黑时，我躺在床上，它便伶伶俐俐地从我身上跨过，从我脚边飞去了。”

《匆匆》，感叹时光不为人知地消逝在行走坐卧中。《摩诃僧祇律》卷十七谓“二十念名为一瞬顷；二十瞬名为一弹指”，才弹指间，一天的光阴已如昙花

般消逝。一日之短，有如弹指。然而，时间有着比弹指更残酷的速度，像那王质，不过在石室山中看了盘棋，他的斧柄烂了，斧头锈了，家也寻不回了。世界就这样抛下他，独自走了数百年。

许由的《两天》对于时间的解读，似更为凄凉。

我只有两天，
我从未把握，
一天用来出生，一天用来死亡。
我只有两天，
我从未把握，
一天用来想你，一天用来想我。
我只有两天，
每天都在幻想，
一天用来希望，一天用来绝望。
我只有两天，
我从未把握，
一天用来路过，
另一天，哎，还是用来路过。

只有两天的生命，恰如一出只有两幕的戏剧，刚启幕的序曲尚未纵情地唱完，结束曲已经响起，不管剧中人是否演得尽兴，唱得动听，幽黑的幕布又开始徐徐落下了。

想到这儿，大家都难免心惶惶，埋怨这诗人的想象力也未免太绝情：我们可都想要过长长的一生呢！可是，转念一想，就算只有两天，对《采葛》中的男子来说也许还是太长呢。

他爱慕的女子要去采葛来织夏天用的布，整整一天没能见到面，他在思念和彷徨中徘徊，这一天怎么漫长得好像三个月那么久？

他爱慕的女子真是勤劳，采完织布的葛藤，又要去采祭祀用的香蒿，又用去一天的时间没能见到面，而这一日更加的漫长，仿佛经历了三个季节。

那个勤劳的姑娘采完葛藤，采完香蒿，又要忙着去采艾草了，不过又一天的光景，怎么他感觉像是隔了三年那么久？

朱熹《诗集传》中提到“采葛”：“采葛所以为絺绤，盖淫奔者托以行也。故因以指其人，而言思念之深，未久而似久也。”正是这句“思念之深，未久而似久也”，让世人更加明了，原来思念，竟然催得时间也老去。

在思念的情绪里，纵有一早的晴光潋滟，被思念一搅和也如行在黄昏，从而忘了时间的威胁。正所谓“乐哉新相知，忧哉生别离”，等待姑娘采葛归来的男子正是这样的坐立不安。想到许由的诗，不由一笑，若当真给这男子两日的生命，怕是他都会拿来思念，还会嫌这两日太长呢！

## 纵然爱是有限的，我也愿以一生的爱
## ——《行行重行行》

### 行行重行行

行行重行行，与君生别离。
相去万余里，各在天一涯；
道路阻且长，会面安可知？
胡马依北风，越鸟巢南枝。
相去日已远，衣带日已缓；
浮云蔽白日，游子不顾返。
思君令人老，岁月忽已晚。
弃捐勿复道，努力加餐饭！

如果用距离来计算，一个人可以爱另一个人到多远？我先是伸长双臂，发觉不够，又在脑子里想了想，却只讷讷地说了四个字：很远很远。

行行重行行，五个字四个“行”，用来说明他们离别的空间多远，离别的时间多久。从这句复沓的声调、迟缓的节奏中，我们能感觉到女子疲惫的步伐、沉重的叹息，一种伤感的氛围瞬时笼罩。

与丈夫一别数年，至今音讯茫然，我们夫妻二人各处天一涯，路途遥远，关山迢迢，会面之日安可期?

别离愈久，会面愈难，相思愈烈。那胡人的马儿遇到北方吹来的风就嘶鸣不已，那来自越国的鸟儿常常朝南的树枝上做巢安家。飞禽走兽尚且如此，你离家那么久，就一点不想念家乡、想念我吗？

自别后，她容颜憔悴，首如飞蓬；自别后，她衣带渐宽，形销骨立。

“我这般思念你，远方的游子啊，你怎么还不归来？”她没有烟火绚丽，没有马儿强壮，也不像鸟儿会迁徙。她不过是一个清清素素的女子，用尽一生，不离不弃。

她在热烈的思念中又夹杂了惶惶的不安。她不断在猜想：我们相隔万里，日复一日，你是不是忘记了当初旦旦誓约？你是不是为他乡女子所迷惑？犹如浮云遮住了白日的光辉，让明净的心灵蒙上了一片云翳。

然而，她怎样猜测、怀疑也无法得知真相；只能继续自己的生活，放任自己在相思中形容枯槁，日渐消瘦。正是“思君令人老，岁月忽已晚”。她日日被相思折磨得心力交瘁，渐渐觉得自己已经衰老。岁月已晚，行人犹未归，春秋忽代谢，相思又一年，女人的青春如此易逝，难道她真的要在独自等待中坐愁红颜老吗?

但是，她转念一想，坐愁相思了无益。与其自暴自弃地放任自己憔悴下去，不如努力加餐饭，保重自己的身体，珍惜青春的容光，以待来日相会之时，再重温从前的柔情蜜意。至此诗人以期待和聊以自慰的口吻，结束了她相思离乱的歌唱。

世人之所谓相思者，可望而不可即，可见而不可求；虽辛劳求之，终不可得。于是幽幽情思漾漾于眉头心间。正如那首徐再思《折桂令·春情》：

平生不会相思，才会相思，便害相思。
身似浮云，心如飞絮，气若游丝。
空一缕余香在此，盼千金游子何之。
证候来时，正是何时？灯半昏时，月半明时。

我本应还是那个天真无愁绪的少女，若那天没有遇见你。因你，我初知晓相思的滋味情状，却也染上了相思的清愁，得了那永难治愈的相思之症。正像我如今这般，身子轻飘飘如天上的浮云一样随风而荡，心思则像春风中飞舞的柳絮，无方向，无着落，而呼出的气息像游丝一样细弱，似断还连。

我如一丝残留的香气在此处徘徊不去，不过是单纯地盼望能够知道你的消息，知道远行的你现在在什么地方。要问我这相思病是在什么时候染上的？就是在窗外的灯昏昏暗暗、天上的月色朦朦胧胧之时，我看着眼前的昏暗朦胧突然如此强烈地想念你。

与其庸碌无为地生活下去，倒不如化为一只失群的孤雁，以我的一生，寻找你流浪的方向，穿过长空的沉寂与秋云的聚散，飞入你千山折叠的眉峰之间。以我一生的碧血，为你在天际，血染一次无限美好的夕阳；再以一生的清泪，在寒冷的冬天，为你酣畅淋漓地哭一场。最后，让我在梦中，再一次地拥抱你。纵然爱是有限的，我也愿以一生的爱，化解你无穷的悲哀。

## 思君不敢忘，泪下沾衣裳
## ——曹丕《燕歌行二首》（其一）

### 燕歌行二首（其一）

魏·曹丕

秋风萧瑟天气凉，草木摇落露为霜，群燕辞归雁南翔。
念君客游思断肠，慊慊思归恋故乡，何为淹留寄他方？
贱妾茕茕守空房，忧来思君不能忘，不觉泪下沾衣裳。
援琴鸣弦发清商，短歌微吟不能长。
明月皎皎照我床，星汉西流夜未央。
牵牛织女遥相望，尔独何辜限河梁？

诗心藏韵

他——曹丕，一个伟大的文学家，被安插在了帝王的位置上，不知这是幸还是不幸。从普通的公子到高贵无上的天子，这期间的过程并不是像春夏秋冬四季的变换这样简单而顺理成章，拼尽一生，只为让苍生服从。坐上龙椅后，才黯然发现，身边早已没了知心、贴心的人陪伴，手握天下，依旧独自一人。

幸然，他富有才华，舞文弄墨，热酒一壶，便能将在大堂之上不便诉说的话，淋漓尽致地抒发。

高高在上之人，无所不能之人，更容易伤感。这份比旁人更多的忧思，便幻化成他文学修养中的诗篇。这份凄怨，比旁人的小愁小感，更让人动容。

秋风乍起时，他内心的彷徨总会令他心生诗意。长夜漫漫，风凉如水，夜不得寐，起床独自彷徨，兀自发现草木的叶子纷纷飘落，白露已然变成寒霜，何其萧索悲凉。众燕尚且知道归去，奈何独处深闺的少妇的丈夫却远游在外，久留不归，这怎不叫人苦恼、思念，思念君子模样，一寸寸断愁肠。

思念到浓处，便忍不住轻声责备，“慊慊思归恋故乡，何为淹留寄他方？”少妇思念着丈夫，难道丈夫就不思念妻子、思念家乡吗？绿草变得凄黄，霜寒随着风雨飘摇落下，年复一年，为何迟迟不归呢？

岁月像落叶一样飘逝，思念的影子被夕阳拖成修长而又曲折的色块。想到对方，内心便在悄然间震颤。少妇茕茕孑立，形影相吊，房中摆设依然如初，静等郎君归来，却只得独守空房，不觉中，已是泪满衣裳。情切切，意绵绵，忧深深，郎君不在，纵有千般美景，亦不能入人心怀。

奈何奈何，罢了罢了，抚琴弹一曲清商曲吧，凄清悲惋之音，或许能抚一抚心里的哀伤。不曾放声唱歌，便低吟浅唱。然而，谁人知晓，烦闷依旧满惆怅。

且看那有着银河之隔的牵牛和织女，望穿秋水却也只能身处异地。今夜明月如君在时那样皎洁，铺满她床。银河西转，夜渐渐沉睡，嗔怒中不禁生出疑问和困惑：牵牛和织女到底有何过错，相望却不能相会？

此诗作为中国文学史上第一首完整的七言诗，是曹丕以幽怨闺中之妇的语气写的思念诗文，笔调委婉，感情缠绵悱恻，将女子对丈夫的思念表达得极为到位。秋风、草木、群燕、游客，皆是哀伤因素，对于远方的丈夫，女子泪眼蒙胧，独守空房之余，拨弄琴弦，当皎皎月光照进房间、漫天铺满星星之时，女子只能抬头问牛郎织女，他们的爱情何时才能不用鹊桥来搭起。

最是这样一首思恋中夹带着些许凄怨的诗，泄露了曹丕心里的秘密。让他褪去冷酷无情的外衣，让他温婉如水，像个多情的敏感的普通男子，会思，会恋，有情，有感。读之，甚觉得悠然思远，令人感伤之余又有心灵相互碰撞之感。难怪清代王夫之给予极高评价：“倾情、倾度、倾色、倾声，古今两无。”实为中肯。

世间有情，便也有了思念。思念，坚如磐石，又韧如蒲苇，穿过时代的风，总能送到达人所不能抵达的地方。

## 唯愿终生相携，不离不弃
### ——王昌龄《闺怨》

**闺 怨**

**唐·王昌龄**

闺中少妇不知愁，春日凝妆上翠楼。
忽见陌头杨柳色，悔教夫婿觅封侯。

“春日宴，绿酒一杯歌一遍。再拜陈三愿：一愿郎君千岁，二愿妾身常健，三愿如同梁上燕，岁岁长相见。”这是五代词人冯延巳的《长命女》，词中的女子所发下的三个愿望，道尽古今女子内心潜沉的悲哀和向往。

一个女子，初为君妇，于这春日宴上，百花丛中，眼波含情，唇边带笑，轻举酒杯对君发下这一生的愿：一愿郎君千岁，二愿妾身常健，三愿如同梁上燕，岁岁长相见。

想来，女人的一生也不过就这简简单单的三重愿而已，而如愿以偿就真的是

那么难的事吗？这种长相守对古时的妇女更是极其艰难，看看从古至今多少闺怨之词就可窥得一二。

她们穷极一生也难有踏出闺阁罗帏之时，在那么小的天地中，只有日日夜夜企盼一个时时眷顾时时疼惜的良人。良人者，所仰望而终身也。她们只是想寻得一心上人，仰视他的面容，眺望他的背影，唯愿终身相携，不离不弃。

这就是女人的痴，终其一生也逃不脱的劫。这个世界是男人的，他们手握整个世界的生杀大权，也就意味着他们的内心永远对外面世界的蠢蠢欲动，又怎会被一张情网轻易网住了脚步？这世间从此多了无数女子自闺阁中传出的悲声。

看王昌龄的《闺怨》不过短短一首七绝，却写尽愁之深、怨之重。

她初为人妇，犹自天真，不知离愁别绪，平静地生活在闺阁中等待丈夫。这日，见春光大好，她就细心打扮，独自登上翠楼，远望见那陌头之上柳色青青，一片大好春光，内心竟无端起了悲伤：唉，当初真不该让夫婿出外觅取封侯。

又过一年，柳枝又绿，丈夫犹未归。难道她今后也要这样独自看着自己的青春无情地流逝吗？她以为，她将自己全部的爱、最好的爱都给了他，洋洋洒洒，而在他看来却也不过尔尔，难以瞩目，不及封官加爵给他带来的荣耀。她一直懂他的心思，所以她成全他的野心，放手让他去遥远的边关建功立业。只是当时没想到，有一天她会思念得这么痛。

在那个朝代，也有一个女子与这位“闺中少妇”一样“同是天涯思夫人”，她就是沈如筠。她曾作过一首《闺怨》：

雁尽书难寄，愁多梦不成。
愿随孤月影，流照伏波营。

不过短短二十字的小诗，却可以清晰地感觉到：在一个明月皎洁的夜晚，沈如筠独自一人坐在空闺之中对着月亮，想到她那戍守南疆的丈夫，心中盼着能剪一段缓缓流淌的月光，连同她的深切思念寄去他的方向；可是，在这样凄清的夜，大雁都回到自己的故乡去了。这就是人们说的“断鸿过尽，传书无人”吧。

想到此，她的心中更添愁绪。

然而她转念一想，张若虚不是说过“此时相望不相闻，愿逐月华流照君”

吗？那么，她是不是也可以随着那轮月亮的清辉，将自己的思念洒泻到“伏波营”中的丈夫身上？

他们隔着万里之遥，思念难行，然而只有明月能够跨越时空的阻隔，让人们千里与共。千年以来，这亘古不变的月亮为古今中外的思人们行了多少方便，解了多少愁怨。

在命运的推动下，我们都会遇到很多人，爱上很多人，但是有些人不过是你的一个喷嚏，而有些人却注定是你生命中的癌症，无论你怨且怒，都逃不脱这病症所带来的痛和末路。

## 为爱等待，一种望眼欲穿的心痛
### ——徐干《室思》

**室　思**

三国·徐干

浮云何洋洋，愿因通我辞。
飘摇不可寄，徙倚徒相思。
人离皆复会，君独无返期。
自君之出矣，明镜暗不治。
思君如流水，何有穷已时。

等待应该是一种什么颜色呢？忧郁的氧气蓝？还是温暖的那波里黄？或是比飞烟更迷离的灰？还是像鸢尾那般诡异莫测的紫？没有人说得清。但唯有等待的姿势是千年来未变一成的，不过是一日一日地耗度。

终于，氧气蓝染了被消磨的灰白，那波里黄的明亮也被时间层层掩埋，正像《伯兮》中那个“首如飞蓬”的女子，还有《室思》中这个“明镜暗不治”的女

子，她们生命中的大好青春都因为爱人远去而变成了或浅或淡的黑黑白白。

天边的浮云飘来飘去，看上去悠然自得，她望着浮云，心中突然闪过一个念头，想托付这些自由的浮云给她在远方的丈夫捎去几句心中的话儿。奈何这些浮云瞬息万变、缥缈不定，转眼就变了模样，她又怎么能放心让它们替她投递相思呢？无可奈何的她只好独自彷徨徘徊，坐立难安地徒然相思。

她的心中有好些话儿想对丈夫说：你知道吗？自从你离家以后，我就懒于梳妆打扮，那明亮的铜镜子上已经满是灰尘，但我也无心思去擦它。我对你的思念就像那长流不息的河水，怎么可能会有穷尽或停止的时候呢？

他离家许久，她既不知道他归家的日期，也无法跟他互通音信，纵使相思亦无用，再多的企盼最后也都会成空，那就让她许下最后一个心愿吧：唯愿君心在，莫忘旧日情。

自古以来，女子都会藏有很多难以言说的心事，沉甸甸的，坠得人整个儿不快乐，或敏感得像刺猬。故而每个女子都希望有朝一日能有一个人全然懂得她们内心的曲折。

席慕蓉于《莲的心事》中这样写：

我是一朵盛开的夏莲，多希望你能看见现在的我。风霜还不曾来侵蚀，秋雨还未滴落，青涩的季节又已离我远去。我已亭亭，不忧，亦不惧。现在正是我最美丽的时刻。重门却已深锁，在芬芳的笑靥之后，谁人知我莲的心事。无缘的你啊，不是来得太早就是太迟。

内心如莲，所有无法化解和不被懂得的情愫不知该与何人说，就不如缄默地合拢如莲的心瓣。所以，有的时候想哭，却笑了起来。如若单单从举止判断一个女子的心事，往往看不穿她的逞强，看不到她的脆弱。

《室思》中的女子相思欲递却无从递，唯有痴痴地等，等到他归。可也许到那时，她积攒了满腹的话也只能化作一抹和着泪的欣然一笑。

等待是一种望眼欲穿的折磨，而有时也是一种臻于成熟的沉潜。落到实处，等待则是一个什么也不用做的动作，一件轻易即可成就的事情。恒久地去等待一个人，在翻云覆雨的世间颠簸与飘荡时，依然可以为了某些卑微的坚守而感到幸运，仿佛一种伟岸的悲壮。

在等待中自娱自乐，写好满满的思念，寄出的却是空白。长久的等待，却得不到幸运的安慰，剩下的往往是苍凉。那些曾经热烈的情感在被生活的白开水稀释了数次之后，终于寡淡无味。

每个人都是一座孤岛，幻想与祈求的热闹和壮烈，只是一种不切实际的奢望。恰如张爱玲所说：“悲壮是一种完成，而苍凉则是一种启示。可怜我到现在才明白。”

这镜中的人会老去，这困于斗室的相思也会渐渐沉寂，随韶华的尘埃悄然落定。唯有曾经的岁月，是经年不再打开的月光，只是相隔远远，两两相照。

## 相思两处闲愁，断肠月圆时
### ——李冶《相思怨》

**相思怨**

唐·李冶

人道海水深，不抵相思半。
海水尚有涯，相思渺无畔。
携琴上高楼，楼虚月华满。
弹著相思曲，弦肠一时断。

人世无常，相爱却终成梦一场。风吹花无痕，念之残忍，却也只能空嗟叹罢了。

最是那个“美姿容，神情潇洒，专心翰墨，精弹琴，尤工诗”的李冶，最引得后人感叹。孤灯一盏，黄经一卷，她便与人品诗论词。她的才情与美丽倾倒了风流倜傥的才子，但也注定了要承受悲欢离合的痛楚。

一首《相思怨》，把伤怀道尽。初尝爱情，在她心中种下了太多的希冀。最难刻骨的是那次初见，只一面便沦陷。日后的万千回忆和思念都是从那一刻开始

而悄然滋生。从指间滑落的一缕缕柔情，从笔尖生养的一行行文字，都因了那一刻而明媚生色。

然而天色迷离，伊人隔千里。现实生活的背离，把她的心慢慢冷却。那种冷如把热腾腾的心放在刺骨的冰水中。初时是躁动的喧哗，后来是空寂的想念，再后来那渺茫的相思使她日日不能入睡。携琴上高楼，月圆人断肠，寂静的夜里哪懂得她那撕心裂肺的感觉。

“人道海水深，不抵相思半。海水尚有涯，相思渺无畔”，海水尚且深不见底，却抵不过相思的一半。海水辽阔尚且有尽头，为何相思却时时漂泊找不到港湾。心中苦海无边，回头亦无岸，对着青灯也未能幡然醒悟。为何刻骨的爱情，终落得如此下场？为何深爱的人遗留的柔情，却幻化成刺心的伤？是太在意吗？在意到他的每一个不经意都酝酿成间歇的苦楚。

她就是在爱恨纠缠中度过了一生，在笑中带泪中磨完了一生，终生未嫁，却更懂婚姻的无常。“至高至明日月，至亲至疏夫妻。”《八至》或许就是她一生真实的写照吧。最高最明的是天上的日月，最亲密也最疏远的是夫妻。相濡以沫，到底需要爱淡如水。爱情，真是叫人又恨又爱。

感华凄凉，在满天满地的月光笼罩下，季兰轻轻上了高楼，手抚瑶琴，信手低弹，曲调中满含忧伤，缠续绵长，或许只有相思的曲子才能弹出这般意境吧。然而，相思越切手越颤抖，凄凄之中，肠断弦也裂。她只得抚琴独坐，神情萧索，黯然良久。陪伴她的，只有这无尽的月华。

“一点相思两处闲愁，才下眉头，又上心头”，李清照也是个才情美貌俱佳的女子，却也被相思折磨得人比黄花瘦。豆蔻年华初遇爱情，之后生命中便有了赵明诚相守。恩爱夫妻，只羡鸳鸯不羡仙。世事难料，终抵不住残酷的宿命。国将不国，家也不成家。一切繁华像极了一番嘲弄。

人走茶凉，喧哗后的寂寞如同古寺的灯，一丝丝烤着留下的人。一切仿佛失了颜色，只剩下寂寞的黑，或浓或淡。恍惚中，他还是静静站在她的身后，为她烹茶赋诗，和她谈文论画。然而，一切只不过是存在过又消失的梦境而已。

# 纵使泅渡千年，相思仍难绝
## ——杨维桢《相思》

### 相　思

明·杨维桢

深情长是暗相随，月白风清苦苦思。
不似东姑痴醉酒，幕天席地了无知。

或许在每个人的内心一直有着不变的愿望：与一人缓慢地经历感情的万水千山，最后和身在那青草绵绵处，一同死去。死后墓茔青青，植相思树两棵，枝叶在云里相交触，根须在地下相缠绕，似二人的精魂仍相守相依。最后，将关于“相思”的诗句刻于墓碑之上。待彼此过了奈何桥，喝了孟婆汤，在忘川之上相忘于江湖时，也依然清晰地记得对方的容颜。

林语堂曾这样诠释爱情：“吾所谓钟情者，是灵魂深处一种爱慕不可得已之情。由爱而慕，慕而达则为美好姻缘，慕而不达，则衷心藏焉，若远若近，若存若亡，而仍不失其为真情。此所谓爱情。”或许爱情之别名，就谓之相思吧。

自诗经的时代起，世人便吟咏相思，却从来未见咏尽。相思似乎永远是主角，如春天的夜晚，淡月笼纱，娉娉婷婷；又如江南婉约曲折的小桥流水，柔软了当事人的心扉。王维的《相思》深合人意，隔过几个时代后，杨维桢一首《相思》又让人沉浸在绵绵念想中如痴如醉浑然不知。

短短四句，却也道尽了情深义重。淡语情深，朴实无华中，相思如清水出芙蓉般纯净。

深情常常是暗暗追随着思念之人。月光临照，清风漫抚时，那个男子便开始苦苦思恋远方的伊人。他想把昔日没有出口的言语悄悄诉与她听，他说他的相思并不是东姑喝醉了酒痴痴不知所往，而是思念太沉太重，才如黑夜席地痴醉不知

所措。

古诗中，《相思》沁人心脾。现代人感悟于其中，也在笔尖幻化诸多相思的诗句。木心先生的《芹香子》又让世人叹几重。

你是夜不下来的黄昏
你是明不起来的清晨
你的语调像深山流泉
你的抚摩如暮春微云
温柔的暴徒，只对我言听计从
若设目成之日预见有今夕的洪福
那是会惊骇却步莫知所从
当年的爱，大风萧萧的草莽之爱
杳无人迹的荒垅破冢间
每度的合都是仓促的野合
你是从诗三百篇中褰裳涉水而来的
髧彼两髦，一身古远的芹香
越陌度阡到我身边躺下
到我身边躺下已是楚辞苍茫了

和时间角力，与宿命徒手肉搏，算来注定是伤痕累累的，但谁也不会放弃生命这场光荣的出征，只要心仍在，纵使泅渡千年，相思仍难绝。

# 爱情，原来并不是要占有
## ——徐志摩《偶然》

**偶　然**

徐志摩

我是天空里的一片云
偶尔投影在你的波心
你不必讶异
更无须欢喜
在转瞬间消灭了踪影
你我相逢在黑夜的海上
你有你的
我有我的方向
你记得也好
最好你忘掉
在这交会时互放的光亮

冬天逝去，寒冷脱下了一层层棉衣。春天便迈着轻盈的步子，袅娜着来了。轻轻打开门扉，黄鹂鸟清冽的歌声便轻巧地传进了屋内。最是在干净纯粹的清晨，最适合拿起一首小诗轻声吟读。不求甚解，只愿在行行铅字中寻找独属于自己的美好。徐志摩的《偶然》，清清淡淡，像一个温婉的女子，明而不艳，可见诗人是用了情的。

偶然，轻声读这两个字。觉得音韵浓淡参差、错落有致，像是大珠小珠落玉盘般清脆，又略带一丝缠绵的迷醉；像是灵魂凸显超脱，又略带一丝哀伤的浪漫。细细品味诗中的偶然，哦，偶然竟是这么美妙。

佛说：前世五百次的回眸，才赢得今世的擦肩而过。席慕蓉在夜深人静的时候，也曾写下：如何让你遇见我，在我最美丽的时刻。

《偶然》小诗，用“情有独钟”之语，也不为过。柔丽清爽的诗句，抒发出了微妙的灵魂的秘密。一生许与爱情，却始终得不到最爱。两个人像相对而驶的船只，短暂的交会，撞出了火花，而后愈行愈远。本以为可以相遇便意味着可以相守，谁知，韶华似水，欢颜如花，那一场流年，只是一场梦，醒来后，斑斑驳驳。繁华落尽后，经历时间的冲洗后，最勇敢的，莫过于释然。

回忆，黯淡陈旧却盛开妖娆。徐志摩始终记得初见林徽因的场景。无关地点，无关时间，无关心情，只是那个面容姣好、气质纯粹、才华倾人的女子，占据了他心扉，只是一眼，便再也无法挪开。纵然他有家室，却也为了心中的倩影，弃所拥有的，寻不可得到的。

忧郁成歌，声声带着玫瑰红般的血。最令人难过的分别，莫过于不辞而别。两个人相遇之时，命运之神便已安排好了结局，只是世人猜不出而已。当林徽因离去的时候，徐志摩的心里，便把一切看明了。她终是阳光下飞舞的泡沫，纵然透明如水晶，闪着迷人的光泽；纵然她倾国倾城，如陈酒让人迷醉，但终究一触即碎。她只适合远远观赏。

悲凉的心，无处安放，便在深夜让情感像月光一样流淌，让稍稍显乱的脚步覆盖地板，让笔在纸上独舞。一个人的一场绚烂，一个人的一场执念，一个人亦可以地老天荒。爱她，就还她自由，让她享受天空的浩蓝。于是，徐志摩决定让离别也染上优美的余味，释然后坦率地放手，是给爱情的最好解释。

轻声读《偶然》，便也彻悟了从前无法解释的谜团。原来，爱情，并不是要占有。

那些逝去了的美，那些隐去了的爱，还有那些在岸边悄悄生长过的情愫，就交给时间吧。毕竟交会之时，它们已经绽放了独属于自己的光亮。

# 第二篇

# **你的快乐，是我生命里的全部信仰**

# 第三章

# 天咫尺，人南北，不信鸳鸯头不白

## 坚守爱情，执子之手，与子偕老
——《诗经 · 邶风 · 击鼓》

**诗经 · 邶风 · 击鼓**

击鼓其镗，踊跃用兵。土国城漕，我独南行。

从孙子仲，平陈与宋。不我以归，忧心有忡。

爰居爰处，爰丧其马。于以求之，于林之下。

死生契阔，与子成说。执子之手，与子偕老。

于嗟阔兮，不我活兮。于嗟洵兮，不我信兮。

**诗心藏韵**

当自以为满手在握的幸福，再次陨落飘远，看着它们淡化成遥远处的一抹青烟，携残存的往日的一点温度，渐渐消散，多么残忍。

曾经的快乐时光，转瞬即逝。本想着会一生一世在一起，可是却最终成了奢望。《梁祝》里曾有“还你此生此世今世前世，双双飞过万世千生去”，《击鼓》中曾有“执子之手，与子偕老”，它们一个是庶民的誓言，一个是才子佳人的约定，同样的美丽，同样的忧伤。《击鼓》甚至比《梁祝》更为悲哀，梁祝化蝶，最后不管怎样，终是在一起，可是《击鼓》中的这名男子，却只能眼睁睁地看着家乡所在的方向，无可奈何。

战争不可避免，君主之间的穷兵黩武，争权夺利，却需要广大黎民百姓提头上阵，亲赴死亡。

“土国城漕，我独南行。”不知道有多羡慕那些留在城内挖土筑城的人，就算再辛苦，他们也总能够回到家中，和家人一同在夜幕来临的时候，相互依偎在一起，谈论着一天的苦与涩。而他只能在前行的路上，让罕见的疼痛占据心房。随着大部队开拔，忍不住回头去望越来越远的家乡。可越是回望，便越绝望。与爱妻的别离，远比死亡还要让人悲伤。

可是，君王们征服的欲望就好像一股无法抗拒的强大力量，将所有人都席卷其内，男子不得不带着对妻子的不舍和思念，无可奈何地继续往前走。

他不敢回头，生怕失去再向前迈一步的勇气。

“爰居爰处，爰丧其马。于以求之，于林之下。”奔走一天，终于可以暂时的驻扎停下来。可是男子的战马却不见了，如果没有它，他该如何面对明天的跋涉呢。在男子四处慌乱张望的时候，看见了战马，才松了一口气。

还好，还好，原来它就在远处的树林下。是不是他太过思念，才让精神这样涣散……但是他不敢停下思念，因为他不知道，每一轮日出之时，他还有没有命，来思念远方的妻子。

马嘶如风，寂寞地掠过每一个出征兵士的耳朵。男子的悲哀随着诗歌的递进，逐层加深加厚。

“生死契阔，与子成说，执子之手，与子偕老。”曾经以为，这是多么简单的约定，不过就是两个人携手共度一生。可而今看来，却是奢侈而又奢望的约定。闭起眼睛，想到的全是往昔甜美的眷恋，田埂路上，你裙角飞扬，青丝拂面。睁开眼睛，一切都猝然结束，美好如同流星陨落那样快，消失得不留痕迹。

突然间是如此地眷顾这人世，虽然百般疮痍，但却能够始终提醒他，让他记得曾拉着妻子的手，对她许诺，要白头偕老。

“于嗟阔兮，不我活兮。于嗟洵兮，不我信兮。”男子在战场上，凄凉地在心里默念对妻子的辜负是多么的抱歉：“原谅我的失约，无法对你兑现承诺。此生，我以出征兵士的身份活着，活在生存与死亡、杀戮与血腥、挣扎与痛苦的巨大生命落差之中。这一生路尽，我不会与你说再见。因为来世我会期盼，在我们爱的墓碑上，留下空白。那样，我们可以重新开始，携手共度，再不分离。”

卫国的风，无休无止地吹，吹红了那些离别之人的眼睛，吹散了归期。

天长日久，才会渐渐明白，爱情也是一种修行。在追逐爱情的岁月里，相爱的人会忘掉岁月，对爱情坚守，矢志不渝，不论贫瘠还是华丽。

## 一个人的行走，两颗心的相思
## ——《汉乐府·饮马长城窟行》

**汉乐府·饮马长城窟行**

青青河畔草，绵绵思远道。远道不可思，宿昔梦见之。
梦见在我傍，忽觉在他乡。他乡各异县，展转不相见。
枯桑知天风，海水知天寒。入门各自媚，谁肯相为言！
客从远方来，遗我双鲤鱼，呼儿烹鲤鱼，中有尺素书。
长跪读素书，书中竟何如？上言加餐食，下言长相忆。

郦道元于《水经注》中云：“余至长城，其下有泉窟，可饮马，古诗《饮马长城窟行》，信不虚也。”

虽是春寒料峭，然而春的气息已绕遍了万水千山，周遭尽是勃勃生机。那个痴痴等待出外远征丈夫的女子，因看不到未来，望不尽远方，不曾知晓归期，故而，丝毫不觉得春日里有温暖的气息，她只是感到凄凉罢了。

她总是思念着远方的爱人，日日夜夜重复地过着，却不知道自己已经在这无尽的春夏秋冬中，黯然老去，容颜不再了。

在此诗中，诗人尽力让自己诗中的女子不再忧伤，女子尽力不去想念远方的丈夫，思念无益，徒增伤感而已。然而这份思念如何控制得住呢？就连梦中，都是他的影子。女子在微凉的夜风中持续忧伤，那抓也抓不住的幻影让她悲伤。“梦见在我傍，忽觉在他乡。”一“忽”字起到了转折、传神的作用，本来在梦中的无限快乐，刹那间变成了残酷的现实，梦想之后的冰凉令妇人的希望变成了肝肠寸断的失望。在汉末那个年代，人的生命本来就脆弱，故而，妇人对于丈夫能否平安归来更是多了一份无奈。

在辗转难眠之后，她只能起身看着远方漫长的山路，想象那不知身在何方的丈夫会尽早回来，在秋风吹起的时候，在大海波涛翻滚的时候，在太阳终于冉冉升起的时候，踏上回来的路程。她和他，可以再次过上冷暖自知、无人打扰的安宁生活。

街头巷尾的邻居和亲人的一家总是充满了欢声笑语，而她只能独自在家守候着等待的孤独，苦涩难耐，但也无可奈何，谁让她的丈夫不得归来呢?

幸得上天垂怜，在一天的等待中，她终于看到了曙光。一个同乡人从外归来，带给她一个刻有鲤鱼的信函，这让她欣喜万分，她不敢自己动手打开，怕是让她失望的消息。于是乎，她让五岁的幼子将信函打开，里面是一块雪白的锦帕，她颤抖地打开锦帕，上面只有寥寥六个字：“加餐食，长相忆。”这是丈夫对她的无限思念，透过洁白的锦帕，这个可怜的妇人仿佛看到了在军队中服役而无法归来的丈夫，他那瘦弱的脸孔上，写满了思念。世间的情爱啊，君心似我心。

诗歌以比兴开始，由绵绵的河畔青草引出妻子对丈夫的无限思念，以旁人的热闹衬托出自己的寂寥悲伤。这是一首汉乐府诗歌，却有着对诗经的浓浓模仿，虽然为东汉的作品，但它那不讲究严谨雅韵的诗句、平仄的不规则、典故的不规范，都透露出了一股原始质朴的上古之风。虽谈不上是精致之作，但诗中字字句句都充满了真情实感。最是这般朴素，惹人落泪。

此诗最大的不同之处便是，它是喜忧参半的，在不断悲伤之余又给了人无限希望，带来遥远丈夫的信息，读到“上言加餐食，下言长相忆”之时，此首《饮马长城窟行》已经进入尾声，读罢之人尽都觉得内心惆怅。确实，在事情刚刚开始之时，无人可以预测到结局。犹如诗中这位妇人一般，她对出门在外的丈夫抱着浓浓的思念，却无法知晓自己的后半生将会怎样度过。人生的旅程深邃漫长，对于未来的一切将会如何发展，无论是他们还是后人都无从知晓。

然而，这也未必是件坏事，如若我们在最开始之时便已对结局了然于心，那么，谁还敢坦然地奔赴未来呢？犹如这个妇人一样，正因为对未来的无所知晓，故而，才能一直坚守在守候的位置上，期待远去的丈夫有朝一日可以回来找她。而当她的丈夫真的托人带来了慰问的话语时，一切等待，便已生发了意义。

同时期的另一首描写远行之人的诗歌，更是犹如在暗夜里突然绽放的昙花一般，带着浓郁芳香般的忧伤展现在世人眼前，此是一首寂寞的诗歌，亦是一盏暗淡的灯火，静静地点亮在汉朝末期那个黑暗无边的时代里，独自绽放着一丁点儿的火光。

《艳歌行》是对流浪在外的三兄弟所作。

翩翩堂前燕，冬藏夏来见。

兄弟两三人，流宕在他县。

故衣谁当补？新衣谁当绽？

赖得贤主人，览取为吾绽。

夫婿从门来，斜柯西北眄。

语卿且勿眄，水清石自见。

石见何累累，远行不如归！

他们孤苦无依，只能在别人家打工为生。女主人固然好，且为他们缝补衣服。然而，女主人的丈夫在突然回家看到这一幕之时，场面即刻变得尴尬且紧张。此时，他们才意识在别人家里，即使待遇再好，也依然是受人恩惠，远不如在自己家中幸福，走了这么远，或许真是该是回去的时候了吧。只需将“远行不如归”说罢，所有在外的游子莫不潸然泪下。

盼归诗，犹如是深入精神内部的千年古树忽然开出的艳丽花朵，芳香深远而悠长，虽然年代久远，但愈显沉香。正应了费翔那首悠悠的歌曲——《故乡的云》：

天边飘过故乡的云，

它不停地向我召唤。

当身边的微风轻轻吹起，

有个声音在对我呼唤。

归来吧归来哟，

浪迹天涯的游子。

归来吧归来哟，

别再四处漂泊。

# 愿得一人心，白首不相离
## ——苏武《留别妻》

### 留别妻

汉·苏武

结发为夫妻，恩爱两不疑。
欢娱在今夕，嬿婉及良时。
征夫怀远路，起视夜何其。
参辰皆已没，去去从此辞。
行役在战场，相见未有期。
握手一长欢，泪为生别滋。
努力爱春华，莫忘欢乐时。
生当复来归，死当长相思。

这是一个绝望而悲凉的爱情故事，贝加尔湖的风，无休止地吹，吹红了苏武的眼睛，吹白了他的头发，生离死别不是自己可以做主，苏武用最后的时间为他和妻子之间的爱情写了最无声的乐章。静默之中，唯有时间，能给这段爱情最佳的答案。

爱人的誓言，如同四月的樱花，漫天纷飞，霎时间涂红了世间的唇。每个女子都做着“执子之手，与子偕老”的美梦，每个女子都在豆蔻年华的时候悄悄幻想“愿得一人心，白首不相离。”邂逅本不是容易，如若遇见后彼此心仪，那便是人间的四月天。

相爱本不是为了告别，但往往事不遂人愿，在爱情最为浓烈的时候，离别总是来得那么及时那么凑巧那么不留情面。总在这时，对天发誓便成了最神圣的仪式。不是为了挽留，而是要为还没有结束并也认定永远不会结束的爱情作出承

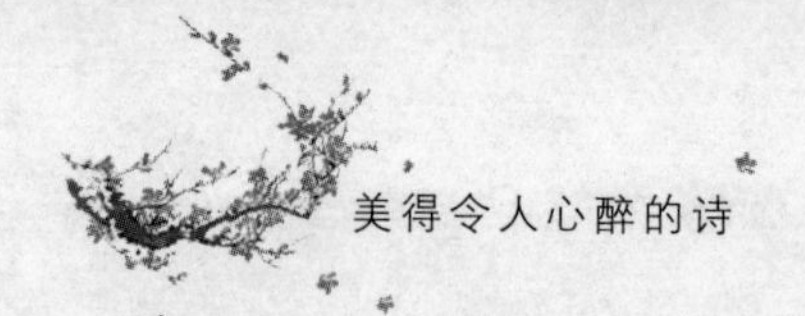



诺，四季流转，雨雪交替，这些都会成为证词，他们深信爱情会如同上古的万物一般，永恒存在，地老天荒。

当苏武接到平叛匈奴的使命时，心有戚戚然，不是不愿承担大丈夫的责任，不是不想为天下苍生出一己之力，而是舍不得深爱的妻子，或许说出再见，就再也不见。

那夜，红纱帐里，烛影摇红，看见妻子黯然神伤，想着千山万水，前途茫茫，竟也禁不住悲悲戚戚。那是怎样的一夜啊，她落泪成珠，他深情缱绻吟诗抒怀。心心念念，牵牵绊绊，于是就有了这样一个令人可叹的诗章。

“结发为夫妻，恩爱两不疑”，苏武握着妻子的手，一字一句地表白自己的心迹：“对你的誓言，如同我手中高旌的汉节，如同天上的星辰，都不曾低落。”明天要远走天涯，虽不在身旁，但永远带着你的牵挂。那就把今夜折成最美的花吧，纵然以后日子会经历风吹雨打，但此刻永不会风化。祈求时间慢一些吧，慢一些吧，还有太多的嘱托没有说尽。然而几次起身探望，夜一点点隐没，何其苦楚。分别就在天一点点泛白的时候来临，此去无归期。

纵然现在能握住她的手，终究要洒泪而别。没有别的奢求，只愿勿要倚门痴等，勿要以泪洗面懒梳妆，忆起从前要铺展笑颜莫要悲伤流连。

“生当复来归，死当长相思”，这或许是世间最动听最香甜的声音了吧，道尽生死不渝。如若生命不竭，就归来相守。如若走向死亡，就让相思追随魂魄。这样一个在战场上刚毅的男儿，竟用这样的言语把日子糅得甜香。

《孔雀东南飞》中亦是一个海枯石烂的爱情。“孔雀东南飞，五里一徘徊”，这是刘兰芝与焦仲卿的诀别，亦是两人相约另一个世界的约定。生不能在一起，便于黄泉之下相守，至死不渝的爱情就是这般令人震撼。“愿得一人心，白首不相离”，卓文君用真心与深情，换回最初的美好。爱情，就是如此使人欢喜使人忧伤。

天苍苍水茫茫，远离人烟。但环境永远不会决定心境，那夜的呢喃软语依旧如露、如泉滋润着他的心房。白雪飘飘、天寒地冻，他在等归期。身体瘦了，容颜老了，但誓言鲜活如初。

无有怨，无有求，一心一意，此心此情，守住心，也就守住了曾经。远隔千山万水又若何，满身伤痕又何妨，历尽千辛万苦，终是为了心中挚爱。命运夺去了他十九年的光阴，他用白发苍苍的归来，让时间汗颜。

流年不利，分分秒秒都是煎熬。当回到曾经院落，故物犹在，却不见日夜思念之人。实现了“生当复来归”的诺言，可惜，可惜，回来得太晚。十九年的孤寂，沧海变桑田。或许她还爱着他，还念着那个情深义重的夜晚；或许她知道他归来之时，泪洒衣裳，但一切成枉然。

相见不如怀念，或许归来是个错误。时间永远这样残酷。

## 本来无一物，何处惹尘埃
——李商隐《锦瑟》

**锦　瑟**

唐·李商隐

锦瑟无端五十弦，一弦一柱思华年。
庄生晓梦迷蝴蝶[①]，望帝春心托杜鹃[②]。
沧海月明珠有泪[③]，蓝田日暖玉生烟。
此情可待成追忆，只是当时已惘然。

**【注释】**

① 庄生：庄周。

② 望帝：相传蜀帝杜宇，号望帝，死后其魂化为子规，即杜鹃鸟。

③ 珠有泪：传说南海外有鲛人，其泪能泣珠。

对于解谜的热衷，似乎是人类的天性，古往今来，我们倾情于各种谜题：古代文人雅士喜欢以字谜和诗谜行酒找乐，平民百姓则对一年一度的元宵灯谜会大有期待；到了今天，幻方、数独等带着科学气息的现代谜题同样让地铁和公交车上众多百无聊赖的都市人玩得不亦乐乎。

大家对造谜和解谜的热衷，投射到文学上更是丰富多彩。撇开那些简单明了

的藏头诗、咏物谜不算，意向所指颇为丰富的诗词更是有着扑朔迷离的不定解，真可谓是“一千个人眼中就有一千个哈姆雷特”。

不得不承认，“暧昧”这个词本身就散发着天然的诱惑之光，在不经意间就虏获了人性中好奇和八卦的一面。正因如此，李商隐那些对自己私生活意有所指却又雾霭朦胧的诗作千百年来魅惑不减，成为人们津津乐道、瑰丽而浪漫的谜题。读李商隐的朦胧诗，就像是在霓虹灯影里漫步，不知不觉便会一头扎进其中，步入诗人早已设下的迷局，心甘情愿地沉醉不知归路。

李商隐，这个书写爱情的高手，往往不直接着笔描画当下的欢愉或是心碎，他总是顾左右而言他，飘摇的笔调像是魔术师在光影绚烂的舞台上玩尽高超的戏法，轻而易举就将目眩神晕的观众引入时光的隧道，引入某一段吊诡的过往。所以有人说，“一篇锦瑟解人难”。

锦瑟无端五十弦，一弦一柱思华年，填满李商隐深深的埋怨——锦瑟啊，你为何要有那么多弦？！悲切便由此而生。弦无法数清，但每一弦、每一柱的抚弄都会引起诗人对往事的追忆。听着锦瑟的繁复琴音，不禁怅然往昔“华年”已逝，唯有思忆而不可言说。贺铸在《青玉案》中云：“锦瑟年华谁与度？月桥花院，琐窗朱户，只有春知处。”原来相思，是这般相通。

庄周梦蝶，不知蝶是庄周，还是庄周是蝶。“庄生晓梦迷蝴蝶，望帝春心托杜鹃”则引用这一典故。锦瑟一曲惊醒梦境，不堪再入梦，而那蝴蝶如同过往年华依然逝去。望帝死后化作杜鹃，暮春啼哭，至口中流血，其声哀怨凄悲，宛如这锦瑟繁弦，声声哭诉难言的怨愤，终生潦倒，何其孤独凄凉！

沧海中的珍珠只有在月明疏朗之夜，才能流下晶莹涕泪；蓝田里的美玉只有在旭日回暖之时，才会飘生如梦烟霭。月满之日即是珍珠变圆的时候，然而茫茫沧海的珍珠即使月圆也珠珠带泪：蓝田产玉，但美玉却处在烟霭袅袅中无人赏识。物犹如此，人当如是。

唐代钱起于《归雁》云：“二十五弦弹夜月，不胜清怨却飞来。”这“沧海月明珠有泪，蓝田日暖玉生烟”晦涩的诗句，不正是诗人清怨尤深的挥洒吗？

追忆过去，尽管自己以一颗浸满血泪的真诚之心，去追求美好的人生理想，但如玉的岁月、如珠的年华却等闲而过：恋人生离、爱妻死别、盛年已逝、抱负难展、功业未建，幡然醒悟之日已风光不再。寥寥数语中，含情婉曲，表达出内心的愁苦失落。“此情可待成追忆，只是当时已惘然”，如此情怀，今朝追忆，又若何呢？

此诗主旨历来为后人揣度，诗题“锦瑟”也是众说纷纭。所有的暧昧之处，诗人当然都没有说明。后人只能列举种种臆测中的一番可能，甚至于到了最后还是忍不住反问，这会不会只是一个游离的梦境?

本来无一物，何处惹尘埃。滚滚红尘和种种烦恼皆由心生，然而这也许就是多情善感之人西西弗斯式的宿命。李商隐若是泉下有知，不知道会不会站在谜题之外，嘲笑诸君仍然于梦境中寻寻觅觅。

## 沉醉风流，阅过人间几多情
——杜牧《遣怀》

**遣　怀**

唐·杜牧

落魄江湖载酒行，楚腰纤细掌中轻。
十年一觉扬州梦，赢得青楼薄幸名。

大唐的风流，一半给了酒，一半给了女人。要么醉泡在酒坛中酣梦不醒，要么沉睡在温软耳语中死也风流。细数大唐三百年，一面心怀天下登临吊古，一面纸醉金迷酒色不离的诗人，当数晚唐杜牧。

杜牧生活的时代，气势磅礴的锦绣盛唐逐渐成了一个背脊佝偻、脚步蹒跚的老者，越来越力不从心。熟读史书，看透时局，书生依然正心修身齐家，却无力治国平天下。在仕宦不遇和沉沦人生的尴尬夹缝中，杜牧唱起一支风流的曲子，来为自己疗伤祛痛。

这世间有多少情感无处皈依，只能将其安放他所，聊以安慰。弹一曲《六幺》做背景，杜牧将这无限好的扬州风光、这没有归属的情感，化作诗情寄托在纸墨里，寄托在明媚皓齿的女子身上，借以安慰他徘徊的灵魂。

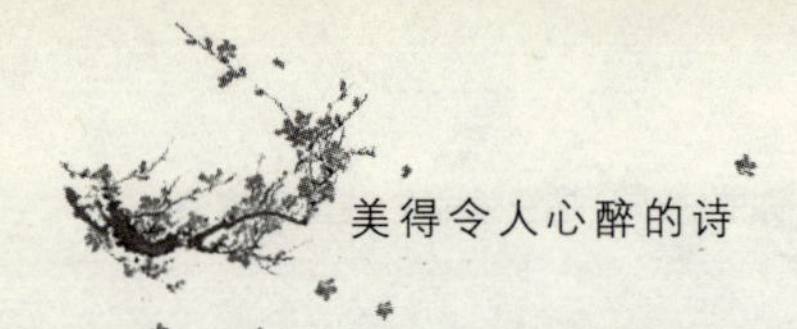



索性就继续沉醉下去，风流到底，阅过人间几多情，也不枉此生来过一遭。

官场上很多失意的文人，都喜欢去女子身上寻找一处理想。且不说“忍把浮名，换了浅斟低唱”的白衣卿相柳永，连雄姿英发的辛弃疾在功业不就时也“红巾翠袖，揾英雄泪”。世间再无知己，苍凉至极，所以他们只有将目光投向绿意葱茏的远方。

前世恍然如梦，酩酊或伶仃，只为赢不到生前身后名。会昌二年，杜牧忆起昔日扬州生活，不禁写下了《遣怀》。

春风无限，酒色人生，遮掩了多少江南的落拓！细细玩味却是落魄潦倒的酸楚：载酒江南，沉醉细腰，这样的风流，后人只能凭着历史的线索去慢慢揣度。“青楼薄幸”也好，名动天下也好，都为的是一个“名”。“赢得”与不得，自嘲与辛酸化为一声叹息，永远地留在了诗中。

中年的杜牧回忆起那些张狂往事，一件件仍清晰如昨，可见他一直未得解脱。失意之余只好又重新将女子当成最后一根稻草，他在《杜秋娘诗》中写道：“女子固不定，士林亦难期。”女子与士林，纵使真得那般相似，又有几人能在其中而游刃有余。

与其说女人或酒是诗人们沉醉的温柔乡，倒不如说他们是古往今来落拓文人的一个歇脚的驿站。没有到过的人对他充满了幻想，而离开的人又在梦与醒中脚步踉跄。

在惊觉十年岁月恍如隔世一梦的时候，感慨、沧桑都悲从中来，令人痛不欲生。十年一梦，只叹，在梦中用以自欺的洒脱与风流，不是根治晚唐痼疾的良药，不能给腐败的政治、黑暗的时局带来一点光亮。梦醒之后，山河依旧，大厦将倾的势头依旧。喻守真评论此诗云：“十年艳游，所赢者只青楼薄幸之句，则其他所输者可想而知。而下满露悔恨之意。”实乃实至名归。

只是昔日的黑发玉面少年郎，早已斑驳了两鬓，吟着“十年一觉扬州梦”的潦倒，进不得退不得，其中尴尬，谁能说得清呢？

# 想忘记你的眉眼，却在微哂中闪现
——元稹《离思》

**离 思**

唐·元稹

曾经沧海难为水，除却巫山不是云。
取次花丛懒回顾，半缘修道半缘君。

爱情的法力到底有几重？它可以让人山人海变为无人之地；它可以让人生而死，死而又复生；它可以让人放弃三千弱水，只取一瓢足以饮一世。

那个为爱而忧伤的少年维特说："从此以后，日月星辰尽可以各司其职，我则既不知有白昼，也不知有黑夜，我周围的世界全然消失了。"

那痴情的郑国男子说："出其东门，有女如云。虽则如云，匪我思存。缟衣綦巾，聊乐我员。出其东门，有女如荼，虽则如荼，匪我思且。缟衣茹虑，聊可与娱。"

元稹则说："曾经沧海难为水，除却巫山不是云。取次花丛懒回顾，半缘修道半缘君。"

如果曾经经历过大海的苍茫辽阔，又怎会对那些小小的细流有所旁顾？如果曾经陶醉于巫山上彩云的梦幻，那么其他所有的云朵，都不足观。现如今，我即使走进盛开的花丛里，也无心流连，总是片叶不沾身地走过。我之所以这般冷眉冷眼，一半因为我已经修道，一半因为我的心里只有你。

韦丛走后，元稹在一首首悼亡诗中絮絮地说着他的思、他的悔、他的痛：

"你永远不会知道，没有你，我如何可以从此不赞不忏；我如何可以只走大道，向日出之地，喝洁净的水，我又如何可以从尘土起行，到尘土里去，如果没有你。

“我们窗前读书、廊中散步、月下对酌的那些过往，如今只好比天上一夜好月，得火候一壶好茶，只供得你我一刻受用，难及永恒。我们曾以万年为盟为誓。那时只觉一万年何其修远，谁想却又像是刚刚逝去的昨天，转眼只剩得我一人把生命的哀歌唱到人生暮色。只是你走后，我再无心于其他，这世上的时光，我只想与我自己无悲无喜地度过。”

全诗以沧海水、巫山云、花丛花作喻，表达出诗人对妻子浓浓的怀念之情，曲婉深沉，张弛有度。全诗语朴情真，淡淡怆然，感情基调伤而不俗，浓而不腻，堪称悼亡诗中的巅峰之作。

元稹写下的数阙悲歌和他那情到深处万念俱灰的赤诚，千年来流淌不断。不知情人声声叩问与慨叹：这世间，为了爱情到底可以做到哪一步呢？而深陷爱情旋涡的人听到这问题，也许只是浅浅一笑，“不知我者谓我何求”，不解释，不辩白。

而作为自己故事的当局者，他人故事的旁观者，邵燕祥倒是替这些痴情鳏夫们做了说明：

所有的美丽都是夭折的
我以为宿债已经偿还

过去的并不轻易过去

大海干枯时
伤口有盐

我想忘记你的眉眼
你的痣却在微哂中闪现

我猜出你没说出的话
你罚我和自己的惆怅纠缠

人们说，爱情的最高境界不是我为你去死，而是我替你送葬。电影《入殓师》是一部很轻的电影，却能让人看到很重的人生。佐佐木先生对大悟说，他的妻子六年前去世了，他将她打扮得漂漂亮亮的，送走了她，然后开始了替死者入殓的工作。他的妻子是带着他的爱走的，这世间的每个死者都应带着他人的爱离开这个世界，值得有人在他们生命的最后敬重、温柔地送他们通向未知的旅程。

也许生命的终点处并不是一片幽深的黑暗，爱我们的人会在那里为我们点一盏灯，照亮那未知的旅程。

## 相遇相许的故事，让人迷醉
### ——朱淑真《秋日偶成》

**秋日偶成**

宋・朱淑真

初合双鬟学画眉，未知心事属他谁？
待将满抱中秋月，分付萧郎万首诗。

少女怀情总是诗，少女对爱情的美好幻想在春天这个让人动情的季节里，像极了天边那朵玫瑰色的云，那么妩媚，让人迷醉。总是喜欢在百无聊赖的午后，弄一点点笔墨，在宣纸上铺展爱情的味道。

哪个少女不怀春？当冬天融化在发芽的柳枝上的时候，藏匿在阳光里的时候，春天就悄悄探出头，钻进轻轻蠕动的少女的心里。让那些在冬天隐隐发酵的情绪，让封闭在寒冷中的市井烟火，一点点生发出春天的余味。此刻的少女，心里似乎有一棵水草在轻轻招摇，不经意却又故意拨动她的心弦。让她忍不住想要寻觅，在寻觅中让往日朦朦胧胧的不知名感受，如显影般，渐次清晰起来。

那个“掬水月在手，弄花香满衣”的朱淑真也是如此。闺韵年华，情窦初开，对爱情的美丽向往悄然萌动。一支眉笔轻扫淡眉，望着镜中顾盼有情的自己，不觉心神荡漾。浪漫绮丽的幻想便在这时轻轻漾开，到底是为谁梳妆呢？他

又是怎样的呢？是风度翩翩、饱读诗书的白面书生吗？他是和我情投意合的翩翩佳公子吗？是能和自己调脂弄粉、吟诗赏画的如意郎君吗？思虑荡起层层波浪，疑团从不会自己解开。在这漫漫无边的黑夜，孤衾独宿，烛花剪影，月华与疏桐洒满全身，心念着白马萧郎，此情此景，甚是令人动容。

此诗笔触之间略带一抹娇羞，却又全无少女的矫情之态，曲折反映了少女那懵懂的心事。对于这个心中充满爱的女子来说，才情出众的她向往着夫妇琴瑟相合的生活，渴望找到一个能与自己一起赏月弄诗的如意郎君。

青涩时期的女子，总是爱张望，用眼睛和心灵去打量爱情的真正模样。花样年华时的爱情，可以没有绚丽的色彩，没有喧闹的浮躁，没有轰轰烈烈的誓言。只需欲罢还休的一瞥，只需茫茫人海中的一顾，只需亿万光年中的一刹那，便注定了永恒。

黑格尔说：“爱情在女子身上显得最美，因为女子把全部精神生活和现实生活都集中在爱情里，推广成为爱情。”恍惚间不禁想到，琼瑶笔下淅淅沥沥的小雨中，让人迷醉的相遇相许的故事；想到了金庸笔下刀光剑影的争雄中，永不泯灭的相知相守的场景。

傻傻的女子，总是习惯在深夜，深切期盼和张望，用特有的敏感去感知近在咫尺却又远在天涯的爱情。向天空的星斗倾诉隐秘含羞的愿想，愿与知音携手同游，愿与情郎共度一生。此时也更适合拿起被风吹乱了的书籍，在心里默默吟诵：

初合双鬟学画眉，未知心事属他谁？
待将满抱中秋月，分付萧郎万首诗。

# 梦中人，你是我守候的温柔
## ——陈陶《陇西行》

**陇西行**

唐·陈陶

誓扫匈奴不顾身，五千貂锦丧胡尘。
可怜无定河边骨，犹是春闺梦里人。

“梦中人，熟悉的脸孔，你是我守候的温柔。就算泪水淹没天地，我不会放手……”《神话》用这首歌曲演绎，真是再恰当不过。电影讲述的是一段凄美的爱情故事。一个现代考古学家总是梦到一个清丽脱俗的白衣女子，每每伸手，却变成“触不到的恋人”，夜夜惊醒，徒增惆怅。时空交错中，他前世原来竟是秦代将军蒙毅。他死在叛军之手后，深爱他的朝鲜公主却并不知情，在地下亡陵中不眠不休苦等千年。

如此无望的爱情守候放在如今，人们自然当成“神话”。便利的通信设施，无须恋人苦等千年。但同样的期盼和守候，放在古代，则是不争的事实。陈陶的这首诗便是最好的佐证。

“誓扫匈奴不顾身，五千貂锦丧胡尘”，开篇气势雄伟，慷慨悲壮，唐军誓死杀敌，奋不顾身。然而，战场上血流成河，将士再也没有醒过来的机会。五千装备精良的羽林军就这样战死沙场，悲壮惨烈，加之前句已然大笔墨渲染将士的英勇，因此战争过程的激烈与残酷不言而喻。

死者在奋勇杀敌之后，在倒下的那一刻，终于可以躺下安息了，永永远远地离开了战场，离开了硝烟。然而，可曾想过，那些躺在河边的累累白骨，依然是妻子春闺中深深思念的丈夫。知道亲人逝去，固然伤心欲绝，但毕竟这是一种告慰。而远在战场上的丈夫常年毫无音讯，早已变成无定河边的枯骨，而

妻子却还在闺房中日日梳洗打扮，热切期盼着郎君早早归来。或许，不知已经熄灭，却仍怀希望，才是人间最大的悲剧吧。真可谓是“可怜河边无定骨，犹是春闺梦里人”。

诗作从起初的昂扬到转为哀伤，及至最后一句，思念之情如断肠草，令人不忍卒读。在丈夫出门远征的时候，很多妻子都在他们的衣服里绣上象征平安、吉祥的神兽或者花草；还有的女子专门去庙里为丈夫求“平安符”。在她们的心里，这样就可以保佑自己的丈夫早点破敌制胜，平安归来。然而，无情的战争与硝烟不知埋葬了多少人的青春与梦想。恰如江进之《雪涛小书》所云，“若晚唐诗云：‘可怜无定河边骨，犹是春闺梦里人’，则悲惨之甚，令人一字一泪，几不能读。诗之穷工极变，此亦足以观矣。”

恨此生，从此相逢在梦中。然而梦中是真是假，日日夜夜思念之人是否还在人世，又如何得知呢？无独有偶，李华的《吊古战场文》讲的也是类似的故事。

其存其殁，家莫闻知。
人或有言，将信将疑。
悁悁心目，寤寐见之。

家人从不知其生死存亡，即使听到有人传讯，也是半信半疑。整日整夜忧愁郁闷，夜间音容入梦。原来，在沙场上拼杀是一种痛苦，对等在家中盼归的至亲的人来说，更是一种灵魂的折磨。

或许每个人都有过永恒的梦，有过永恒的希冀。苏轼说得好：但愿人长久，千里共婵娟。

# 春到芳菲春将淡，情到深处情转薄
## ——黄景仁《感旧》

**感 旧**

清·黄景仁

唤起窗前尚宿醒，啼鹃催去又声声。
丹青旧誓相如札，禅榻经时杜牧情。
别后相思空一水，重来回首已三生。
云阶月地依然在，细逐空香百遍行。

黄景仁一生穷愁不遇，寂寞凄怆，坎坷颠簸，写诗也自然带些自己的沉沦气息在其中。然而，再艰涩的人生中也有迤逦之情。爱情，在每个人的生命中都不会缺席。

他的《感旧》，将酸酸涩涩的感情写得美轮美奂，就算隔了几个世纪再去看，依旧感觉咸咸淡淡的无奈与纠缠氤氲在泛黄的宣纸上。

细细数算寂寞，岁月无痕，又夜半三更，唯有泪水相迎。“唤起窗前尚宿醒，啼鹃催去又声声”，在暗夜中，窈窕的背影又出现在诱人的梦中，反反复复从不停歇。昔日的软莺娇语，昔日的芳菲绚烂，都真实得摸得见。然而，不愿醒来，却不得不醒来，窗前的杜鹃催促，声声呼唤着“不要归去”“不要归去”，可是谁能阻止一场命定的分别呢？到底是谁打碎了一场春梦，似乎不重要，纵然找出凶手，也挽不回往昔的半点情分。

世间的情，多是有开始，没有结束。或许在开始的时候，就已经意味着结束。“丹青旧誓相如札，禅榻经时杜牧情”，纵然书信能传达内心深处深爱对方的秘密，分别后也只不过像杜牧一样薄情罢了。本是深情似海，也只能贴上薄情的标签，包含几许无奈，几许咸涩。

整首诗中，最让人感动或者震惊的，或许就是第三联吧。

“别后相思空一水，重来回首已三生”，有一种爱情，叫作释然和遗忘。烟火，是美的，美到让所有的人忍不住抬头仰望。它腾空而起的一刹那，心里不自主便会升起一种神圣的敬畏感，仿佛它把自己最虔诚的愿望，带给了神灵、带给了主。曾经，彼此是看烟花的主角，带着毕生要在一起的肃穆，然而，再浓的情，都经不住分别的风吹雨打。再回首之时，遇见的只是灰飞烟灭的痛，只是欲要追忆却已经模糊至极。

三生三世，已无从忆起。三生三世，或许本就是一个捉弄人的童话。

最怕物是人非，转眼成空，而这些场景，却频频出现，乐此不疲。以前的地方犹在，石阶上依旧留有伊人纤纤挪步时的残香，月光依然是琥珀色般皎洁，自己却只能追寻余香，一遍遍地走来走去。

爱情，让人爱又让人恨。再缱绻再炽热的温情大都抵不过时间，待到沧海变成桑田，一切终成枉然。或许，春到芳菲春将淡，情到深处情转薄，世事变迁，其实是每个人，每段爱恋，甚至是每场轮回的宿命。也许，学会在爱情里浅尝辄止是明智的，但是，若如此，又怎能品味刻骨铭心是怎样醉了时光的……

# 第四章
# 一切都像是偶然，你若来我便在

## 天若有情天亦老，情深迷离
——《诗经·郑风·女曰鸡鸣》

**诗经·郑风·女曰鸡鸣**

女曰鸡鸣，士曰昧旦。
子兴视夜，明星有烂。
将翱将翔，弋凫与雁。

弋言加之，与子宜之。
宜言饮酒，与子偕老。
琴瑟在御，莫不静好。

知子之来之，杂佩以赠之。
知子之顺之，杂佩以问之。
知子之好之，杂佩以报之。

## 诗心藏韵

最简单的爱情，就是选择和一个人在一起，与他一起建造一方小小天地，简单、安静，又自有其宽广辽阔。在这里安放自己的怪脾气，对人事的种种笨拙，难与人言说的小怪癖，还有平日里层层包裹的柔软的心，也安放着只属于彼此两人干干净净的缄默和存在。而在这方小天地里，对方将爱情落实到穿衣、吃饭、睡觉、行走等实实在在的生活中，慢慢过着属于自己的天长日久。

《礼记·祭义》中说："有深爱者，必生和气，有和气者，必有愉色，有愉色者，必有婉容。"因为爱着一个人，我们会试着让自己无怨尤，试着让自己无所求，试着去赞美这个残缺的世界。而看过《女曰鸡鸣》中这对夫妻早起时的对话，便会明白一人的世界因有深爱的人而不同的个中意味了。

曦色明窗，一日之晨。公鸡初鸣，勤勉的妻子便起床准备开始一天的劳作，并告诉丈夫"鸡已打鸣"，言下之意是你该起床，准备劳作了。妻子的催促很委婉，而在这委婉的言辞之下也蕴含着不少对丈夫的爱怜之意。

"士曰昧旦"，丈夫回答得非常直白，这样直白的回答显露出他因为妻子的催促而有了不快之意。他似乎确实很想继续睡，但又怕妻子连声再次催促，只好辩解似的补充说道："不信，你推开窗看看天上，那满天的星星还都闪着亮光呢。"

妻子是执拗的，她想到丈夫是家庭生活的支柱，便再次出声提醒丈夫身上所担负的生活职责："将翱将翔，弋凫与雁"。

你看在树上宿巢的鸟雀都要满天飞翔去觅食了，你也该整理好你的弓箭去芦苇荡打猎了。她虽语气坚决，一催再催，但音调依然柔顺和悦。

《女曰鸡鸣》中女子的催声中却饱含温柔缱绻之情，她的丈夫听到她第二遍催促后就积极地起身，整装，外出打猎。

见丈夫很快就起身，整好装束，迎着微露的晨光出门打猎，女子内心起了愧疚，认为自己不该如此性急。于是，像是要挽回似的，女子在送丈夫出门时，半是致歉半是慰解地对丈夫发出了一连串的祈愿。

她的第一个愿望是：他打猎时，箭箭不虚发，都能射中野鸭和大雁；第二个愿望是：他们的饭桌上天天都能摆上美酒佳肴；第三个愿望是：妻主内来夫主外，我弹琴来你鼓瑟，夫妻白首永相爱。

他的心中也与妻子一样，对自己的伴侣，对自己的家庭有着深沉的爱和责任。他们是注定一生携手同行的伴侣，所以他也没有吝惜于表白自己，对着妻子回唱道："我心中知晓你对我的真切关怀，我解下杂佩送给你，来报答你对我的深爱。我也深深知晓你对我温柔体贴，也以这杂佩来表达我同样深的谢意。我坚信你爱我的一片真情，而我这般与你同心同情的心思都藏在这枚送你的杂佩之中，不知你可否知晓？"

爱情让两个人彼此了解、彼此深入，而婚姻则是爱情圆满的终点，至少童话故事都是这样告诉我们的。而童话永远不会教给我们的是生活，那事事落到实处的生活。纵使有爱情进驻也不会改变生活原有的轨迹，不过是多了一个人面对那些日常的琐碎。要在这些琐碎中依然保有温柔、尊重和爱情，就需要许多的智慧，显然，《女曰鸡鸣》中的夫妻深谙此道。

## 倾国倾城，只为与你相守
### ——李延年《北方有佳人》

**北方有佳人**

**汉·李延年**

北方有佳人，绝世而独立。
一顾倾人城，再顾倾人国。
宁不知倾城与倾国，佳人难再得。

微微一个回眸，便入了汉武帝的眼，自此，再也无法离开。

相传那一日，本是汉武帝刘彻在宫中大摆宴席、宴请群臣之时，平阳公主和那位宫廷的乐师李延年一起侍宴。而就在汉武帝酒酣微醉之时，李延年献上了这

样一首歌曲，女子的美无法形容，却是让全城的人都要赞叹她的绝代风姿。

刘彻一生文治武功，家国天下，从不将儿女私情放在心上，却唯独对李延年歌词中所唱的这位佳人念念不忘。他认为天下间哪会有这样的女子，便感慨道："世间怎么会有你唱的这样的绝世佳人呢？"

李延年这才坦白承认，他口中的这位佳人便是他的妹妹，天子纵使再矜持，在这美酒和佳曲的刺激下，也无法掩饰内心的悸动，他命李延年送他这位美貌的妹妹入宫。大概就连刘彻自己也不会想到，李延年口中的那位佳人果然国色天姿、倾国倾城，不但容貌美丽，且体态轻盈，舞姿曼妙，精通音律，更是知书达理。她莲步微移，罗裙轻转，已让高堂之上的天子深深动了心。

《汉书·外戚传》中称李夫人为"实妙丽善舞"，刘彻更是对这位李夫人疼爱有加，从此后宫上千佳丽粉黛全无颜色，他只是终日与李夫人相偎相伴、长相厮守，这便是历史上有名的倾国倾城的故事。但可惜的是，此般故事注定是要早早画上句号的。就在李夫人恩宠正佳，还为刘彻产下皇子之时，她身患了重病，卧床不起，眼看就要香销玉殒，刘彻希望能探望他的爱妃一眼，却始终遭到了拒绝，刘彻不明白善解人意的佳人为何突然不近人情了。

李夫人心里很明白，虽然人前荣耀，但人后的辛酸又有谁真的知道？她进宫以来深受宠爱，刘彻对她从无半点怨言，可她明白，那是自己太过完美了。而今重病在身，如果刘彻见到自己现在这般容颜憔悴，必会心生厌恶，与其被帝王遗弃，不如先决绝地与其保持距离，有朝一日等自己离去，亦能给刘彻留下一个美好的思念。

李夫人是明智的，作为一个拥有雄才大略的帝王，刘彻的冷静与冷酷也是出了名的。虽他宠妃无数，但都只是籍籍无名或者身败名裂的：娇宠的阿娇最终在冷宫中度过余生；谦卑的卫子夫虽然有着战功赫赫的弟弟，有着母以子贵的荣耀，但最终也没逃过命运的枷锁，在后宫的倾轧和阴谋中悲哀地死去。李夫人知道，自己今日的恩宠也只是暂时的，如若细水长流，唯有急流勇退。

果然，在李夫人病逝之后，刘彻依然日夜思念这位带给了他无数欢乐的女子，一生没能相忘，还写下了一首赋词《李夫人赋》（节选）：

美连娟以修嫭兮，命樔绝而不长。饰新官以延贮兮，泯不归乎故乡。惨郁郁其芜秽兮，隐处幽而怀伤。释舆马于山椒兮，奄修夜之不阳。秋气憯以凄泪兮，桂枝落而销亡。神茕茕以遥思兮，精浮游而出畺。

上天创造这样美丽的人，却又不让她带着美丽长存。刘彻专门为李夫人修建了宫殿，希望可以与她在里面相会，失去她的生命就好像城郊凄惶的坟墓，充满了忧伤和静谧。刘彻在李夫人的坟茔那里长久停留，从黑夜直到白天，秋日折落的桂枝就像美丽的李夫人一样，让人充满思念，但是这思念却永远无法抵达彼岸，哪怕灵魂出窍，也始终无法抵达。只能在银河的这端，无谓地徘徊，缥缈之间，渐行渐远。

言行之间全是对李夫人痴情绝对的思念，如果不是真的读到这篇赋词，谁又能相信这样缠绵悱恻的爱恋之情会是出自刘彻的内心深处呢？这位被刻骨铭心记在了刘彻内心里的北方佳人已经成为一缕香魂，飘然而去。

她的绝代风姿却令昔日的汉武大帝肝肠寸断，或许李夫人真的是对的，她以死换来了尊严，也换来了永世的思念。“惨郁郁其芜秽兮，隐处幽而怀伤。”世间的生死相依太过频繁，人们在已经忘记感动的时候，却忽然为这样一首赋而感伤起来。

皇宫，根本是一个不该有爱的地方，能存活下的思念少之又少，故而，李夫人将一生最痛苦的时光自己度过，为的就是博得刘彻那少之又少的思念。女人大多是神经敏感，她们希望爱得彻底、爱得纯粹，但李夫人大概是从一进宫就明白，她面前的这位汉武大帝，她爱不起，也爱不完，与其最后孤苦收场，倒不如及早退出这段爱情。白居易曾为李夫人感言道：“人非木石皆有情，不如不遇倾城色。”

说得也对，李夫人对刘彻或许应当是感激的，如果不是刘彻，她纵使再如何倾国倾城，也只能是“养在深闺人不识”了。而刘彻也应当一生保留着对李夫人的思念，这个女人不但将一切都奉献给了他，还为他在这个世上留下了那么温馨的想念。

刘彻感慨：“是耶非耶，立而望之，偏何翩翩来迟。”李夫人是幸运的，她在一生中最美丽的时刻遇到了刘彻，又在一生最美丽的时刻离开了刘彻，让刘彻还来不及不爱，她就在故事结束前提前走开了，让故事永远没有了结局，只留下那一连串省略号，画出了故事无尽又无奈的尾声。缘分已尽，佳人的翩跹离去，留下帝王的一生思念。

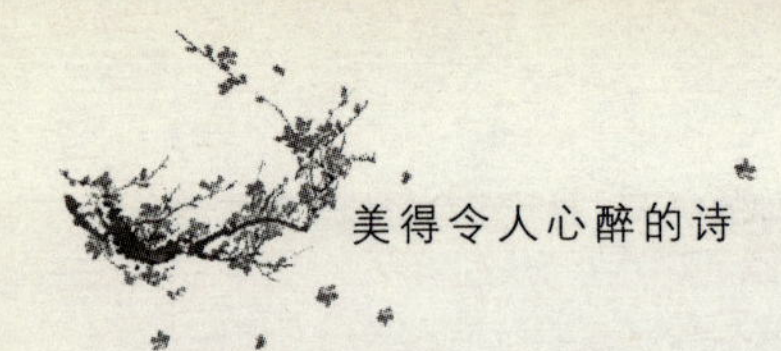


# 美，是一种醉人的痛
## ——汉乐府《古相思曲》

**古相思曲**

**汉乐府**

十三与君初相识，王侯宅里弄丝竹。
只缘感君一回顾，使我思君朝与暮。
再见君时妾十五，且为君作霓裳舞。
可叹年华如朝露，何时衔泥巢君屋？

有人说，人的一生中至少该有那么一次，为了某个人而忘了自己，不求有结果，不求同行，不求曾经拥有，甚至不求你爱我。只求在我最美的年华里，遇到你。就像杜拉斯说过的那句无比温柔的话：“我遇见你，我记得你，这座城市天生就适合恋爱，你天生就适合我的灵魂。”

不知是天缘巧合，还是冥冥之中注定。在那样一个深秋，邂逅的不只是午后温和的阳光，还有一名陌生却似曾相识的男子。一回顾，便燃成深情，便是永生。无法度量爱情的长度，只是想把瞬间铸成永恒。年轻时的情，是这般的纯粹和洁净。如若说，这是年少轻狂的冲动，那这又何尝不是一种真情？轰轰烈烈，至死无怨。

她，含苞待放意幽幽，朝朝与暮暮，切切地等候，等候那个“一回顾”的有心人来入梦。

此乐府诗以时间为序，将一个女子的一生，泼墨得淋漓尽致。豆蔻年华，与君初相识，丝竹荡漾打开了她的心扉。时光行走在风中，他却在她心中扎下了根。年华啊，总是不顾惜；命运啊，也总是不解风情。等待中，她青丝变白发。这一首《古相思曲》从古至今，不知湿了多少人的衣襟。

他是天边的明月，她则是萦绕明月的淡淡薄雾，待到天明，月渐渐隐去，而雾也随着月慢慢散去，只是雾将它的悲伤留在那草木上，化作一颗颗晶莹的露珠。

这一切都是因为他当初那次无心的回顾，他的目光像梦一样，是一桩带着笑的梦。他站在那里，儒雅而安静，像盛开在墙角的茉莉，不抢眼，却暗暗叫人心喜。从那以后，她的心中就有他了，日日夜夜、朝朝暮暮，再也不能少了他。

她想着，就算要她此刻死去，那缕轻烟般的魂魄也定是会随了他去的。而有时也真恨不得自己就此死去，不然这绵绵缠缠的相思让她如何自安已处。这辽阔世间，这茫茫岁月，她不知他的去向，而她的相思也终究无处投递。每当夜幕挂上枝丫，她十指交叉，安放于胸前，仰望着星星许愿。每当梦到男子时，她便觉得那晚是他们隆重的婚典。

只是轻轻一瞥，相遇难相守，浓浓哀愁如雨般倾洒。美是一种醉人的痛，痛也是一种摄心的美。爱情，本就是难解的谜。

现代作家木心先生所言极是："确是唯有一见钟情，慌张失措的爱，才慑人醉人，才幸乐得时刻情愿以死赴之，以死明之，行行重行行，自身自心的规律演变，世事世风的劫数运转，不知不觉、全知全觉地怨了恨了，怨之镂心恨之刻骨了。"

我们都明白这道理，却不知道这样慑人、醉人的爱竟然会带来这样的痛、这样的苦，纵使望断天涯路也难消除。

## 生当复来归，死当长相思
——卓文君《白头吟》

**白头吟**

汉·卓文君

皑如山上雪，皎若云间月，闻君有两意，故来相决绝。
今日斗酒会，明旦沟水头，躞蹀御沟上，沟水东西流。
凄凄复凄凄，嫁娶不须啼，愿得一心人，白头不相离。
竹竿何袅袅，鱼尾何簁簁，男儿重意气，何用钱刀为！

诗心藏韵

那一年，在百人欢宴之上，她眉如远山，面若芙蓉；而他长身玉立，神采飞扬。

凤兮凤兮归故乡，遨游四海求其凰。时未遇兮无所将，何悟今兮升斯堂……

司马相如耳闻卓家有女，美而有才，好音擅琴，遂于欢宴之上以绿绮弹奏一曲《凤求凰》，帘后的她，听音辨意，知晓他的琴音，便心动如潮，抛家舍誉，随他夜奔。情之为物，自是难以言说的。谁能想，千金之躯的她面对他家徒四壁的窘境，当即脱钏换裙，当垆卖酒，不曾有半点犹豫、不甘。

她的世界以爱为先，以情为重。奈何她的良人踌躇满志，正是因倾慕战国名相蔺相如之为人、际遇，遂以“相如”为名。终是一身长才终难埋没，正像当年他“绿绮传情”，以一曲《凤求凰》赢得美人归，这日，又以一篇《上林赋》赢得功名来。而她，才终于看清，他的世界太大，装了她，还要装下富贵荣华。他们都不是尘世中随处可见的小儿小女，他有大如天的抱负，而她，自有匹配得上的、厚如地的雍容大度。

然而，生活不是童话，不会在“王子公主从此过上了幸福生活”之后戛然而止。他在长安志得意满，逍遥自在，她却在成都独守空帏，啃噬寂寞，但她的心一如当年出奔时之真切浓烈，也和全天下的女人一样，做着一个“蒲草韧如丝，磐石无转移”的梦。这个梦做得太真，以至于她们都忘记了：是梦，总要醒的。殷切企盼他的消息中，却多了另一位女子的名字。她虽是皎若琉璃的女子，却又性烈如火。她要的爱情当是如雪、如月般纯白无染，皎洁清透，若有半点差池，唯有诀别一途！

她不啼不泣，不吵不闹，仅提笔作一首《白头吟》，寄予那个负了心、忘了情的人，通透如她，在爱来之时全然无保留，在爱走之时亦是全然的壮烈决绝。

她不过是想要个一心一意爱自己的人，与之白头偕老就好。不要你只是途经我的盛放，而要你撷取我的每一寸美丽，直到我完全枯萎，化身尘土。

深爱如她只此小小一愿，如今竟难得偿，只得如沟水流，各奔东西，再不相续。然而，那曾经深刻的情意再难消弭，即使她面对走了味的爱情，心已坚硬如岩，那人仍是她最深处最柔软的那个角落，在决绝之外，她辗转于诗中的哀怨凄怨，依然企盼那人能够懂得。

大抵女子是一样的，席慕蓉亦说：

若所有的流浪都是因为我
我如何能
不爱你风霜的面容
若世间的悲苦
你都已为我尝尽
我如何能不爱你憔悴的心

他手握诗文，忆起往昔，遂绝了纳妾的念头，回到他们最初相遇的地方，轻轻唤着她的名，一如当年出奔时的轻谧。

那茂陵女子纵有千般好、百般娇，依然敌不过岁月，敌不过他们那段绿绮传情、当垆卖酒、患难相随的过往。所以，司马相如注定是卓文君的。于是，他回来了，带着他们共有的记忆和专属的柔情回到她的身边，给她承诺，白头安老，再不分离。

相如携文君退隐归家，二人择林泉而居，日日恩爱，十年来相安无事。奈何相如患有消渴症，病情日复一日加重，最终溘然长逝，留文君一人担此永诀之悲，独品未亡人孤寂清冷的况味。第二年深秋，草枯霜降，雁鸣长空之时，孑然一身的文君亦随相如而去。

“我们说好的，白首不相离，所以，上穷碧落下黄泉，我都随你，永不相绝。”

这就是文君给她的爱情画下的最完美的句号。

千年以降，世间女子虽得以剥丝抽茧，重见天日，但那个流传了千年的简单质朴愿望却不曾改变，她们只不过“愿得一心人，白首不相离”，若没有人成全，就只有“相决绝”。其实，爱情的世界很小，小到三个人就会窒息，所以“要么给我们全然的爱，要么给我们全然的决绝！”这是所有红尘中的女子唱了千年仍不衰的绝歌。

# 待到归来时，站立风中去相迎
## ——李白《长干行》

### 长干行

唐·李白

妾发初覆额，折花门前剧[①]。
郎骑竹马来，绕床弄青梅。
同居长干里，两小无嫌猜。
十四为君妇，羞颜未尝开。
低头向暗壁，千唤不一回。
十五始展眉，愿同尘与灰。
常存抱柱信，岂上望夫台。
十六君远行，瞿塘滟滪堆。
五月不可触，猿声天上哀。
门前迟行迹[②]，一一生绿苔。
苔深不能扫，落叶秋风早。
八月蝴蝶黄，双飞西园草。
感此伤妾心，坐愁红颜老。
早晚下三巴，预将书报家。
相迎不道远，直至长风沙[③]。

**【注释】**

①剧：游戏。

②迟：等待。“迟行迹”，一作“旧行迹”，指与丈夫同生活时往来留下的足迹。

③长风沙：地名，在今安徽省安庆市东长江边上。

“青梅竹马，白头到老”是最完美的爱情模式，也是许多人的期待。金庸先生的武侠世界，似乎也一直在诠释这样的主题：那些最浪漫的事，便是“牵着手，一起慢慢变老”。郭靖与黄蓉、杨过与小龙女等“模范夫妻”，都有一个共同之处：从青梅竹马、相知相许的时候，便认定了一个道理“执子之手，与子偕老”。在这条时间的链条上，连同爱情一起生长的还有青春与时光。

生活即是艺术。一生无嫌猜的爱情便是艺术中的精品——可以平淡，也可以绚烂；可以不完美，但一定完整。

《长干行》便是这样一个让人歆羡的故事。当头发刚刚能够盖过额头的时候，我折些花在家门前玩耍。你骑着竹木马过来，我们快乐地绕着井栅栏做游戏。一起度过美丽的童年，一起跟着时间长大，两颗心从来没有猜忌。依稀记得，出嫁那天，我睫毛低垂，羞红了脸。时光易老，你出去经商，我在家殷切地思念，往事一幕一幕重演，假装你还在身边。时光流转，四季变换，红颜已老，你可否还会待我如先前？想啊，念啊，对着风痴痴喃喃：“待到归来时，站立风中，去相迎”。这段用光阴记述的故事，深情哀婉，韵动人心。

这幅女子相思图中，生活的片段成了完整的艺术整体。刻骨相思，便是爱的见证。整首诗缠绵婉转，温柔细腻，声情并茂，将女子前后的变化刻画得细致入微；更让人感动的终究还是源于浓挚的爱情。《唐宋诗醇》评价此诗说：“儿女子情事，直从胸臆间流出，萦迂回折，一往情深。”

从相知相许到相伴一生，情到深处，便开出永不凋零的花。正如闲来无事的时候，总是爱到公园走走，夕阳闪着光晕，叫不上名字的花草静静地聆听着大地的言语，风轻轻地把我的长发托起，这时，心里便有一种柔软的情感袅袅升起。在路口的拐角处，看见一对古稀之年的夫妇，没有亲吻，没有拥抱，甚至连话都没有说，只是默默地牵着手。一个小小的动作，不用任何修饰，却已经演绎了爱情的繁华。“愿得一人心，白首不相离”，这才是最美的流年和风景。

少年夫妻老来伴，牵着彼此的手，跨过岁月的沟沟坎坎，哪怕沧海桑田，哪怕海枯石烂，依旧矢志不渝地相爱相伴。

此生相知，情深不渝。如若守住了爱情，也便守住了自己。

# 最是那一低头的温柔
## ——崔护《题都城南庄》

**题都城南庄**

*唐·崔护*

去年今日此门中，人面桃花相映红。
人面不知何处去，桃花依旧笑春风。

世间爱情的结局也许千差万别，但所有爱情的开篇都同样美丽，一切的浪漫都源于初见时的惊喜。而在这爱情的四季中，如果把热恋比作躁动的盛夏，那么人生的初次相逢就犹如早春的桃花，鲜艳却带着柔媚、矜持与羞涩。

在那年清明节的午后，刚刚名落孙山的崔护独自出城踏青。长安南郊的春天草木繁盛，艳阳高照，桃花朵朵。一望无边的春天里弥漫着融融的暖意。随意漫步中，崔护忽觉口渴，恰好行至一户农家门外，便轻叩柴扉，讨一杯水喝。门里传来姑娘轻柔的询问："谁啊？"崔护说："我是崔护，路过此处想讨杯水喝。"农庄的大门徐徐地拉开，两颗年轻的心便在明媚的春光中浪漫地邂逅了。

姑娘温柔地端了一碗水送给崔护，自己悄然地倚在了桃树边。崔护见姑娘美若桃花，不免怦然心动。

第二年的清明，崔护又去了南郊踏青。没人知道他是不是去寻找那曾经令他刻骨铭心的笑容。然而当他看到门上一把铁锁，便怅然若失地写下了《题都城南庄》。

词的大意很简单：去年的这个时候，我在这扇门前喝水，看到青春的姑娘和盛开的桃花交相辉映。今年的这个时候，故地重游，发现姑娘已不知所踪，只有满树的桃花，依然快乐地笑傲春风。

爱情是如此慷慨，让二人遇见；但爱情又是如此吝啬，短暂到竟然容不得相遇之人说上一句“哦，原来你也在这里”。

一转身，是一辈子。错过了，就是一生。而唐人偏偏具有浪漫情怀，给残忍加上圆满的结局。

在唐人孟棨所著的《本事诗》中，延续了这个故事：崔护抚尸恸哭深情疾呼，女子死而复活，其父将她许于崔护为妻子。崔护于贞元年间考中进士，官终岭南节度使。诚可谓是有情人终成眷属，后世《牡丹亭》里也曾写到杜丽娘因爱起死回生，用汤显祖的话来说“情不知所起，一往而情深，生者可以死，死者可以生。生而不可以死，死而不可复生者，皆非情之至也。”

当然，没有人能证明崔护的爱情是否真的存在续集，但“人面桃花”的明媚和“物是人非”的落寞，却吟诵出人们对平常生活的感喟。尤其是那初见时的倾心，满树盛开的桃花犹如一朵朵怒放的心花，令人沉醉其中，流连忘返。一见钟情便倾心，宝玉和黛玉第一次相见的时候，心里也都不由得一惊，觉得对方十分“眼熟”，像在哪里见过。正是目光中惊心动魄的那次相撞，足以断定是否此生可以相知相许。这三秒钟深情的凝望，倾注了对人生幸福的所有期盼与锁定。“最是那一低头的温柔，像一朵水莲花不胜凉风的娇羞”，在两情相悦的瞬间，所有年轻的爱情都源于最初的心动。

席慕蓉说：“在年轻的时候，如果你爱上了一个人，请你，请你一定要温柔地对待他。不管你们相爱的时间有多长或多短，若你们能始终温柔地相待，那么，所有的时刻都将是一种无瑕的美丽。若不得不分离，也要好好地说声再见，也要在心里存着感谢，感谢他给了你一份记忆。长大了以后，你才会知道，在蓦然回首的刹那，没有怨恨的青春才会了无遗憾，如山冈上那轮静静的满月。”

所谓“曾经拥有”大概就是这个道理吧。而这，也正是崔护的故事留给后人的浪漫启示……

# 初次相遇，闪亮人生最美艳的刹那
## ——崔颢《长干行》

**长干行**

唐·崔颢

君家何处住，妾住在横塘。
停船暂借问，或恐是同乡。

轻声读“邂逅”二字，像是漫天飘起玫瑰色的花瓣，缓缓落下，洒满脚踝。张爱玲笔下的邂逅更是唯美：“于千万人之中遇见你所遇见的人，于千万年之中，世间的无涯的荒野里，没有早一步，也没有晚一步，刚巧赶上了，那也没有别的话可说，唯有轻轻地问一声：‘噢，你也在这里吗？’”每一次的倾心，总是不经意的邂逅。不相识，又何妨。人世茫茫，四目交汇，终难忘。

爱情像是含苞待放的花朵，初次相遇，有的姑娘羞于启齿，与对方擦肩而过，花朵还未开放，便已凋零。爱情又像是伸出高墙的一枝红杏，急着寻找鲜艳的爱情，在最初的相见中，有的姑娘却摒除了羞涩和矜持，代之以坦率和真诚，大胆奔放地说出内心的表白。

此诗便是女子直抒胸臆的最好诠释。诗一开头就单刀直入，让女主角出口问人，其音容笑貌，跃然纸上，而读者也闻其声如见其人，绝没有茫无头绪之感，达到了“应有尽有，应无尽无”，既凝练集中又达到了玲珑剔透的艺术高度。后两句的停船助问，写出了萍水相逢的男女的相识恨晚之情。淳朴的性情、直白的语言将年轻姑娘的潇洒、活泼和无拘无束生动地映现在碧波荡漾的湖面上。清脆洗练，玲珑剔透，天真无邪，富有魅力。

“易求无价宝，难得有情郎。”大千世界，芸芸众生，每天邂逅的人何止成千上万，但邂逅了能相互停顿、驻留的人又有几何？邂逅是一种美丽，更是一种缘分。能在茫茫人海中邂逅，相识相知，彼此欣赏，共同领略春夏秋冬的美好风光，一起感受真情爱意的万种柔情，岂不是人世间令人最美好的事情?

记得作家沈从文曾这样描绘自己与张兆和的爱情，“我一辈子走过许多地方的路，行过许多地方的桥，看过许多次数的云，喝过许多种类的酒，却只爱过一个正当最好年龄的人。”实际上，在最好的岁月里，遇到心爱的人，能够相守固然是一生的幸福，但只要彼此拥有过动人也撩人的心跳，一切就已经足够。

席慕蓉说她愿意化成一棵开花的树，长在爱情必经的路旁。于是，那些正当年华的人，每当走过一树树的桃花，都深深地记得，坦率大胆，认真收获人生美艳的刹那。

## 春日艳遇，世间最美丽的意外
### ——叶绍翁《游园不值》

**游园不值**

叶绍翁

应怜屐齿印苍苔，小扣柴扉久不开。
春色满园关不住，一枝红杏出墙来。

最喜春日。寒冬消退之时，春天便摆弄着腰肢，姗姗走来。无论她来得早抑或是迟，世人总觉得她是迟到了。有一丝嗔怪，却还是满心欢喜她的到来。毕竟，春日是那样迤逦，世人难免会一不小心就醉倒在她的手心里。

春日，花园中应是最美的吧。春风绿了江南岸，亦像一把剪刀，将细叶精心裁出。河畔的金柳，仿若一位出嫁的姑娘，在春风中尽展腰肢，倒映在波光里的艳影，软软地在世人心头荡漾。潺潺小溪叮叮咚咚，亦叩开了春日的门扉，粼粼波光清冽又不失温和。更喜人的是那些争相媲美的花，各自举起明艳的花蕾，从

未因短暂的花期而忧伤。生来为美，生而为春，这便是对生命最诚挚的誓言。

不知是妩媚的春天引诱了多情的人，还是做梦的人魅惑了旖旎的春日，终究，在浅浅淡淡又不失浓烈的春天中，诗人做了一场浪漫的梦，一次出行便是一次与春日的艳遇。

那一日，诗人站在自己庭院发觉瑟瑟缩缩的冬日已经退场，天地之大，已是春日的主场。想必此时，友人的花园中更是一场妖娆媚好的盛宴。耐不住心中愉悦与欣喜，便换上木底鞋意欲寻春。一路走，一路赏，云淡风轻，阳光刚刚好。

来至友人门前，轻轻叩了几下柴门，却无人应答。诗人实在是想进去看看花园中春日的真正模样，只需一眼便好。故而，一次又一次，一遍又一遍，缓缓地敲，像是春天的驼铃，清清脆脆却不侧耳。这般敲呀敲，却仍不见有人开启。诗人禁不住笑了，或许是友人爱惜满地绿绿薄薄的苔藓，故而委婉谢客的吧。也好，心情好哪里都是晴天，又何必为了只看园中之春，而遗忘心中之春呢？

诗，读到这里，虽美，终究替诗人惋惜。禁不住想象，如若诗人进至园中，或许会填出一首盛大绮艳的春天之诗。然而，时间从不会倒流，世间从未有如果。或许，这般也好，未见，故而可以在心中尽情与春天缠绵，从无止境，心有多大，春天便有多好。

就在诗人归去时，偶然间一抬头，右墙角有一枝红杏悄悄地而又大胆地探出了门外。在与诗人不期而遇的一瞬，那粉红色的花瓣，像是姑娘微微羞红的双颊，那般羞赧却又坦率直视。诗人就是在此时，知晓了什么是怦然心动。“满园春色关不住，一枝红杏出墙来”，任凭主人将门扉关得再紧，亦关不住满园热闹的春色，一枝红杏，春光便乍泄。至此，总算是不虚此行了，而读者在读罢全诗之后，亦心满意足了。

“一枝红杏出墙来”，以一花写百花，以一枝写满园，言尽意犹存，无怪乎此诗会流传千年。或许是红杏太妩媚，使得诗人竞相为它赋诗。或许是它娇小的身躯中，自有春日的风情，便以它代了春日。陆游亦有一诗《马上作》：

平桥小陌雨初收，淡日穿云翠霭浮。
杨柳不遮春色断，一枝红杏出墙头。

细雨沙沙似有而无，诗人走至小桥边之时，天已放晴。柔软的阳光透过青青的云起，轻轻地在空中浮动。虽杨柳细叶尚未舒展，春色似乎尚未降临人间，然而一枝红杏已泄露了春天的秘密。

两诗似有相同之处，亦将春日寄于出墙红杏之上。且有人言，叶诗是从陆诗化用而来，此话或许不假，然而，世人皆传唱叶诗，而陆诗鲜有人知，亦说明“一枝红杏出墙来”，更让人想到满园春色之景。

春日，一切皆是美好。叶绍翁是幸运的，一抬头，春日便落满眼。于花园门外，遇见春天，真是世间最美丽的意外。

读者总爱于一首首小诗中，发现精致的美好。其实，生活又何必不是一首诗。如若，心中足够阳光，又岂止一朵杏花盛开？

## 倚门回首，却把青梅嗅
### ——陈郁《东园书所见》

**东园书所见**

宋·陈郁

娉婷游女步东园，曲径相逢一少年。
不肯比肩花下过，含羞却立海棠边。

三月的午后，常常会下起小雨，叮叮咚咚，伴着稍稍有些凉的清风，一滴一滴洒在台阶上，欲要叩开人们紧闭的心扉。如若这时，再读上一首小诗，便是至美的境界了。每一首诗背后都有一个美丽的故事，或欢愉，或凄婉，但总不失唯美。席慕蓉在画画之余，闲下来之时，便写上一首小诗，在诗中描摹一场邂逅，说一说那个女子是怎样羞赧，道一道那个男子是怎样倜傥。她说，这是对自己的赏赐，多好。

爱情刚刚开始之时，或许不叫爱情，而只是一丝别样的情愫罢了。但正是这一缕异样的感受，已经悄悄奏起了爱情的曲子。

那一日午后，天空又滴落着零星小雨，她睡过午觉刚刚醒来，脸上尚留几缕枕痕，惺忪的双眼略带一丝游移。推窗一望，庭院之中海棠已经伫立枝头，在小雨中愈显娉婷，像是心中哪个地方悄悄被撕开一角一般。此时她睡意顿消，执意要出去走走，任凭侍女劝都劝不过。

披上一件稍厚的衣裳，青色淡雅，亦如她清淡又不失精致的面容。侍女在身后为她擎起一把油纸伞，便踩着刚刚被雨冲刷过的青石砖移步东园中。她边走边赏，偶尔和侍女说一两句话，亦是心不在焉，脚步愈来愈慢，仿佛在等待着什么，但具体是何事却又说不清。侍女只是觉得小姐与往日有些不同，但具体哪里不同又不知从何说起。

《新桥恋人》里的米歇尔说：“梦里出现的人，醒来时就该去见他，生活就是这么简单。”她走至花园拐角处，发现一个少年迎面走来，忽然间，她记起了午睡时的梦。恍恍惚惚的人影，光阴深处的邂逅，她一侧身、一迈步、一羞赧全然露出一股清朴之气，他一叹息、一低头、一询问皆是灵魂深处的眷恋。而此时此刻，在这漫漫细雨中，他们从梦中走来，注定要相逢在依稀的风中。

有人问：“世界上最美丽的地方是哪里呢？”或许世人思量再三，会说出“在你身边”的答案。从一颗心到另一颗心的距离，有人终其一生也未曾到达，而有人在初见的时刻，已轻轻踩到彼此心上。陈郁大抵是懂女子那种懵懂的爱情的，故而写出《东园书所见》这般美丽的故事。

愈走愈近，眼看便要擦肩。她却悄悄敛衣退后，像是一朵娇羞的水莲花。她站立在海棠边，脸颊微红，静等不知其名的男子走过。她或许不知，在低头的那一瞬，她已入了他的眼。女子到底是含羞的，而男子偏偏喜欢这种不张扬却又卓然俏美的女子。李清照初见赵明诚之时，亦是如此。《点绛唇》中如是说：

蹴罢秋千，起来慵整纤纤手。露浓花瘦，薄汗轻衣透。

见客入来，袜划金钗溜，和羞走。倚门回首，却把青梅嗅。

李清照也是于一个刚刚睡醒的午后，在庭院中荡着秋千，渐渐出了些薄汗，风轻轻吹来，周遭尽是微微香气。偶见一男子来，匆匆忙忙连鞋子也顾不得穿，便害羞地朝屋中跑。跑至门扉，却悄悄回身，想要再看一眼，他到底是怎样的男子，便假装着斜倚门扉，轻轻嗅起香梅。

“娉婷游女步东园，曲径相逢一少年”，诗人至此搁笔，再无后话，但是读诗之人总爱顺着氤氲的思绪，给这未完的故事加上一些结局。或许，有无结局都好，所谓蜻蜓点水才是最美境界。

# 第五章

# 用我三生烟火，换你一世迷离

## 瞬间迸发的情缘，让彼此相遇
——《诗经 · 唐风 · 绸缪》

**诗经 · 唐风 · 绸缪**

绸缪束薪，三星在天。今夕何夕，见此良人。子兮子兮，如此良人何！

绸缪束刍，三星在隅。今夕何夕，见此邂逅。子兮子兮，如此邂逅何！

绸缪束楚，三星在户。今夕何夕，见此粲者。子兮子兮，如此粲者何！

在春秋时期，婚礼都是在傍晚举行的。这边日照将残，那边三两小星已然闪烁，新郎与新娘就是在这样缱绻柔和、如幻如梦的光景下初次相见。

柴草捆得再紧些吧，那三星高高地挂在天上。今天是什么日子呀？让我遇见这么好的人呀。你呀你呀，这样的好，让我该怎么办呀？

柴草捆得再紧些吧，那三星正在东南角闪烁。今天是什么日子呀？让我看见如此的良辰美景呀。你呀你呀，这样好的良辰美景，让我该怎么办呀？

柴草捆得再紧些吧，那三星高高地挂在门户之上。今天是什么日子呀？让我看见如此灿烂的人呀。你呀你呀，这样的美丽，让我该怎么办呀？

胡兰成在《今生今世》中写道他喜爱旧式婚姻。他在《有凤来仪》一篇中十分细致地写了玉凤嫁与他时，所举办的旧式婚礼上的种种。

是日男家从午前打发花轿亲迎去后，留下动用的人手只是整治酒肴，备办几桌碗盏，堂上挂起福禄寿三星图及喜联，入夜诸事就绪，渐渐三更向阑……

东方发白，花轿进大门，轿上轿下前前后后一片声放百子炮仗，打锣吹号筒，轿前一人以五谷撒地，祓除不祥。花轿到了堂前，稍歇一歇，等交进了吉时，才揭开轿帘，搀扶新娘出来，新郎新娘拜堂。只见满堂前花团锦簇都是人，点起一对龙凤烛，动乐。拜堂时的音乐非常华丽，是钲、荡锣、咚锣、梅花……

拜过堂，乐户吹号筒，廊下大锣大鼓，新郎抱新娘上楼，众人团随到洞房里。新郎新娘并坐在合欢床沿，人丛中出来福寿双全的翁媪二人，拿汤圆喂新郎一口，新娘一口，又持整株红皮甘蔗向新郎新娘祝三祝，多福多寿多男子。于是新郎揭去新娘的盖头帕，老嫂来助新娘更衣梳妆，要到此刻才穿戴起凤冠霞帔，敷粉搽胭脂，如雨过牡丹，日出桃花，凤冠霞帔是后妃之服，拜天地又是帝王的郊天之礼，此时，中国民间女子的一生亦是王者。

楼下又动乐，是平旦时分了，新郎新娘又下来到堂前，拜福禄寿三星及家堂菩萨。又然后拜祖先，拜公婆及房族中长辈，新郎新娘每行动必随以鼓乐，人是可以好到像步步金莲的。

且不论胡兰成之人如何，只这一手文字就看得出他的心里对人世存着多少曲折的温柔。

旧式婚姻都是父母之命，媒妁之言，即将成为夫妻的二人在红盖头掀起前是不得见面的。所以红盖头掀起后的命运究竟如何，是个忐忑人心的未知。这未知造就了不知多少不幸的命运，然而《绸缪》中的男女显然是幸运的，故而才会唱出这曲欢歌，也让看到的人对生命中这种不期的遇合有了期待。

佛家眼中，世事皆由因缘和合而生。老电影《卡萨布兰卡》中，男主角里克说："在这个世界上有那么多的城市，在这个城市里又有那么多的酒馆，她却偏偏走进了我的酒馆。"就是在这样的机缘下，里克与伊尔莎相遇，相爱了。这段

感情纵使没有永远，纵使不得善终，他们的心里都是一样感谢上苍赐予他们这千里的相遇。

波兰女诗人辛波丝卡的诗作《一见钟情》如是言：

他们彼此深信
是瞬间迸发的热情让他们相遇
这样的确定是美丽的
但变幻无常更为美丽……

所谓遇者，正是这样的不期而会，而所谓不期而会，就是这般值得我们惦念一生。在这苍茫尘世中，我们像个不知疲倦的赶路人，对生命里的种种遇合充满期待，不管怎样的情节曲折，只静然，等待它们一一发生。

其实，世间一切之所以是现在的样子，都有注定。一个人遇见另一个人并不是天地间的偶然，不是生命里的意外，而是冥冥中早就定下的安排。《传道书》中说：

凡事都有定期，天下万物都有定时。生有时，死有时；栽种有时，拔出所栽种的也有时；杀戮有时，医治有时；拆毁有时，建造有时；哭有时，笑有时；哀恸有时，跳舞有时；抛掷石头有时，堆聚石头有时；怀抱有时，不怀抱有时；寻找有时，失落有时；保守有时，舍弃有时；撕裂有时，缝补有时；静默有时，言语有时；喜爱有时，恨恶有时；争战有时，和好有时。

所以，现实中的人们何必张皇，何必逡巡不安，也不要再去试探、惧怕，时间有的是，前方路还长，不管有多少次你想象着他的到来，他依然会以你意想不到的方式前来，撷取你的全部的心和全部的爱恋。世间的相遇都是神明的摄理，星命的佳会，纵使你万水千山地游荡，那人也定会从你相反的方向，不期然地来到你的面前。你要做的只是，绽放出绝美的微笑，紧紧拉住他的手。

# 落花人独立，微雨燕双飞
## ——汉乐府《陌上桑》

**陌上桑**

汉乐府

日出东南隅，照我秦氏楼。秦氏有好女，自名为罗敷。罗敷喜蚕桑，采桑城南隅。青丝为笼系，桂枝为笼钩。头上倭堕髻，耳中明月珠。缃绮为下裙，紫绮为上襦。行者见罗敷，下担捋髭须。少年见罗敷，脱帽著帩头。耕者忘其犁，锄者忘其锄。来归相怨怒，但坐观罗敷。

使君从南来，五马立踟蹰。使君遣吏往，问是谁家姝？“秦氏有好女，自名为罗敷。”“罗敷年几何？”“二十尚不足，十五颇有余。”使君谢罗敷：“宁可共载不？”罗敷前置辞：“使君一何愚！使君自有妇，罗敷自有夫。”

“东方千余骑，夫婿居上头。何用识夫婿？白马从骊驹；青丝系马尾，黄金络马头；腰中鹿卢剑，可值千万余。十五府小吏，二十朝大夫，三十侍中郎，四十专城居。为人洁白晰，鬑鬑颇有须。盈盈公府步，冉冉府中趋。坐中数千人，皆言夫婿殊。”

汉朝女子，大多扮相典雅，红绸小袄，罗衫长裙，便是那个时代女子们最为普遍的装束。衣袂摩挲声中，那足底的木屐声更让这些女子多增加几分妩媚。那应该是与现代女子截然不同的精神风貌，细碎的脚步声足可以道出汉家女子的华美。

素颜，固然是一种清水出芙蓉的美，然而，如若搭上手工精良的饰物，则更是风华绝代。在汉朝，无论是布衣女子，还是皇亲贵族，在衣饰上从不含糊。一针一线，尽把蘸满绝美年华的妖娆，芳心暗许的情愫，娇莺软语的悸动，悄悄缝上。《陌上桑》中的罗敷便是这样一个容颜与装饰俱佳的女子。

清晨的日光倾斜而下，善于养蚕的罗敷踏着晨光前往城南采桑，精致的妆容，配合衣裙的搭配，所有见到罗敷的人都立足而视，忘记了自己要干的活。古人对于美的赞颂总是含蓄而内敛的，但也正是因为如此，才使得人们对他们所塑造的美人形象十分向往。罗敷的美貌在此从未正面描述过，只是轻描淡写地侧面烘托。

虽然，汉代描写女性的赋词和诗作寥寥无几，而在这为数不多的作品中，可以看到有一个共性便是汉代描写女性多是从她们的穿戴服饰和神态体貌来进行铺展，犹如现今人们所看重的并不仅仅是一个女子的容颜，而是其气质。

女子之美除了修饰外，亦有生而清丽，故而对女子容貌之美的描述亦不在少数。楚辞高手宋玉在他的《登徒子好色赋》中便写到了“腰如束素”，“增之一分则太长，减之一分则太短，著粉则太白，施朱则太赤。眉如翠羽，肌如白雪，腰如束素，齿若含贝”。此番描述，尽显女子神态之美，出神入化，耐人寻味，故而韵味十足。

而曹植的《洛神赋》是中国文学史上的名篇，其中他对甄氏的美貌也有过一段精湛的描写，与宋玉的《神女赋》一起树立了一种女性美的典范，在传统文学中影响极大。千百年来，我们对女性的审美取向，就没有脱离过这二赋的范围。其实二人对于女性的描述都十分含糊，没有明确地说明这名女子有多美，而只是在做种种比喻，令读者心目中产生一个模糊而又动人的形象，却无法清晰地看到这个女子的面容。

“使君一何愚！使君自有妇，罗敷自有夫。”于古人眼中，美人固然要身形俊美，而心灵和品德之美尤为重要。采桑的罗敷一回眸，一抬首，一低眉，便足以惊艳时光，但这不仅仅倾煞世人。她的美，是懂得自持。她也可以令使君对她垂涎三尺，但她更懂得洁身自好，不攀附富贵，更能冷静地以自己的机智令使君颜面扫地。

面对使君的诱惑，罗敷丝毫不为所动，她口中的夫婿不但一表人才，且德才兼备，前途无可限量，罗敷的一番夸赞明里是为自己的夫婿，暗里却是讥笑使君的昏庸无能。

此时，罗敷所散发出来的美已经不再是她自身容颜的美，而是深入内心的美。和《陌上桑》有异曲同工之妙的亦有《羽林郎》。在《羽林郎》中，同样美丽的女子胡姬更懂得把握分寸，但又不失礼于人：

胡姬年十五，春日独当垆。长裾连理带，广袖合欢襦。头上蓝田玉，耳后大秦珠。两鬟何窈窕，一世良所无。一鬟五百万，两鬟千万余。

胡姬和罗敷一样是美艳动人的，但是她们都是内心纯洁的女子。故而，她们的美更是令人只可远观而不会亵玩焉。汉代女子的形象在这些诗文中逐渐丰满起来，虽然无法透过赋词看清楚她们绝艳的容貌，但却可以了解到她们美得不可方物。

关于汉朝女子的描述不会被历史遗忘，好像体态轻盈的赵飞燕，在汉宫中翩翩起舞，令汉成帝魂牵梦绕；好像汉武帝宠爱的李夫人，在患病的最后一刻，虽然满面病容，但依然人见尤怜；好像才华横溢的班昭，在编著汉书的同时，依然不忘训导自身的德行。她们是汉代女子中难得的尤物，因为有了她们，大汉才有了如梦如幻的点缀，才有了让后世百转千回的思恋。

## 一首简单的情歌，可以唱碎人心
## ——汉乐府《上邪》

### 上　邪

汉乐府

上邪[①]！我欲与君相知，长命无绝衰。

山无陵，江水为竭，冬雷震震，夏雨雪。天地合，乃敢与君绝！

**【注释】**

①邪（yé）：同耶。感叹词。

《诗经》中有一首简单的歌，唱着："执子之手，与子偕老；死生契阔，与

子相悦。”歌声绵绵不绝。在许多年后的汉朝，也有这样一首简单的情歌，温婉流转，可以唱碎人心：“天地合，乃敢与君绝！”

常说爱到浓时情转淡，但在《上邪》中，却只见到了撕心裂肺、至死不悔的爱情誓言，在《上邪》中，爱情成为一种忠诚。无所求、无声息却又为一人做尽所能做的一切，放弃所能放弃的一切。世上有情爱万般故事，却只有一种爱情叫生死同穴。“你若爱我，我便愿意将性命都交托于你。只要生死都能相守在一起，死亡又算得了什么呢？”这就是《上邪》转告给后世的爱情宣言。

“上天啊！我渴望与你相知相惜，长存此心永不褪减。除非巍巍群山消逝不见，除非滔滔江水干涸枯竭，除非凛凛寒冬雷声翻滚，除非炎炎酷暑白雪纷飞，除非天地相交聚合连接。直到这样的事情全都发生时，我才敢将对你的情意决绝抛却！”誓词式的情歌，言简意深，铿锵之声，不绝于耳，故能千古传唱。

这该是怎样一场荡气回肠的爱情？那个窈窕淑女面对自己心爱的人，指天为誓，即使海枯石烂，地老天荒，自己的爱情决然不变，多么大胆、炽热又质朴的感情！正应了清代王先谦之言：“五者皆必无之事，则我之不能绝君明矣。”这古今中外无与伦比的表达爱情的方式，可以说是绝唱之作。

清代才子纳兰容若悲悲切切地写道:“人道多情转薄，而今真个不多情。”在他看来，爱情似乎只有从浓烈转为淡化这一条道路可走，所以，他题词哀婉地悲叹爱情的短暂和无常，而无数的后人也沉迷在他的词中不能自拔，认为爱情便是一道不可愈合的伤口，每每触及，疼痛难忍。

其实何必如此悲伤呢？如果说爱情是一种生死相许的誓言，那么一次的出现就足以让你的一生充满色彩。如果你的内心真的有这样一汪湖泊，那就让它安静地保留，让它静默，因为爱情是不会死的。

《上邪》那首遥远的古调似乎还在耳畔歌唱，唱过了四季，唱过了江河。歌声中，有着哀伤的声音，就好像是一种无形的力量，在无时无刻地揉打着内心最为柔软的地方，令其痛彻心扉。

此绝唱影响甚远，敦煌曲子词中一首《菩萨蛮》显然受到其启发。

枕前发尽千般愿，要休且待青山烂。
水面上秤锤浮，直待黄河彻底枯。
白日参辰现，北斗回南面。
休即未能休，且待三更见日头。

在主人公的主观臆断中，青山不会枯烂，水面浮不起秤钟，黄河永不枯竭，参星和辰星不会在白天出现，北斗不会出现在南天空，半夜不会升起太阳，故而，她认定他们的爱情永不会断。此不正是上邪式的爱情誓言吗？

古今中外多少文人墨客歌颂过爱情，只有但丁说得这样好：“比烈火炽热，比闪电耀眼，比时间漫长，对你的爱犹如人间浩劫，我会把你的尸首高挂在世界最后毁灭的地方。”爱与恨本就是一种浓墨重彩的感情，从不会有温和的中间路线。

## 大义同胶漆，匪石心不移
——贾充《与妻李夫人联句》

**与妻李夫人联句**

晋·贾充

室中是阿谁？叹息声正悲。（贾）
叹息亦何为？但恐大义亏。（李）
大义同胶漆，匪石心不移。（贾）
人谁不虑终，日月有合离。（李）
我心子所达，子心我所知。（贾）
若能不食言，与君同所宜。（李）

读遍古今中外大大小小的传奇故事，始知这些乱世里的故事并不是平常的人所能承受的，一个人的一生本就如同一出戏、一场战争，自有其悱恻缠绵、壮阔激烈。而一场理想的婚姻对一个人来说就如同处身于太平盛世。

古时候，女子的世界极狭小，未嫁从父，出嫁从夫，夫死从子，绕来绕去，绕不过“三从四德”的框框。那时的世间多的是为爱为情的女子悲歌，若是嫁得

有心人，则是此生为女子莫大的幸运与安慰。

都说那时“女子无才便是德”，然而古时候有才又有德行的女子亦不在少数。西晋时人贾充的妻子李婉便是兼具美貌、才情、德行的奇女子。而他们夫妻传世的定情联句则可窥一斑。

贾充的结发妻子李婉，是魏国的尚书仆射李丰的女儿。后来，李丰被司马氏所杀，而李婉也被牵连，被判流徙之刑。

此联句诗就是在因李婉流徙而分离前所作。全诗采用对话体，每人两句，由贾充的发问领起。

是谁在屋子中叹气，而且声音如此沉重悲伤？

我内心充满愁绪，担心我们夫妻的情义因此次的离别而断绝，所以不由自主地叹了口气。

我们夫妻间的情义如同胶和漆那般难于分离，而我的心也不是磐石，不会随便转移。

每个人都会对自己的终身大事有所忧虑，尤其是此次我一个人独往塞外，再见之日遥遥无期。日月尚有离合，人间之事更是难以预料的。

我的心你是知道的，而我也一样懂得你心中所想，你我多年夫妻，心心相印，又何必有此挂虑？

如果你能够不违背今天所说的话，他日我归来，我们再重续以往甜蜜和睦的生活。

这诗中没有什么华丽的词句字眼，就如最平常不过的夫妻对话，然而其中却有着说不尽的缠绵凄恻。

只为他那一句“我心子所达，子心我所知”，李婉就对命运多了许多期待和安心，她想着，当有一天，他们都一样，面上渐渐有了细纹，在岁月中从容地暗淡下来。而他们的感情也一样从容地平淡下来，却有着年轻时没有的淡然、静好。那时，她将不再忧心他们的缘分几何，因为她相信，她生命中最精湛处和最深邃处，唯那个人有天赋理解。

李婉所遭遇的祸事来得异常仓促，让夫妻二人皆始料未及。李婉的父亲李丰是魏国的权臣，司马氏建立晋朝后，自然容不得他，而他的家人也难以免于刑罚。这种改朝换代的大事，谁也不能预知前方究竟有着什么样的命运在等待他们。

“若问我此生有何愿待上天成全，唯愿我如星君如月，夜夜流光向皎洁。”世人想象得到，李婉是带着爱和安心离开的，在塞外的风沙冰霜里来去，而因为爱情，她的心犹温热。只是，这世间到底要辜负多少痴情女子卑微而渺茫的心愿?

而后，贾充续娶了郭氏。时间不长，晋武帝即位，李婉获得大赦，得以归家，而晋武帝还特地下诏，让贾充设立左右夫人来安置李婉和郭氏。然而，贾充最终还是背弃了自己“大义同胶漆，匪石心不移”的誓言。因郭氏出于嫉妒不允许李婉和她并列夫人之位，且不许贾充去探望她。贾充就将李婉安置在永年里的一座宅内，自此不相往来。

千年后，世人再玩味这对夫妻的离合，贾充的薄情，李婉的命运，不禁也对苍茫人世生出几分倦息。夫妻本是这世间至亲之人，却又如此轻易就变作世间最生疏、最无情的关系，多像李季兰于《八至》中所写：

至近至远东西，至深至浅清溪。
至高至明日月，至亲至疏夫妻。

这不过是一个个浅显而至真的道理，竟然能让人读出沉甸甸的悲凉。

夫妻是世界上相互距离最近的，因此是“至亲”，但是，那些同床异梦的夫妻在心理上却隔着天涯海角的距离，因此为“至疏”。这李季兰极为冷峻地道出世情之真、之残忍，却又不负责给人安慰。

那时，李婉被郭氏不容，独居永年里，孤苦无依。而贾充和李婉的两个女儿在贾充面前哭着求他，希望他去看李婉一眼，但贾充依然冷心冷眼，不为所动。曾经如同胶漆的情深，到如今竟连陌生人都不如，当真是“至亲至疏夫妻”。

行至此，对爱情一事不免意兴阑珊，若是可以，倒不如学学那见惯俄罗斯大风雪的茨维塔耶娃，她的爱既热烈却有着别样的洒脱和淡然，她是这样说的：

我想和你一起生活在某个小镇，
共享无尽的黄昏和绵绵不绝的钟声。
在这个小镇的旅店里——
古老时钟敲出的

微弱响声像时间轻轻滴落。
有时候，在黄昏，
自顶楼某个房间传来笛声，
吹笛者倚著窗牖，
而窗口大朵郁金香。
此刻你若不爱我，
我也不会在意。

## 情人怨遥夜，竟夕起相思
### ——李商隐《夜雨寄北》

**夜雨寄北**

唐·李商隐

君问归期未有期，巴山夜雨涨秋池。
何当共剪西窗烛，却话巴山夜雨时。

诗心藏韵

写给爱人的情书，像是温暖而悠长的春天，日光和煦，尘世温柔。每一次打开或者是默读，都感到身旁繁花盛开，暗香浮动。它无须用典故，无须用比兴，更无须斟酌丽藻华辞，只要直写其景，直抒其情，温情便像潮水般一波波漫过心房，让独自一人的夜，不再那么凄凉。

李商隐写给内人的信，字字滴进了妻子的心海，也如永不暗淡永不低沉的星辰一般，悬挂在了每一个夜空中。

这只是一首简单的小情书，但却道尽了相思。那一天，蜀地萧索，秋雨绵绵，落叶纷飞，李商隐朝妻子的方向极目远望，望断天涯，伊人总不见。最怕淅淅沥沥的雨，从来没有要停的意思，屋檐上滴滴答答，一记一记敲着敏感的神经，或许又是一夜不能眠吧。

重新点上煤油灯，翻出案几边的几张泛黄的宣纸，磨一磨风干的墨，脑中便开始上演从前的一幕幕场景。“君问归期未有期，巴山夜雨涨秋池”，宁静的夜中，他恍惚中听见妻子在问，何时归来，何时归来。巴山的雨啊，如此多情，涨满了门前不远处的池塘。巴山的夜啊，也如此凄清，漫漫无边，包容不下一颗伤透的心。想确定归期，奈何身不由己，他的命运不在他的手中。

罢了罢了，还是重温一下寥寥无几的家书吧。每一字已背了下来，却忍不住一遍遍翻看，仿佛看到歪歪扭扭却饱含情意的字，就触到了妻子的手，抚摸到了妻子的脸颊。回忆往昔，便也幻想着未来。“何当共剪西窗烛，却话巴山夜雨时”，何时再回曾经的院落，何时能与佳人团聚。待到那一日，在西屋的窗下情意绵绵，彻夜聊天，窗户边的蜡烛结出蕊花，两人便携手剪掉。情愫绵延不尽，夜夜在烛光下，共叙情怀，共诉相思。巴山夜雨的点点滴滴，独守闺房的痴痴念念，尽消磨在二人的柔情里。

本诗构思奇特，从空间而言，巴山—西窗—巴山，虚实相生，循环往复，二人虽分隔两地，情思却相融无间。

无怪乎情桂馥在《札朴》卷六中说：“眼前景反作后日怀想，此意更深。”

“海上生明月，天涯共此时。情人怨遥夜，竟夕起相思。”不正是这封情书的注解吗？身处异地，仍能望见同一轮明月。情人的夜晚，总是格外漫长。如若知道远方伊人和自己的脉搏跳动，是一样的频率，也会感到无比幸运且幸福吧。

相思总有一种奇妙的颜色，旁人不懂，只有有情人看得清。

# 此刻没有言语，却比盟约更动人
## ——刘禹锡《竹枝词》

**竹枝词**

唐・刘禹锡

杨柳青青江水平，闻郎江上唱歌声。
东边日出西边雨，道是无晴还有晴。

年轻时的情感总是纯粹透明，又略带一丝朦胧的美感。喜欢让温情在深夜悄悄发酵，当月亮悄悄爬上树梢，有一种思绪便顺着微微的月影爬铺满周身。渐渐地，便似乎闻到了雨后淡淡的泥土味道，甚是迷离沉醉。每每到这时候，总想摊开纸，写一封情书，边写边读给自己听，无须寄出，写好后就密封。但是，也希望刮来一阵风，让风把字字句句捎给心上郎，让他知晓，我是怎样为他迷醉。你看，爱情就是这样羞涩忐忑，又如此坦率真挚。

一场太阳雨后，两岸杨柳低垂摇曳，青翠欲滴，江面水位初涨，平静如镜。少女拨弄着垂下来的发丝，走在江边。忽然，悠扬的歌声袅袅升起，从江上随风飘来，听到情郎的歌声，忧伤便被深情的歌声冲淡了。抬头望见东边阳光灿烂西边雨绵绵，姑娘摸不透对方的心思，爱到深处，便不知有情还是无情。姑娘的爱意与忧伤，就像这绕山流淌的蜀江水一样，无尽无止。

诗人以女性口吻在此诗中写了一段朦胧暧昧的男女之情，展现了一位深陷爱恋中的少女忐忑期待的心情。诗歌以景开篇，首句和二句是真实情景的再现，是对实景的描摹，一见一闻，描画了一幅宁静唯美的画面，画面中有山有水、有人有声。三四两句，诗人由景生情，描写了少女在听见心上人唱歌声后的心理活动，最后一句“道是无晴还有晴”更是巧妙地运用了谐声双关的手法，以“晴”喻“情”，将暧昧的情感与多变的天气交融在一起，化无形于有形，化明确于含蓄，准确地传递出了爱情的朦胧和善变之状。全诗语词朴实而意蕴深厚，声调婉转而情意真挚，读来亲切莞尔。

小伙子对这位单纯的少女若即若离，对于少女的心意他总是未给出明朗的回复，当少女以为他无意自己时，他总是适时表现出热情；可当少女认为他也心仪自己时，他又总是尽力撇开，这让少女内心十分忐忑：他对我究竟有没有意思呢？这个人怎么像黄梅时节的天气似的，东边出太阳时偏偏西边在下雨，说他无情吧，又似乎满腹深情。两个意象的结合将少女焦虑迷惘的心思勾勒得十分传神，希望与失望交杂其间，一位既大胆敢爱又羞涩无奈的少女形象即刻跃然纸上。

人们总喜欢以歌传情，它不似普通语言，有特定的含义，无须夜夜揣摩。它需要气氛的渲染，情感的铺展。它是微妙的，像水一样没有形状，却适合任何容器。它忽远忽近，凭空而来，轻轻游动着，深入你的心里，没有言语，却比盟约更动人。它似心情的触须，稍稍一拨，便波及全身。

## 简单的爱情，是最幸福的
### ——张籍《节妇吟》

**节妇吟**

唐・张籍

君知妾有夫，赠妾双明珠。
感君缠绵意，系在红罗襦。
妾家高楼连苑起，良人执戟明光里。
知君用心如日月，事夫誓拟同生死。
还君明珠双泪垂，恨不相逢未嫁时。

## 诗心藏韵

“君生我未生，我生君已老。君恨我生迟，我恨君生早。”这或许是世间最凄怆的爱情了吧。在错的时间里，遇见对的人，就如同在秋日里，种下一棵石榴树，热心期盼来年五月会开出一簇一簇小红花，进而结出一树饱满欲滴的石榴，然而，冬日的一场寒流，熄灭了所有的期盼。种子在心中扎根，却再不会发芽，明明知道不会再有交集，却舍不得把昨日连根拔去。

这首《节妇吟》也许就是类似爱情的最好注解。

“君知妾有夫，赠妾双明珠。”似乎是在埋怨君子出现得太迟，又似乎是在恨自己嫁得太早。她喃喃地说：“你明明知道我已经有了夫婿，为何还要以明珠相赠来表达爱意呢？”都说两条平行线最可悲，那么相近却永远不能相拥。然而，相交线更苦楚，从最远的距离走向彼此，在擦出火花的那一刻，便也意味着相离，且越走越远，比未遇见时的距离更远。

虽已为人妇，但死水般的生活，在他出现的那一刻涌起千层浪。用心去换另一颗心，触到了最温热的脉搏，感受到了缠绵之意，便把带着君子余温的明珠，系到了殷红色的罗襦上。奈何奈何，夫婿的温情，亦是如同人间四月天，家中高楼雄伟华丽，宫苑金碧辉煌，夫婿在明光殿执戟，身份不凡。或许君子已动心怀，但又怎舍得家中夫婿伤怀？简单的爱情，是最幸福的。如若有选择，便增烦恼，如同诗中女子一般。

婚姻中没有好与不好，没有高低贵贱，纵然婚姻之外的爱情更明艳，也如夜空中的烟火，腾空而起，散尽璀璨，终消失在茫茫的黑夜，再寻不到踪迹。

纵然知道君子的情可与高山比肩，可怎奈已经在成亲之日与夫婿共许诺——愿岁月静好，生死与共。“还君明珠双垂泪，恨不相逢未嫁时”，婉转地拒绝，分离的时刻，终于在让蓄在眼眶里的泪，在脸上溅起水花。

作家三毛曾经在散文中提到一个故事，她说丈夫荷西有次告诉她，“他爱上了别人”。多数女人听到这样的说法，都会暴跳如雷，但三毛没有这样做。她认真地听丈夫讲述了那个女孩的故事，发现那也是个非常美好的女子。所以，她对荷西说：“你去试着跟她生活。一年之后，你喜欢她的话就留在她身边，想念我就回来，如果都放不下，我们三个人就一起生活。”实验的结果是荷西又回到了三毛的身边。

婚姻以外的爱情，能够给人刺激，但兴奋过后，依然要回归平淡。再大的激情也有燃尽的时候；坚守婚姻，也便守住了幸福的底线。如此说来，张籍笔下的“节妇”似乎比现代人更有智慧。于情于理，“还君明珠双泪垂”，既不乏对别人感情的尊重和感谢，也没有突破道德和婚姻的规范，有情有义却也有礼有节。这实在是一个懂得感情又珍惜生活的才女！

## 无论飞短流长，一任波澜不兴
### ——孟郊《烈女操》

**烈女操**

唐·孟郊

梧桐相待老，鸳鸯会双死。
贞妇贵殉夫，舍生亦如此。
波澜誓不起，妾心古井水。

我们听过太多太多的誓言。人类总是急切地调用他们身上所有的悟力、风趣，让爱的人相信自己的忠诚和热情，纵使这忠诚和热情未必能如他们所言那般永恒。而这世上不见得人人都是赌徒，却总看见有人为了他人的只言片语，甘心赔上自己的一生。

孟郊的《烈女操》，其中的女子对亡夫许下这样的动人心魄的誓言。

“雄梧雌桐相守终老，鸳鸯成双至死相随。贞洁妇女贵在为丈夫舍生殉节。我对天发誓，像那不起波澜的古井水，永远忠贞不渝。”

相传梧桐为雌雄同株，梧为雄树，桐为雌树，梧与桐共生同长，也一起老去，一起化灰化烟。植物中有这般深情的树，动物中自然也有如此深情的种。

"止则相偶，飞则相双"的鸳鸯被人类歌颂艳羡了岂止千年？

都道人心如月，又怎能夜夜圆满、夜夜皎洁？难怪聪明如朱丽叶会说："不要指着月亮发誓，月亮变化无常，每月有圆有缺，你的爱也会发生变化。"

《烈女操》中的女子却是发狠似的说着："你看，那梧桐、鸳鸯都是同生共长、生死相随的。虽然我们没能共赴阴间，但我们也绝不忘昔日情意。你走后，我的心就如同那幽深的古井水，再不会为谁起一丝的波澜。"

或许很多人看到看到"贞妇贵殉夫，舍生亦如此"时，心有不屑，说什么贞节妇女的可贵之处就在于一生为死去的丈夫殉节，这样才算是至善至美之举。这明显是在进行封建的说教，在贞节牌坊已成为封建流毒的残迹，供人观瞻的今天，谁耐烦听这些过时的调调？

然而在不屑之下，心中又不免计量：如若这诗中的女子若真因爱而不嫁人，旁人还能鄙薄她的迂腐、同情她的命运吗？答案无声，但却分明。

这世间最让人捉摸不透的大概就是女人心了吧，谁能想到一向奢华的陆小曼在徐志摩死后会缟素终身，离了华丽场，余生只为"遗文编就答君心"。而徐悲鸿的遗孀廖静文也用了一生的时间和精力守护徐悲鸿的遗产，并亲自组建了徐悲鸿纪念馆。

从前的种种爱若是铭心刻骨，如今失了，自应舍身同死。在残酷的现实面前，死是一个人能做的最容易的事。然而这些女子都选择活了下来，因为她们的身上都有使命在。

《烈女操》中的女子，也许一样是带着亡夫的使命活在这世上的女子之一，发下这样的誓愿只求告慰那再不能相见的灵魂，并非因封建枷锁的束缚或为世人的眼光。彼时的她，内心如一潭死寂的井水，无论情爱，无论飞短流长，一任波澜不兴。

她只是想好好活下去，替他活下去，做他来不及做的事，尽他未能尽的孝道、责任，看他再看不到的人世风景。待百年之后，她也去向有他在的那永恒的寂静中，再将这一切一一说与他听。

"十年修得同船渡，百年修得共枕眠"，白素贞情谊广蕴如三千尺的流水，因千年之前被一介牧童救起，便在峨眉山上修炼成精，化身女子，誓要报恩。纵然水漫金山依旧痴痴追求，纵然被压于雷峰塔下依然默默承受。这段繁艳的爱情，因一个女子的执着，生长成一朵奇葩。若是拿流年衡量真爱，千万年并不觉冗长。

当时间过去，容颜更改，凡人的躯体归于永恒的寂静，我们或许可以试着打探那一代的女子是如何穿过黑暗、星空、暴风雨来寻找自我，并在漫长的一生中始终面带微笑，悠远笃定，从而拥有了与我们不同的灵魂。

## 让我住进你的心里，不舍不弃
### ——徐祯卿《偶见》

**偶　见**

明·徐祯卿

深山曲路见桃花，马上匆匆日欲斜。
可奈玉鞭留不住，又衔春恨到天涯。

桃花，总是在人们心里的春天繁华盛开，一簇簇、一朵朵。安意如在《世有桃花》中所写：“自《诗经》出嫁，到秦汉飘摇，唐之明艳，宋之清丽，明清秾艳流俗，桃花的意象在古典诗词中繁花开谢、绵延不绝。桃花与桃花互相遮蔓、轮回，在诗与词、小说、电影、话剧、歌舞之间接壤，最后呈现出一个个独立的意象。”这便是桃花说不尽的魅力，掩藏在每一个妩媚绮丽的故事中，充当故事的背景，也充当故事的主角，如若没有桃花，或许真会少了一点韵味，一点暧昧的氤氲。

桃花让人想起站在树下的姑娘“人面桃花相映红”，让人想起陶渊明只到过一次就再也寻不见的桃花源，让人想起“桃花潭水深千尺”的深厚情谊。一个人走在孤寂的旅途中，如若在一个拐角处，峭壁的夹缝中伸出两枝开得正艳的桃花，想必，这会是最意外的美的享受了吧。途中单调寂寞，这明媚的春色就是再好不过的代偿。

徐祯卿是这样在一个幽深的山谷中，与桃花有了一次意外的邂逅。他并没有刻意地张望，有意寻找，而是在浑然不知中，于曲折的小道上，忽然撞见了正当

豆蔻年华时的美人一般的桃花。这灿烂的桃花，像是早已知晓他要路过似的，便把自己盛开得丰盈饱满，以给他一次视觉盛宴。果然，没叫他失望，当眼帘中充盈着它们婀娜的身姿时，他便忘记了路途的劳苦，感动欣慰遐思，流连忘返。

本以为他会驻足停留，或者放慢脚步缓缓前行，以不辜负这美景。然而，他却渐渐将这春光留在了身后。太阳西斜，他不得不策马而行，匆匆赶路，以便在天晚之前找到临时的归宿。面对美景，欲留却不能，欲罢亦不能，身不由己，这或许就是世间最大的遗憾吧。

“可奈玉鞭留不住，又衔春恨到天涯”，飞逝的时光，即使策马加鞭也不能挽留，唯有的便是无尽的叹息。春色是那样美好，却只能衔恨前行，奔向天涯，心有不甘，终是无济于事。诗人最是敏感，在迤逦而行的路上，或许感叹这世间留不住的又何止这两枝桃花呢？那满园的春色，那美好的岁月，终究随着日落，一寸寸沉入海底。不禁令人想起韦庄的《古别离》：更把玉鞭云外指，断肠春色在江南。

马鲁在《南苑一知集》云：“绝句四句内自有起承转合，大抵以第三句开当宕气势，第四句发挥情思。”以此移评此诗，甚为恰当。

# 第三篇

# 落红不是无情物，化作春泥更护花

第六章

# 九马画山数命运，一生伴君不羡仙

## 举案齐眉时，生命如桃花般艳美

——《诗经·周南·桃夭》

**诗经·周南·桃夭**

桃之夭夭[①]，灼灼其华[②]。之子于归，宜其室家。
桃之夭夭，有蕡其实[③]。之子于归，宜其家室。
桃之夭夭，其叶蓁蓁[④]。之子于归，宜其家人。

**【注释】**

①夭夭：花朵怒放的样子。

②灼灼：桃花盛开，色彩鲜艳如火的样子。

③蕡（fén）：肥大。

④蓁（zhēn）蓁：叶子茂盛的样子。

**诗心藏韵**

在古代，怕再没有比结婚热闹的事了。胡兰成在文章中曾说自己小时候最喜欢看人家结婚。结婚人家中，大红的“囍”字贴满了门头与桌案，红锦缎堆放在床上，点的红蜡烛也特好看。每当有人家结婚，小孩子们总是在喜庆中到处乱跑，撒播欢喜。虽然人家结婚，与大多数人毫不相干，但看了这样的场面，难免心生摇曳，对婚姻满怀憧憬，而弥漫内心的怕也是对新人的祝福，一如《诗经·周南·桃夭》之中的意境与美妙。

“一梳梳到尾，二梳举案齐眉，三梳儿孙满堂……”孩子们的歌声不时响起，落在院子里桃花树下，花儿正鲜艳，它们也快乐地为婚礼增添喜庆。屋内呢，新娘子正好在擦拭着桃花胭脂，心儿如一活蹦乱跳的小鹿。红头巾盖上了，轿子准备好了，桃之夭夭，灼灼其华。

在春天复苏的时候，桃花开了，美得灼人眼眸，四溢芳香，花蕊之中，深藏着未来的桃儿，在春意盎然的时光里，这是何种诱惑？无法阻挡。桃其实就是一个女子，豆蔻年花，秀发被挽于头顶，婀娜的身影，又多了诱人的魅力，她嫩白的脸颊也闪耀起动人的光泽。桃花鲜艳，桃儿诱人。这一份“灼灼”，由不得男人不爱，他沉醉在这美丽的诱惑里，在一种神秘的力量的牵引下，无所畏惧、心甘情愿地去为此担起所有的风霜，成为真正的男人。

《诗经》之中安排一个女人在她最美的时候出嫁，让要娶她的男子不惜翻山越岭，不惧迢迢前路，把自己的命运同她拴在一起，是一份对美的交代，还是对美的一种颂扬呢？也许是二者皆有吧。女子出嫁，日子自然便选择了桃花盛开的季节，那摇曳多姿的桃枝之上，桃花似新娘的脸，鲜嫩、青春、妖娆，甚至闭上眼睛，依稀可见“绿叶成阴子满枝”的幸福日子。

于是，两个年轻得只能用青春来形容的生命，在一番吹吹打打之中踏入了人生一个全新的也是未知的阶段，这一刻，没有恐惧，没有犹疑，相互期待，相亲相爱。两个似绽放桃花的生命从此纠缠、繁衍，然后慢慢老去。当岁月流逝年老之时回眸，生命依然如桃花般艳美，因为他们的后代延续着他们的青春。

桃花盛开了，女人要出嫁了，她不一定有倾国倾城色，但这一刻一定是她生命中最美丽的时刻，也只有枝头鲜艳的桃花堪比。当这桩美满的婚姻瓜熟蒂落之后，祝福吧，女子带着美好的祝福开始新的生活。从此以后，她将成为贤妻、成为慈母。

《孟子·滕文公》中有言，“丈夫生而愿为之有室，女子生而愿为之有家。”三千年前的婚姻的确是一道最亮丽的风景，看上去如图画一般美好。

## 美满的婚姻，总是香气袭人
### ——萧纲《咏内人昼眠诗》

**咏内人昼眠诗**

梁·萧纲

北窗聊就枕，南檐日未斜。
攀钩落绮障，插捩举琵琶。
梦笑开娇靥，眠鬟压落花。
簟文生玉腕，香汗浸红纱。
夫婿恒相伴，莫误是倡家。

爱因短暂而热烈，但若长久地炽热相慕相爱，便真是世间少有的盈美风景了。白头偕老，相守相伴，总会惹得旁人艳羡。

一点一滴，只要细细品味，总是诗。它无须颜料上色，无须空洞庄严的赞美，更无须无病呻吟般的雕琢，只需在一个午后，静静观察睡梦中的妻子，便能信手拈来，几笔成画。

诗本就是自然的，需要夸张、比喻、用事的支撑，但素颜出镜时，更如清水出芙蓉般，惹人爱怜。萧纲就在妻子悄悄熟睡时，守护在床边，将妻子的神色音貌，连同一呼一吸，都一一画下来，没有华丽的色彩更显真切、深情。

悠扬的琵琶声起起落落，使夏日的午后更显优雅、宁谧。当侧耳倾听时，声音却渐稀，原来是妻子困乏。悬挂着帷帐的钩子，将华美的帷帐垂落下来。琵琶托举起安放他处，松下鬓发，铺开被衾，便在北窗之下的阴凉下睡下。

时间点点滴滴，只见她美梦绕身，娇艳的脸上笑出了小酒窝；堆在枕上的乌云似的发髻，散压在由窗外飘进的落花中，真可谓是梦中笑靥、鬓边落花，不用渲染已是足够美艳。

美满的婚姻，总是香气袭人。幸福之感，从来都是洋溢在脸上。睡梦之中，都像在细细品味一份精心制作的糕点，色味俱全，令人爱不释口。睡至酣处，洁白如玉的手腕上，便印上了若隐若现的竹簟花纹，散发着香气的汗水，浸透了枚红色细绢支撑的薄衣，夫君想要给她拭拭额头上的细汗，又怕惊醒了她的一晌美梦。

女子的一举一动都被夫婿摄入眼中，一丝一毫中都是浓情。妻子在旁安睡，他静静守护，像是在履行某项神圣的职责，仿佛这是上天的懿旨。爱到浓烈处，难免叫人生疑。连午睡都粘在榻边，不眨眼地看望的，不是荡子，是她的夫婿，休要把他当作青楼随处留情的娼客呀。

此前，妻妾昼眠从未登上大雅之堂，而萧纲却以此示怀，夫妻爱情的浪漫与温馨一览无遗。

《红楼梦》中，也是一个炎炎夏日，在宝玉睡熟的时刻，在他的床边，宝钗接替袭人，一针一线为他缝制肚兜，谁料想宝玉梦中大呼：“谁道是金玉良缘，俺只念木石前盟。”宝钗听后，不禁一愣，莞尔一笑之后，便是说不尽的酸涩苦楚。纵然以后嫁与宝玉，他心中念念不忘的，终究是世外仙姝寂寞林。纵然是举案齐眉，到底意难平。

二者对比方知，爱情酿成的婚姻，千差万别。萧纲笔下的盛情，才是人间佳境。

## 情深不渝，故两心相知
——李白《黄鹤楼送孟浩然之广陵》

**黄鹤楼送孟浩然之广陵**

唐・李白

故人西辞黄鹤楼，烟花三月下扬州。
孤帆远影碧空尽，唯见长江天际流。

## 诗心藏韵

扬州，一座古城，却承载了特有的沧桑与美丽。多少文人在这里不惜笔墨，挥洒出一篇又一篇闪着光芒的诗章。古朴清幽的老街深巷里，都有着诗人独具的浪漫。

知人看伴，在朋友的身上，就可以很明显地看出一个人的性格、学养与气度。因而，古人特别重视“朋友”。在他们的眼中，“同心为朋，同志为友”，只有志同道合、惺惺相惜的人才能够配作“朋友”。因为挑选标准的严格，所以一旦相知，自然深情不渝。李白与孟浩然的交往，自然算是史上佳话。二者正当年轻快意，又各有才华，在彼此的眼中，世间如黄金般美好。

繁华的时代、繁华的季节、繁华的地点，总会上演潇洒风流的场景，纵然是离别，也用醉人的诗意代替催人泪下的愁绪。李白得知孟浩然要去广陵，所以约会在黄鹤楼，互诉相思。说是“相思”，其实并不为过。分别时正值开元盛世，且处在烟花三月、春意最浓的时候，李白由景即情，写下了《黄鹤楼送孟浩然之广陵》。

此诗中，李白说：“孟浩然要去广陵了，我看着他离开黄鹤楼，在这春光烂漫的三月乘船远航。他将去的地方是唯美的扬州，那里繁花似锦，像是一幅斑斓的水彩画，怎不叫人羡慕呢？纵然我与他就此分别，没有悲伤，唯有深深的艳羡与祝福。”

浩荡的行船渐渐驶远，最终消失在云海蓝天之中，诗人眼中只剩下一望无际的滔滔江水翻滚着流向天边。友人愈走愈远，而他还是忍不住远望，静静站在岸边望着有人离去的方向，直到不见船帆，只见浩荡江水。就像诗人舒婷在《双桅船》中写道：“你在我的航程上，我在你的视线里。”朋友走后，用独立黄鹤楼，不忍离去的孤寂来衬托深厚的情意，虽然没有写半点离愁别绪，但那滔滔江水，恰如滚滚春愁，浓得再也化不开了。人们常说古代人表达感情是含蓄的，但其中也有很多直呼胸臆的诗句，将互相的倾慕与喜爱表达得淋漓尽致。

古人的友情多是简单纯粹的，交友的那一天起，便意味着永远，似乎冥冥中已经注定了，生来是友。这样的情，没有掺假的成分，一荣俱荣，一损俱损。李白与孟浩然的友情，就是令人嘉奖赞叹的标本。

吾爱孟夫子，风流天下闻。
红颜弃轩冕，白首卧松云。
醉月频中圣，迷花不事君。
高山安可仰，徒此揖清芬。

此诗以首句中“爱”字作为抒情线索，每一句都暗含爱慕。李白向来洒脱直率，“我爱孟浩然，他潇洒清远的风度人品和超然不凡的文学才华，人人尽知。”李白大笔一挥，将其大爱的理由，如山河翻滚之势，层层推进。孟夫子在少年时便脱下达官贵人的车冠马服，甘愿在松风白云下安然度过一生，开怀畅饮，独得生活的乐趣。在皓月当空的清宵，他把酒临风，频频沉醉而归；在繁花丛中，流连忘返。而这份高山仰止的美德，犹如清香的花朵散发出迷人的芬芳。

或许很多人都不明白，为什么李白一生积极入仕，却对安贫乐道的孟浩然“情有独钟”。其实，李白生性浪漫、自由，与其说他热衷于功名，不如说他热衷于建功立业，而且内心始终对自由的田园生活充满了向往。而作为隐士的孟浩然，早年时候也曾求取功名，但不第后便欣然隐居，且终生不再出仕。他能够以布衣终老却名闻天下，其才学和修养，自然都是人中极品。所以，在李白的眼里，不管他是不是权贵，哪怕他只是普通百姓，但也依然是自己的“手足兄弟”。

李白一生蔑视权贵，却常对平头百姓、落难旧友表示自己的心意，说他坦率、天真似乎并不为过。但正是这份真诚与情长，令他在后来遭遇同样贬官命运的时候，收到了来自杜甫的想念，一首《梦李白》正是朋友情谊的再现。

时过境迁，如今再读唐诗，不仅可以从中获得文学的滋养，还能收获宝贵的思想指引，这应该也是唐诗留给后代的精神财富吧！

# 抚今怀昔，落花时节又逢君
## ——杜甫《江南逢李龟年》

**江南逢李龟年**

唐·杜甫

岐王宅里寻常见，崔九堂前几度闻。
正是江南好风景，落花时节又逢君。

杜甫，念之名字，眼前就会出现他的破茅草屋，他白鬓如霜，背后还有一幅烽火连天、民不聊生的战景图。杜甫的诗是“诗史”，而他也是“诗圣”，是十足的悲情诗人，苦命英雄。

生活造就了他的沉郁顿挫、心事沉稳。所以他练字如金，笔下尽是国事、民事、天下事。他的一生似乎就应该纠葛在国仇家恨之中。

初相逢时，是一个繁花似锦的盛世。他——李龟年才学盛名，能歌，尤妙制《渭川》。他——杜甫，舞文弄墨，才华早著。杜甫欣赏李龟年的歌唱，李龟年艳羡杜甫的诗章。二人的互相赏识，彼此钦慕，令丝绸锦绣般的时代也染上浪漫的情调。

然而“明日隔山岳，世事两茫茫”，匆匆而来，匆匆而去，别时容易见时难。人与人之间，往往聚少离多，如同月亮与太阳一般，一个升起时，另一个便沉落，一出一没，永远追逐，永不相见。时光流转，流年不利，几十年的光阴，足以让一个朝代从繁荣昌盛的顶峰跌落下来，陷入重重矛盾，从鼎盛跌至谷底。而当与故人重逢时，除了执手相看泪眼，彼此叹息，似乎别无他法。

时隔多年，又是一季开花时节，杜甫已辗转漂泊到潭州，“疏布缠枯骨，奔走苦不暖”，境界悲凉凄婉；而李龟年也流落江南，“每逢良辰胜景，为人歌数阙，座中闻之，莫不掩泣罢酒”。此种情景下的相逢，难免会触发诗人无限的沧桑之感。李龟年为杜甫唱了一曲从前的歌，声声带情，牵扯着从前绚丽的回忆，令人生生发疼。年老再也无须害羞，哭泣顾不得遮掩，任凭泪水湿了胡须、湿了衣衫。

一切成过眼云烟，抚今怀昔，不免有良多感慨。感念李龟年的歌，这首《江南逢李龟年》便呼之欲出。

无须雕琢，不必练字，一切都是这样自然。这是发自内心深处的声音。仿佛这首诗早在杜甫会作诗的那一瞬，便已存在。

似乎还能听到岐王宅里的雅歌艳舞，似乎还能闻说崔九堂前文艺名流的舞文弄墨，而细细回想，便知这已成不可企及的梦境了。眷恋终归眷恋，从前与现在却成天上人间，如同傍晚的影子，被琥珀色的月光越拉越长，失却了影子本来的面目。

尤其是那一句“正是江南好风景，落花时节又逢君”，流传了千年，至今读来，不胜唏嘘。江南好风景，落英又缤纷，可是时世乱离、身世沉沦，这何曾不是一种赤裸裸的讽刺。就是这般美景，这般乱世，曾经善歌的李龟年与善诗的杜甫在颠沛流离中重逢了。他们泪眼相向，识得出彼此脸上时代铸就的憔悴。时间无情，曾经的开元全盛已成为历史陈迹。感慨再深，也只得在“落花时节又逢君”中黯然煞尾，但语收情却长流，诗人没写其后如何，但绵绵不尽的叹息已翻云覆雨，汹涌而来。清孙洙在《唐诗三百首》中云：“世运之治乱，华年之盛衰，彼此之凄凉流落，俱在其中。”确为十分精准。

朦胧中，窗外又落花，可杜甫耳边却响起了当年在岐王宅里、崔九堂前李龟年唱的那首《长生殿》：“唱不尽兴亡梦幻，弹不尽悲伤感叹，凄凉满眼对江山……”

杜甫的人生，似乎折射了大唐衰颓的命运——有些事，无能为力。人的遭际与时代一样，无法扭转，眼看着他生生地流去。安史之乱后的唐，带走了杜甫与友人举杯的梦想，留下了一个战火连绵、饿殍遍野的现实。现实留在了纸上，而梦想只能用来怀念。

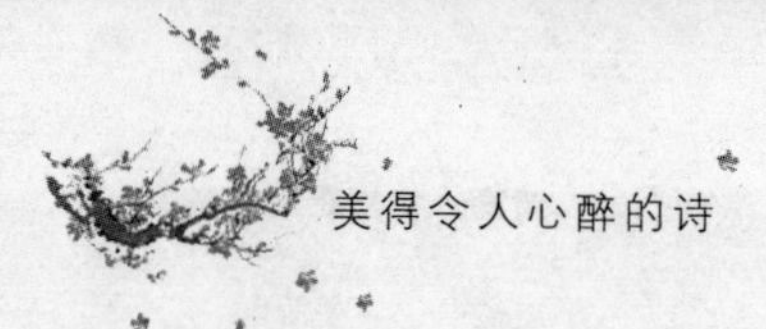


# 待到重阳日，还来就菊花
## ——孟浩然《过故人庄》

**过故人庄**

唐·孟浩然

故人具鸡黍，邀我至田家。
绿树村边合，青山郭外斜。
开轩面场圃，把酒话桑麻。
待到重阳日，还来就菊花。

在那遥远古老的乡村，口耳相传的都是故事，推杯换盏的都是宝贵的乡情。酒席未必丰厚，村舍也并不豪华，但就像孟浩然诗中倾诉的一样，只要能够相聚，这份默契便是心底涌起的最温暖的细流。

《过故人庄》便是一幅农家邻里相处的温馨图。

“故人具鸡黍，邀我至田家”，当老朋友准备好了饭菜，便邀请我到他们家做客，然后一起欣赏看过千遍仍然看不厌的家乡风景。朴实的农家坐落在青山绿树之中。整个村子犹如被绿树所环抱，郊外的山上苍松翠柏，一片碧绿。打开窗子，映入眼帘的就是打谷场和菜园子，我和朋友都边喝酒，边讨论着家长里短的琐事。宴罢归家，还不忘依依不舍，等到重阳节的时候，再到这里在赏菊饮酒，倾诉人生的酸甜苦辣。

此诗写得很平淡，没有亭台楼阁的典雅，也没有奇花异草的神秘，甚至连山珍野味都没有，“鸡黍”说穿了也就是烧鸡和米饭。但就是在如此普通的农家小院里，孟浩然却和自己的朋友开怀畅饮，聊着庄稼的收成、农村的生活。外面是菜园、谷场，应该还有小孩子在房前屋后跑来跑去，嬉笑欢闹。这是一幅普通的农家景象，但也因为这份朴素，而显得格外动情。

老朋友在一起，有时候常会翻些陈芝麻烂谷子的旧事。吃得好与坏、家的贫与贵也并不重要，重要的只有一点，就是“聚首”。多年的情谊就这样汩汩地流淌，在彼此的身上，可以找到时间的倒影和剪影。小时候爬过同一座山，蹚过同一条河，在同一个池子里洗过墨……在绵长的光阴里，不断伸展的是田园的生活，也是岁月的快乐时光。所以，无论是去朋友家聚会，还是有朋友造访，都是一样的欢快、开心。

无独有偶，杜甫的《客至》也将邻里之间琐碎的情谊，书写到了诗歌里。

舍南舍北皆春水，但见群鸥日日来。
花径不曾缘客扫，蓬门今始为君开。
盘飧市远无兼味，樽酒家贫只旧醅。
肯与邻翁相对饮，隔篱呼取尽馀杯。

杜甫说，在我茅舍的南北两侧，都静静地流淌着春水，鸥群整日飞来飞去，环境幽雅静谧。我的花径已经很长时间没有清扫过了，落花无数，却并不曾有客来临。今天听说朋友要过来，紧闭的大门也将为你而打开，酣畅淋漓的快意挥洒自如。等朋友来后，又可见到杜甫频频劝酒，说自己家离菜市场太远，只能吃点简单的饭菜；买不起太昂贵的酒，也就只能喝点自己酿造的酒。虽然并不阔绰，但盛情与愧疚，都显得十分纯朴。估计朋友也并不介意，所以酒酣处，竟然想到与邻居那个老翁对饮，隔着篱笆，高声呼唤邻居过来一起痛饮。“我的朋友来了，你也过来一起喝酒啊！”诗作至此戛然而止，虽然没有写到后来的欢闹，但料定比杜甫停笔处更为热烈。而邻里乡情也在这其中得到了充分的展现。

“街坊邻居”不仅是历史留下的一页书签，“远亲不如近邻，近邻不如对门”也不仅仅是一句古老的谚语，时间带走了太多美好的时光，我们不再允许它带走青山绿树的陪伴、落花满园的情致，更不允许它再带走类似杜甫那种隔着篱笆招呼邻居饮酒的乐趣。邻居，不仅仅是一种称谓，更是我们尘世中舍不掉的情谊。能够像南方乡村中的人们那样，因袭古风，守着人类生存最初的乡村，静静地听大人们酒酣胸袒时回顾当年的雄壮，也是一种无比的幸福。

今天，虽然人们不用再体验“布衣暖，菜根香”的艰苦生活，也不用吃孟浩然、杜甫他们所说的粗米糙饭。但能够在这样朴素的生活理念下，守得住自己对人、对事的一片真诚，也算没有愧对有滋有味的人生吧。

# 悠悠的岁月，绮婉如歌

## ——高适《别董大》

**别董大**

唐·高适

千里黄云白日曛[1]，北风吹雁雪纷纷。

莫愁前路无知己，天下谁人不识君？

**【注释】**

①曛：夕阳西沉时的昏暗景色。

古人一别，便是迢迢千里，纵然情深，翻山越岭去会面，恐怕没有三五个月很难相见。所以每一次的相聚与分离，总是格外珍惜。此地一别，真不知何年何月才能见到！故古人赠别赋诗，多是凄清缠绵、低回流连的作品，令人禁不住“涕泣零如雨”，执手相看，泪眼婆娑，更无语凝噎。但总有一种送别诗是慷慨悲歌，发自肺腑，迎风而作。在谈笑风生中离别，且相互鼓励：山高路远，却也来日方长。

高适的《别董大》便为唐代的诗歌、渭城风雨、灞桥柳涂上了一种豪放、健美的色彩。

很多人并不知道董大是谁，以为他不过是高适一个姓董的朋友；其实不然。这个董大在盛唐时期，是一个著名的琴师，声誉很高；也有传闻说他是著名的隐士，居住在山野林间，清心寡欲、如道如仙。不管哪种说法，都可以证实一点：董大的确是唐代的名人。所以，高适对他的鼓励其实并不过分。

在这样一个黄沙漫天，把白云也几乎染成了黄色。北风呼啸，群雁在大雪纷纷中向南而飞。极目远眺，茫茫千里黄云漂游。时值北方冬日，白雪纷纷，寒风呼啸，好像吹着大雁向南飞去。冬日暮雪，寒云归雁，这样的景象对于即将送别友人的漫游浪子来显得更加凄凉。如此忧郁的天气里，高适即将告别这位著名的琴师。风雪长啸之中，即使没有困顿潦倒的遭遇也难免心生悲凉，何况诗人多年求仕失意，心中积郁。

但他仍鼓励董大，不要担心前路茫茫没有知己，以你的才华和名气，天下哪有不认识你的人啊？！气势浩荡，慰藉中充满着信心和力量。彼此是知音，言语质朴而豪爽，因其沦落，更以希望为慰藉。正所谓“借他人酒杯，浇自己块垒”。如此安慰朋友，对方也满载着祝福上路，这样的离别便冲淡了愁绪。“莫愁前路无知己，天下谁人不识君？”此句写别离而一扫缠绵幽怨的老调，雄壮豪迈，堪与王勃“海内存知己，天涯若比邻”的情境相媲美。

高适“多胸臆语，兼有气骨”，因其内心的郁积喷薄而出，故把临别的话说得如此细致，体贴入微。全诗语言质朴豪爽，抒情直白有力，情势跌宕。高适以真挚的情感、慷慨的意气写就了一首开阖大气、感人至深的送别诗，在同类诗作中别具风致，堪称佳作。

洒脱是唐人独有的，更是气质高昂志士独具的。一句“莫愁前路无知己，天下谁人不识君”，就将盛唐的雍容华贵、雄壮浑厚，满杯奉出。

## 生命如此真爱，为你写诗
### ——李贺《苏小小墓》

**苏小小墓**

唐·李贺

幽兰露，如啼眼。
无物结同心，烟花不堪剪。
草如茵，松如盖。
风为裳，水为佩。
油壁车，夕相待。
冷翠烛，劳光彩。
西陵下，风吹雨。

诗心藏韵

钱塘江畔，月冷如水。

这里葬着一个女子，泪眼好似幽兰上的露水。也就是在这里，有一位钟情“鬼魅”的诗人为这个女子举行了一场婚礼。她是苏小小，而他是李贺。

一个是南齐名妓，钟情于建康才子阮郁却被其家人所阻，心存郁结，年方二十咯血而死。一个是中唐鬼才诗人，因“父讳”而终身不得志，却自始至终以皇孙身份自居。这二人竟穿越时空产生关联，让人不得不为其中的因缘着迷。

文人都爱苏小小，一首首诗哀叹她坚贞的爱情和悲惨的命运。《玉台新咏》里便有云：“我乘油壁车，郎乘青骢马。何处结同心，西陵松柏下。”此外，白居易、温庭筠等诗人也纷纷作诗，为小小寄托哀思。然而，他们的诗不过是向往佳人或哀其爱情悲剧，他们的爱怜和追忆也不过是一种理想的情怀。唯有李贺，他读懂了小小的悲伤：苏小小要的并不是怜悯，而是无论生或死、前世或今生，都可以长存不灭的爱。于是，李贺作了这首感天动地的诗来祭奠小小，为这个飘散的灵魂举行了一场没有新郎的婚礼。

碧草为茵被，青松为伞盖，轻柔的微风是华美嫁衣的裙摆，叮咚的流水是腰间叮当的环佩。乘着前世的油壁车，在缓缓落下的夕阳余晖中等待。那双望穿的泪眼如幽兰上的露水，楚楚动人。就在这雨打风吹的西陵墓下，翠色的烛光暗淡地摇曳着。“无物结同心，烟光不堪剪。”如果这不是一场婚礼，苏小小为何如此盛装华美；如果这是一场婚礼，那么男主角为何迟迟没有到来？李贺笔下的苏小小就这样静静地用生命等待着一场属于她的爱与婚姻，无论生或死都不能成为爱的障碍，但最终，仍是所托非人。

李贺还原了一个用生命去证明爱的苏小小，也还原了一个寂寥的自己。自诩的皇室身份并没有得到承认，听起来反而贻笑大方；家族还没有繁荣，家中的男丁却接连早逝。生命，对于李贺来说显得异常幽暗与难以捉摸，更何况是完美的爱情。诗人望着这一缕幽美的灵魂，就像望着一面镜子。从那里，他看见了生命中幽深的寂寥。这寂寥，是对被辜负的爱的控诉，也是对不被人了解的一次温柔的原谅。在一个没有爱人欣赏、没有回忆的幽冥世界里，爱是一种静静守候的姿态。苏小小就以这样一个姿态，在彼岸的世界里，将爱化为一颗尖锐的刺，透过时空生死，深深地钉进了诗人的心中，钉进生命无法到达的维度里。

苏小小的无以安放的爱，让屡屡不得志的李贺相知相怜。同样是让人生畏的死亡，也时刻如同咒语一般，让多病的李贺身陷其中，无法破解。生与死并不可怕，可怕的是活着却无法融入格格不入的世界，触摸的是冰冷的眼神。面对死亡的催促，心有爱者才无所畏惧。苏小小的爱是男欢女爱，而李贺对小小的爱则来自于对生命价值的认同。无论是哪种爱，都可以透过生死，永远地活在世间。

隔了时代隔了天地，李贺读懂了20岁的苏小小。千年之后，有个诗人同李贺当年一样，隔着遥远的时空找到了他的灵魂。就像20岁并非苏小小的终点，27岁也不再是李贺生命的终点。

现代诗人洛夫有幸参透了千年的玄机，于是有了一汪诗情，把李贺的情怀一丝一缕的化入诗中。故而有了《与李贺共饮》：

瘦得
犹如一支精致的狼毫
你那宽大的蓝布衫，随风涌起千顷波涛
旷野上，隐闻鬼哭啾啾
狼嗥千里
来来请坐，我要与你共饮
从历史中最黑的一夜
你我并非等闲人物
岂能因不入唐诗三百首而相对发愁
从九品奉礼郎是个什么官
这都不必去管它
当年你还不是在大醉后
把诗句呕吐在豪门的玉阶上
喝酒呀喝酒
我要趁黑为你写一首晦涩的诗
不懂就让他们去不懂
不懂
为何我们读后相视大笑

相知若有时，何必岁岁年年。

一切诗情都只因一个“爱”字。爱可以是甜蜜思念，也可以是生离死别，两颗心若惺惺相惜，哪怕一个今生，一个来世，皆可动情。李贺懂了小小，于是将她写进诗中；而洛夫也懂了李贺，把他也化为一缕诗情。

爱绝不仅仅是男女之间的情爱，它也可以存在于不同世界的两个人身上发生。无论身份、年纪甚至性别，爱可以穿越生死，爱是生命的信仰，也可以让生命由繁盛走向凋零。

太多相似的诗人都走在这条以生命去爱的路上：爱恋人，爱知已，爱莫测的生命。在李贺短暂的一生中，只有爱着的时候才让他感觉自已生为男人的尊严，只有爱着的时候他才有着强烈的存在感，并提醒自已，在这个世界上，有一种东西会比生命走得更远。

在诗的国度里，爱、生命与美已经融合成为一体，伤感却不露骨，因为爱本身就是对生命的凌驾和超越，肉体会随着时间而腐坏，但爱却可以长长久久地继续下去。爱就像李贺对苏小小的欣赏，就像他们二人的心灵私语，它还要慢慢地、和风细雨地滋润下去，或化成诗人的诗绪，或化为次年守候生命的春泥。

村上春树说：“死不是生的对立面，也不是生的全部，而是生的一部分……因为有死，生才更美好。”

如果生命是这样，那么爱，是不是也如此……

## 君归未有期，唯有长梦止乡情

——欧阳修《宿云梦馆》

**宿云梦馆**

宋·欧阳修

北雁来时岁欲昏，私书归梦杳难分。
井桐叶落池荷尽，一夜西窗雨不闻。

离别已许久，思念却如汩汩清泉，在周遭绵延不尽。想念的时候，就抬头望望天空，或许只有天空能包容这无尽的相思，又或许，昂首只是为了不让欲出的氤氲泪珠在脸上绽成一朵水花。

庭院深深深几许，愁苦便也几许深。欧阳修因“朋党”罪而出放外任，这自然免不了与妻子分别。纵有千万个不舍，终抵不过政治的压制。临走前夜，昏黄的灯光，薰出几许暖意，又照出几多不舍与离愁。呢喃耳语，絮絮叨叨，左不过是些家常，望彼此珍重，待到归期，再续其间的忧与乐。

鸡鸣三声，就此挥别。欧阳修本拿着不重的包袱，却感到背上已是千斤重。他带着妻子深沉的目光，浓厚的嘱托与惦念，一步步远离最温暖的地方。

路途遥远，似走不到尽头。或许本没有尽头，只有心里那破旧的院落、妻子的音容，才是归处，才是家。一步一回头，远远地已经不知道从何处启程。单调落寞行程，只有昨夜的莺莺软语萦绕心头。

到处一片荒烟，无处可落脚。途经云梦驿馆之时已是傍晚，由不得他挑选，只好放下行李在此处歇脚。一切打点好之后，便坐在门槛上远望，茕茕孑立无人伴，远远看到一群大雁排成之字形或者一字形齐齐地向南飞行，不觉中恍然发现，离家已太久，又是一年的岁末，大雁尚且知道归家，而自己却流浪在外。

思念太浓，妻子的一颦一笑都在心里幻化成琥珀色的月光，为他的黑夜带来些许光亮。有多少次离别，就有多少封家信，一笔一画，把浓浓爱意融进墨汁里。情书带着一个漂泊男子的深情，翻山越岭，传到妻子手中时，便也像见了面一般。日有所思，夜有所梦，傍晚点着昏黄的油灯写信，晚上仿佛妻子就走进门来，彼此执手，共说琐屑家常。然而，一阵西风敲响了门栓，他猛然醒来，不大的屋子，却再也觅不见妻子的身影。不禁疑惑，刚刚是真乎幻乎，梦耶非耶，实在是难以分辨啊！

思家念内之人，半夜乍醒，便再也无法安眠。只得起身找点事情做，以打发无聊的时间。推窗而望，窗外已是一片凄凉。桐叶稀稀零零已经落了一地，池塘里的荷叶，已经全部凋谢了。淅淅沥沥，秋雨已经下了一夜，而自己沉酣于与妻子话家常的梦中，竟然一无所知。真可谓是“井桐叶落池荷尽，一夜西窗雨不

闻”。正如李商隐在《夜雨寄北》诗云：“君问归期未有期，巴山夜雨涨秋池。何当共剪西窗烛，却话巴山夜雨时。”欧阳修诗中的“西窗”正是暗用李诗中的情事：何日才能归家，与妻子共剪西窗之烛，共诉今晚云梦馆夜雨之情呢？

欧阳修向来对妻子情深，每经分别，总要赋诗作词，虽短短几句，亦能将真情诉尽。这首《宿云梦馆》，字字珠玑。有人曾说过，一件东西，一座城市的价值，是在分别之时显现出来的。这话不假，相离时有多恋恋不舍，就有多深情。然而，为何总要这般残忍？！如若真心相爱，何妨把在一起时的分分秒秒都过得精彩，毕竟，珍惜从何时开始都不晚。

## 已过才追问，想看是故人
### ——吴伟业《遇旧友》

**遇旧友**

清·吴伟业

已过才追问，相看是故人。
乱离何处见①，消息苦难真。
拭眼惊魂定，衔杯笑语频。
移家就吾住，白首两遗民②。

**【注释】**

①乱离：指明、清之际的战乱。

②遗民：前朝人进入新朝而不仕，旧称遗民。

席慕蓉这样说：

“好多年没有见面的朋友，再见面时，觉得他们都有一点不同了。有人有了一双悲伤的眼睛，有人有了冷酷的嘴角，有人是一面的喜悦，有人却是一面风霜。好像十几年没能和我的朋友们共度的沧桑，都隐隐约约地写在他们的脸上。”

时间总是这般无情，将苍老与苦楚一寸寸刻在世人脸上，成为容颜舍弃不掉的一部分。现在的治世尚且这样，更何况是早先的乱离之世。最是那样一个战乱的时代，家不成家，国亦不将国，亲朋故交总是天各一方。烽火中，人的命运如草芥，一朝分别或许就是永别。这样的境遇，如若在某个不经意的午后，陡然重逢，该是怎样一番悲喜交加的情景……

吴伟业就以一首《遇旧友》，将故人相遇的场景组成一幅画面。或许“旧友”已无从考核，但这不重要，重要的是，其景其情。

“已过才追问，相看是故人”，此句似与唐司空曙《云阳馆与韩绅宿别》中“乍见翻疑梦”有同工，细细品味，更觉吴诗更简洁省净。“乍见翻疑梦”是凝定的场景，而“已过才追问”是恍然面熟，但犹豫不定的流动镜头。按捺不住欣喜与激动，走过之后，便又匆匆追问，拉住对方衣角，上下仔细打量，原来真是故人在眼前。

镜头继续流转，故事继续上演。既然是老友，为何见面难以相认？原是频年战乱，各自飘零，自此之后无从相间，或是偶从旁人口中听来一丝消息，亦不敢辨明真假。今日偶见，得知彼此还在人世，不禁掩泣。

是梦乎，是幻乎，亦是真乎？擦去激动的泪水，再仔细辨认，生怕此景变枉然。几番问候，便有几多泪眼蒙眬，确知旧友真真切切在眼前时，才敢惊魂甫定，彻底心安。此情此景，终使诗人破涕为笑，乱世中，难道这不是人间幸事？这自然免不了举杯同祝，共诉往昔。或许，此时，与旧友畅谈的只是些寻常琐事，然而谁能否认这其中的浓情厚谊呢？

乱世中，惺惺相惜，偶然遇见，再难分难离，由不得对方反驳，便邀来友人同住。战乱中，有多少旧友亲朋死于刀下，又有多少前代文臣武将摇身变为新朝权贵，而吴伟业与旧友幸存于战乱，那坚贞的气节、同气相求的友情尤为珍贵。

就是这样一首诗，平直朴素，无须上色，只需白描，便让故人相遇的场景，醇厚隽永。

杰出之作，一个“情”字，足矣。

# 第七章

# 如果想念，就翻山越岭牵你的手

## 唱一首小情歌，直叫人无比心动

——《诗经 · 秦风 · 蒹葭》

### 诗经 · 秦风 · 蒹葭

蒹葭苍苍，白露为霜。所谓伊人，在水一方。
溯洄从之，道阻且长。溯游从之，宛在水中央。
蒹葭萋萋，白露未晞。所谓伊人，在水之湄。
溯洄从之，道阻且跻。溯游从之，宛在水中坻。
蒹葭采采，白露未已。所谓伊人，在水之涘。
溯洄从之，道阻且右。溯游从之，宛在水中沚。

早晨，在白露茫茫、秋苇苍苍的意境下，青年痴迷地在水边徘徊，寻找他的“伊人”。“伊人”在哪里？她似乎就在眼前，但却隔着一条无法渡过的河水，他只能看到佳人在水一方的倩影，美丽的笑容在雾中若隐若现，伊人也就可望而不可即。青年惘然若失。

伊人之美，也就在于“宛在水中央”。隔着一条无法逾越的河流，青年从未真正清晰地看到过自己的心仪对象，但心中怕是早已有了她的模样，那么惹人喜爱。但无法得到，追寻的路途充满艰险，想要把那女子的模样忘掉，但怎么忘也忘不了。爱情，尤其是单相思之爱带给人的常常就是悲苦与感伤，现在男子无法克制地思念那个人，迷离，恍惚，他只好常常来这一片水边，只好傻傻地朝对岸望望。女子也不能从“水中央”走出来，她只能属于水边，临水而居，与秋霜、芦苇为伴，才显得那么不染尘俗，盈盈一水间，脉脉不得语，《蒹葭》的若即若离之美感，氤氲效果，让一代又一代人遐想万分。

的确，就是这样不可得的距离产生美感。

人世间越是追求不到的东西，越是觉得它可贵，爱情尤其如此。

英国戏剧家萧伯纳曾说过：人生有两大悲剧，一是得不到想得到的东西，一是得到了想得到的东西。得不到回报的爱情，带给人多少肝肠寸断，剪不断，理还乱。但无论如何，伊人在男子的心中，愈发高洁、可爱、可敬，更令他神往。

有时候想要达到目标还需保持一定的距离。男子为了保持心目中“伊人”若隐若现之美，不去接近，享受着水中望月的朦胧缥缈之美，也是一种不错的选择吧。“所谓伊人，在水一方”，一幅古典的绝美图画，就在了眼眸之下，如此景致，意犹未尽，望一眼，便已心醉。伊人之美，也就穿越千年，依然鲜活如初。就连蒹葭这个在水边常见肆意疯长着的芦苇，也染上了几千年的美丽，成为一种美好的爱情象征永远流传。

在先秦那个民风淳朴的年代，我们的先民，不光有自由的爱情，也有含蓄的情谊，经过几千年的流传，让我们这些心内浮躁的现代人，偶读起来，多少有些纯净柔情思绪产生，心旷神怡地去感受诗歌国度的精髓，也许这正符合了孔子对《诗经》“思无邪”的评价。

思念可以是一生，也会是一瞬间的事情，转眼间，便是花事荼靡。“所谓伊人，在水一方”，那方距离虽然咫尺可见，却是远在天涯。思念就好像身上洇出来的血，缠绵如流水，却是怎么流，也流不到江水的那一方。

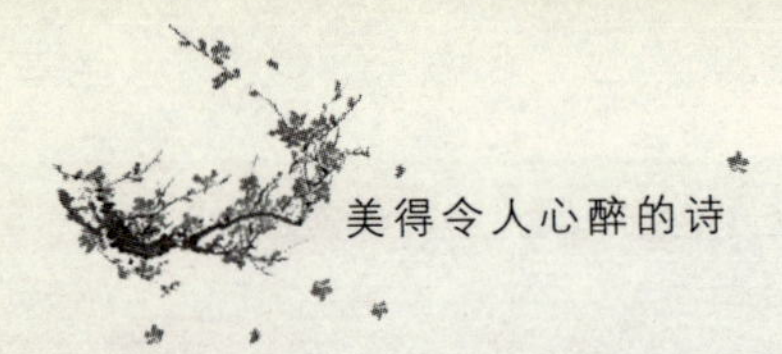



# 繁华尽处，看一段岁月静好
## ——谢朓《晚登三山还望京邑》

**晚登三山还望京邑**

南朝·谢朓

灞涘望长安，河阳视京县。
白日丽飞甍，参差皆可见。
余霞散成绮，澄江静如练。
喧鸟覆春洲，杂英满芳甸。
去矣方滞淫，怀哉罢欢宴。
佳期怅何许，泪下如流霰。
有情知望乡，谁能鬒不变？

谢朓出生于南朝历经数百年经久不衰的四大门阀士族之一的谢家，强大的政治势力背后，伴随的是震惊天下的才情。拥有过人天赋的谢朓，出身于书香世家，耳濡目染，年少之时便能写出清丽脱俗的诗作，且以五言诗最为擅长。谢朓早早地在文坛上闯出了“小谢”的名号。

李白一生敬仰谢朓。然而，这些门第、名誉之类的东西并非放荡不羁的李白所看重，真正令他折服、甘愿“一生低首”的，是谢朓飘逸空灵的诗作，是其中所体现出的“清水出芙蓉，天然去雕饰”的清新风格。为了能拉近与谢朓的距离，李白将一生的大部分时光，都留在了钟灵毓秀的江南，特别是那个谢朓曾留下无数名作的宣城。

一个春天，谢朓接到任命，出任宣城太守。一切准备妥当之后，谢朓自金陵出发，逆大江西行，到宣城赴任。途经长江沿岸的三山之时，写下了名篇《晚登三山还望京邑》。

前往宣城的路上，离家愈远，他的思乡之情愈切，便登上三山，“灞涘望长安，河阳视京县”。此刻站在三山山顶上的谢朓回望建康，与王粲在灞涘回望长安的场景竟是如此相似，想必当时的王粲也和此刻的他一样，心中不禁怀着对故乡的眷恋之情，更有对清平治世的渴望。

极目远眺，建康城中皇宫和贵族宅第的飞檐金碧辉煌、参差不齐，在傍晚日光的照耀下清晰可见，正是“白日丽飞甍，参差皆可见”。虽然心知已离开很远，但还是忍不住想要从中寻找自己的旧居，这也算是人之常情吧。

不经意间，太阳已经西斜，眼前的景色美得令人沉醉，在谢朓的笔下化成了“余霞散成绮，澄江静如练。喧鸟覆春洲，杂英满芳甸。”灿烂的晚霞铺满整个天际，宛如一匹散落的锦缎。余晖之下，清澄的大江与天相接，犹如一条纯净的白练。喧闹的归鸟，齐齐落在江中的小岛上，各色野花开遍了整个郊野。云霞与江水、群鸟与繁花相映成趣，构成了一幅明澈、空灵的水墨画。

然而，美景如斯也未能消减谢朓的思乡之情，又岂是后面的六句诗所能道尽的。欣赏之余，他不觉地将注意集中到了那群归巢的小鸟身上，他们尚且知道归家，但人却不得不离乡别井。回想过去欢愉的日子，胸中不禁闪出半路折回的念头。一想到这一去，还乡之日便遥遥无期，泪珠就不受控制地洒落。每个人的心中都有对故乡的依恋，如此长久的别离，谁能保证浓密的黑发变成白发之前，一定能回到家乡呢？

此诗歌写景色调绚烂纷繁、满目彩绘，难怪李白每逢胜景，常恨不能携谢朓惊人诗句来；写情单纯柔和，轻清温婉，正应了他“好诗圆美，流转如弹丸”的主张。

这一首诗仅仅是他才华横溢的佐证。他用三十六年短暂的生命，创作了无数动人的诗篇——绚丽的色彩、绝美的意境、“仕隐”的追求、悦耳的声律巧妙地融为一体，将视觉的画面美与听觉的韵律美合二为一。即使用“笔落惊风雨，诗成泣鬼神”来形容，也毫不为过，何况李白的一句“我吟谢朓诗上语，朔风飒飒吹风雨”。

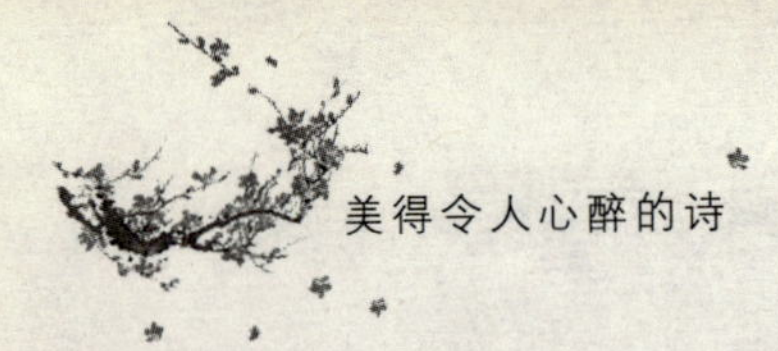


# 同声好相应，同气自相求
## ——杨方《合欢诗》

**合欢诗**

东晋·杨方

虎啸谷风起，龙跃景云浮。
同声好相应，同气自相求。
我情与子亲，譬如影追躯。
食共并根穗，饮共连理杯。
衣用双丝绢，寝共无缝绸。
居愿接膝坐，行愿携手趋。
子静我不动，子游我无留。
齐彼同心鸟，譬此比目鱼。
情至断金石，胶漆未为牢。
但愿长无别，合形作一躯。
生为并身物，死为同棺灰。
秦氏自言至，我情不可俦！

三毛初嫁荷西时，曾许下十二个“但愿人长久”的愿望。每个人都希望与自己爱的人于携手处，只见花明月满，如鸳鸯、蝴蝶那般双宿双飞，最好能同化灰、化尘，博得个地久天长、生生世世。晋代诗人杨方所做的《合欢诗》，正是借新妇口吻，抒写了对“合欢”生活的美好憧憬。

轻轻读此诗，仿佛看到一个初为人妇的女子步履款款地走来，面容焕彩，一颦一笑中都蕴含着对幸福生活的热切期待。她口中絮絮地说着似情的缠绵热烈，似乎是独自倚栏的痴痴自语；而她颦眉乍欲语，敛笑又低头，又似乎在与夫君默默相对。

痴情女子总有许多震撼心灵的誓愿，她远不止于和夫君如影随形地相伴不离，还要和他同饮、同食、共餐那同根而生的谷穗，共斟那连理木制成的双杯。所有的衣服，她都要用双丝织成的绢料去做；所有的被面，她都要用绸缎制得一无缝隙！只有这样，心才会像并根穗一样紧紧相聚，才会像连理木一样枝干相依。

然而，这样远远不够，她情愿为夫君画地为牢，坐、行、居、游，全都与夫君一起。爱，总是无理。她坚信，他们的感情可以轻易斩断金石，甚至比胶漆还坚固。生时融一，死则同穴。

在丈夫远游之后，这女子的内心生出无边无际的焦灼和永不停息的煎熬爱意，正如一位诗人曾经说的那样：“那仿佛填满人生的爱，它带来多少爱慕和深情。它使小别那么剧烈地痛苦，短晤那么深切地甜蜜。它似乎是无边无际的，永恒的，生生世世永远不会停息的。”

或许世间不可能再有什么爱会比诗中女子这样魂牵梦萦、生死相依的爱更炽烈、更狂热的了。待读到最末句“秦氏自言至，我情不可俦”，突然明了这一切，原来诗中的“秦氏”，就是曾写作三首《赠妇诗》的东汉诗人秦嘉。

秦嘉当年要去京城洛阳赴任，但是他的妻子徐淑却因为生病回娘家小住，秦嘉走得匆忙，夫妻二人没能会面，引得秦嘉内心忧郁纠结，就写下他三首《赠妇诗》的第一首。

而《合欢诗》中的女子此时引秦嘉自比，可见她整日里都怀着痴情的渴望，在内心深处细细地描摹着、憧憬着种种与夫君“合欢”的景象。这些景象正像一朵朵彩云，在她梦幻般的天空中飘摇浮泛。

只是，是梦总是要醒的。一旦她从幻想中清醒过来，无情的现实就会如凄风苦雨般重重浸裹她。你看，桌上的连理杯还残留着夫君的气息，他人却早已相隔天涯，而万般无奈的是，自己不能如影常随夫君而去。

在这夜深难眠的凄冷中，她独自一人拥着床上“无缝”的绸被，想着，夫君此刻会在哪里呢？可是，没有人给她答案，只有窗外的冷雨不时地敲击着窗户，带给她难尽的孤寂。

其实，女人一生都在奢求什么呢？大富大贵？流芳百世？都不是。她们不过是想和一个人过着再平常不过的生活，与他一起坐卧行停，看云之光、竹之摇曳、群雀之噪鸣、行人之容颜——从这一切日常的琐事里，体味出无上的美好，有微妙的享乐，也有微妙的受苦。

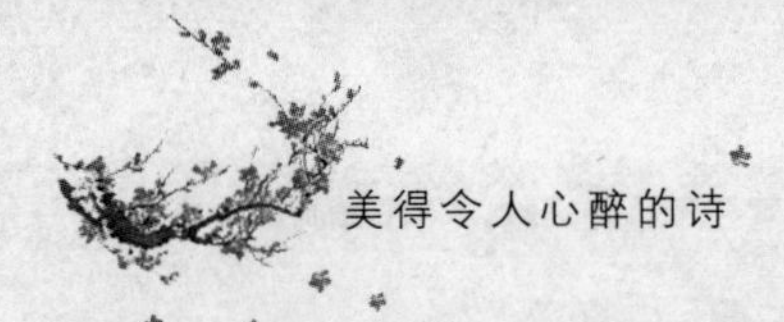


佛说：留人间多少爱，迎浮世千重变；和有情人，做快乐事，别问是劫是缘。于是，我眼望住你，伸手向你——请你，和我在这红尘相爱一场。

## 在天愿作比翼鸟，在地愿为连理枝
### ——白居易《赠内》

**赠　内**

唐·白居易

生为同室亲，死为同穴尘。
他人尚相勉，而况我与君。
黔娄固穷士，妻贤忘其贫。
冀缺一农夫，妻敬俨如宾。
陶潜不营生，翟氏自爨薪。
梁鸿不肯仕，孟光甘布裙。
君虽不读书，此事耳亦闻。
至此千载后，传是何如人。
人生未死间，不能忘其身。
所须者衣食，不过饱与温。
蔬食足充饥，何必膏粱珍。
缯絮足御寒，何必锦绣文。
君家有贻训，清白遗子孙。
我亦贞苦士，与君新结婚。
庶保贫与素，偕老同欣欣。

从前的爱情是常常见面，同饮食，共眠，一起迎接晨昏四季，而现代人似乎

更愿意选择一种自由、不受束缚的相爱方式，“生为同室亲，死为同穴尘”只成为了一个传奇，一个童话。从白居易这首《赠内》诗中，我们才可以一窥从前爱情的模样。

在新婚之际，他的“结婚宣言”让爱情开成花海。

至纯的誓言在起始之时，便是真心一片。你我在有生之余年结为夫妇同室而居，相亲相爱，死后依然是同处一个棺椁，一起化为尘土。

鲁国时人黔娄，著书四篇，阐明道家主旨，尽管家徒四壁，依然安贫乐道，视荣华富贵如过眼云烟。其妻子出身贵族，却豪气如云地脱下绮罗换上布衣，洗尽铅华插上荆钗，从千金甘愿变为平民。她躬操井臼，她与黔娄夫唱妇随，情好无间，同看花开花落，听鸟语声喧，风过林梢，月上蕉窗，过着与世无争的幸福生活。

冀缺在家务农，于田间除草，每至晌午，妻子不顾炎热，便将饭菜送到田里。纵使贫穷，二人却相敬如宾，不改深情，将日子过得充盈而幸福。

且看那不为五斗米折腰的陶渊明，在五柳边安了家，“种豆南山下，草盛豆苗稀”，妻子没有怨言，只说“夫耕于前，妻耘其后”。浔阳柴桑的蓝天白云下，大地显得格外肃穆，空气显得格外清新，而他们一前一后的身影也显得无比周正而挺拔。

举案齐眉，多么温婉的婚姻，正发生在了梁鸿和其妻孟光的身上。他隐居山林、甘于贫贱，她便卸下钗环，挽起长发，抹去脂粉，换上布裙。他们过着晴耕雨读、抚琴饮酒的自在生活。怎能不叫人羡慕呢？

虽然读书少，但这些事便也听闻了。“至此千载后，传是何如人。人生未死间，不能忘其身。所须者衣食，不过饱与温。蔬食足充饥，何必膏粱珍。缯絮足御寒，何必锦绣文。”到这千年后，传说这又是怎样的人呢？人生所需要的衣食不过温饱。饭衣蔬食又如何，荆钗布裙又如何，只要两个人的内心有着深深的情、深深的懂得，这俗世依然璀璨。清贫与朴素，至老依然欣然快乐。

“在天愿作比翼鸟，在地愿为连理枝”，美丽的誓言听起来，总是甘甜入口，哪怕是在暗暗的夜里，心里也会燃起一盏明灯，将整个人生照亮。哪怕有一天说了再见，也在最凄冷最落寞的时候，轻轻抚慰汩汩流血的伤口。所以，懂爱的人，总不会要求太多。粗茶淡饭，亦是不可复制的绝美流年。

更有一种誓言，是阴阳两隔之后，仍念念不忘。十年，不够长，他时时将她放于手掌中。一次次，她进入苏轼的梦中，对镜梳妆。清晨醒来之时，他便提笔

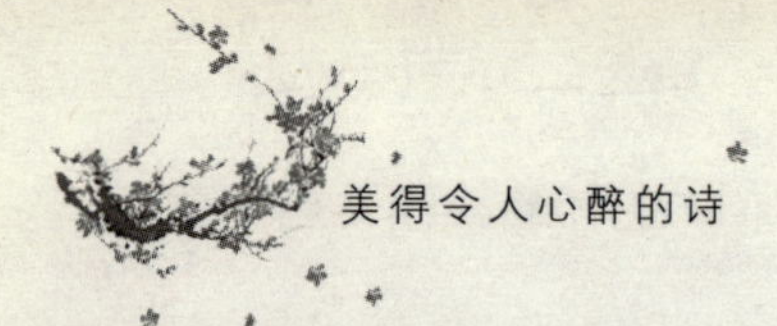


写下了这首小词：

十年生死两茫茫，不思量，自难忘。
千里孤坟，无处话凄凉。
纵使相逢应不识，尘满面，鬓如霜。
夜来幽梦忽还乡，小轩窗，正梳妆。
相顾无言，唯有泪千行。
料得年年肠断处，
明月夜，短松冈。

午夜梦回，一轮明月隔着十年的茫茫生死，照得镜前人发如雪，鬓凝霜。只是再皎洁的月光也难免凄凉，藏不住的古铜色阴翳是脸上静默无言的相思泪，是心中无法开解的胭脂扣。苏轼生前对妻子说："不相忘。"故而在她离开之后，一人在世间默默守护着这誓言。

要知道，相依相恋的爱情如同一场好的睡眠，从头到脚将你覆盖，给你温暖，让你忘怀尘世的一切不堪。纵然天涯海角亦追随，纵然阴阳两隔亦相念。所以，我们还会想跟这个世界要求更多吗？

## 狂欢，终归是一群人的孤单
### ——李商隐《无题》

无 题

唐·李商隐

昨夜星辰昨夜风，画楼西畔桂堂东。
身无彩凤双飞翼，心有灵犀一点通。
隔座送钩春酒暖，分曹射覆蜡灯红。
嗟余听鼓应官去，走马兰台类转蓬。

如果将中国几千年来的文学史比作一条灿烂的星河，那么李商隐一定是其中最闪耀的一颗。在他那漂泊的一生中，似乎只有那些醇美如酒的诗句穿越了时光，带着微黄，泛在纸上，给世人留下无数的唏嘘和感叹。

作家王蒙曾说："李商隐之所以为商隐，李商隐最独特的创造与贡献，却不在于这些诗，而在于他的那些为数并非很多的意境迷离，含义奥曲，构思微妙，寄寓深邀的七律'无题'诗。"

至于"无题"之所以为"无题"，并不是因为它是诗人随便写就的杂乱心情，而是因为其中之意不可明言，所以才以"无题"二字寄托深意。

许多人不喜李商隐的诗，因为其中有太多晦涩难懂的感情。其实他的这些"无题诗"和爱情本身一样，用一颗细腻的心去揣摩和感受，方能感受到其中的妙处。

"昨夜星辰昨夜风，画楼西畔桂堂东"，浩瀚的夜空中繁星闪烁，醉人的花香在空气中渐次弥漫。和煦的风就这样吹拂着，将所有的回忆都带回了"画楼西畔"的酒席之上。

夜宴喧嚣，宾客们都在玩着隔座送钩、分组射覆的游戏。此时的诗人虽然已经不胜酒力，但目光依旧离不开醉在远处的那位风情万种的女子。她时不时投送来的目光是那样的饱含深情，让诗人不禁心神荡漾。

他望着她清澈的眼眸，恨不得此时身上长出如凤凰般的羽翼，好时时刻刻环绕在所爱之人的身边。但这不过只是幻想，又如何能够实现？既然不能朝朝暮暮地相守，便只求他们之间能有心心相通的默契，那么就算是一个眼神、一个动作，也能传递内心最深处的情感。

其实在诗人的心中，真正的爱情并不需要虚浮奢华，只要能与那个和自己心有灵犀的人在流转的四季中相约到老，便一切足以。梁祝亦是这般，虽不能在凡世中长相厮守，但在化蝶之后依旧能够比翼双飞，或许也是另一种浪漫。可世事终无常，就算是这样平凡而又普通的愿望，对许多人来说都是一种奢望。

无奈，狂欢终归是一群人的孤单，而南朝的王籍更是早就道出了"蝉噪林愈静，鸟鸣山更幽"的真谛。饮宴越是热闹无忌，诗人便越是不舍这难得的欢愉；

越是贪欢，不得不在更鼓报晓前离开的遗憾便越浓。一想到天亮还要去衙门当差，诗人就更加悲哀，四处飘零、居无定所的差事就像近来蓬草般的人生际遇那样令人叹息。他想，或许在他离开之际，便是梦醒之时。

此诗描绘的情感虽然隐晦，但却并非无迹可循。据说这是李商隐为内宫的一位叫宋华阳的宫女所写的情诗。宋华阳是伺候公主的宫女，随其主一起入道观修行，却在此偶遇李商隐，彼此间互生情愫。但最终这段爱情因不为世俗礼教所容而结束，成为了李商隐心中久不能忘的伤痛。为了祭奠这无果而终的爱情，李商隐才写下了几首题为“无题”的爱情诗。

世人无法知晓这样的故事到底是真是假，但宁愿相信李商隐是因为经历过这样刻骨铭心，相爱而不能爱的感情才写下这缠绵悱恻、感人至深的诗篇。或许曾经真的有那样一个星辰漫天的夜晚，他与她并肩而坐，在那春日的欢宴之上饮酒射覆，幻想着能有一天能够化为灵犀相通的彩凤，日夜厮守，永不分离。

## 绵绵悠悠，一草一木皆是情
### ——杜牧《寄扬州韩绰判官》

**寄扬州韩绰判官**

唐·杜牧

青山隐隐水迢迢，秋尽江南草未凋。
二十四桥明月夜，玉人何处教吹箫？

世间令人感动的，唯有“情”字。友人情，恋人情，一草一木皆是情。悠悠不尽，绵绵不绝，故而，念起旧人，总免不了充盈着淡淡感伤。

那一日，有一片叶子，离开了树枝，盈盈洒洒，在空中旋回婉转，终至落到诗人脚下。诗人俯身捡起那片叶子，细细端详才猛地发觉，这已是秋天了。原来，自与韩绰相别，又过了一载。身在江南，景柔绵，故而情亦缱绻。

远看，眉黛似的青山，于天际若隐若现，像是羞赧的女子，犹抱琵琶半遮面。桥下绿水依依，绵延悠长，像是撑着油纸伞的姑娘走在小巷中，带着轻轻浅浅的哀愁，却从未见悲伤。江南，或许便是这般吧，无论从哪一处落笔，荒凉或是繁华，皆有诗意。一步一景，一景一趣，一趣一味，尽是精致，像是有人故意雕琢过一般。故而，此时虽已过深秋，却从未见凋零。虽有一片叶子殒身于地，树木依旧青翠如初，风光依旧旖旎绰约。

最是置身于这般美景中，最易念起昔人。若是眼前风华，能与之共赏该是多好。一人独对，难免伤感与惋惜。往事便在此时，一波波漫上心海。从前月夜下把酒临风，谈诗论赋，赏花对影，好不快活。而今又是好光景，月朗风清，青山绿水，早不见了友人，怎不叫人怀念。

江南佳景无数，“两岸花柳全依水，一路楼台直到山”，瘦西湖碧波招摇，两岸垂柳窈窕摆动，一路走来，尽是山花烂漫。“烟花三月下扬州”“春风十里扬州路”，扬州如烟花般绚烂慑人，如春风般温情脉脉。这般风物，已在诗人眼中诗意成风。更有一处景，已在诗人心中烂漫小花，此便是二十四桥。

“二十四桥明月夜，玉人何处教吹箫”，传言唐时有二十四歌女，个个体态轻盈，清婉媚好，曾于月明之夜于此处吹箫，箫声悠悠，惹得夜也温柔缠绵起来。恰时，偏偏遇上风流倜傥之杜牧，有一歌女故而请杜牧赋诗，语气中真诚却又带一丝魅惑，自然使杜牧抵挡不住。此时，诗人又站在当年为歌女赋诗的二十四桥上，不禁慨从中来，向着空空的夜空，调侃韩绰，而今你又在哪里与歌姬相伴，听歌赏舞呢？有些亲昵，有些深情，故而情谊毕现。

古代之情，似比今人更浓。因惧日后分离，便在相处之时倍加珍惜。因隔了万水千山，便在深深的夜里，深深怀念。寄一封信，一片红叶，一句说笑，便权当见了面。时光清浅，故而情谊也纯粹透明。因干净明朗，故而经得起岁月变迁，桑田沧海，以致后人再读此诗之时，依旧如当事人那般，深觉绵丽悱恻。

杜牧与韩绰友情之交好，在一首风华潋滟小诗中显露无遗。在韩绰逝世后，杜牧回想一生，不禁悲戚万分，故而又提笔写下《哭韩绰》：

平明送葬上都门，绋翣交横逐去魂。
归来冷笑悲身事，唤妇呼儿索酒盆。

那时的情谊一旦结下，便是一生。在时光流转之中，两人年岁渐长，唯有情愈来愈葱茏，纵使不见也无妨，纵使阴阳两隔亦相念。

## 乡愁是一棵没有年轮的树，永不老去

——贺知章《回乡偶书》

**回乡偶书（两首）**

唐·贺知章

少小离家老大回，乡音无改鬓毛衰。
儿童相见不相识，笑问客从何处来。

离别家乡岁月多，近来人事半消磨。
惟有门前镜湖水，春风不改旧时波。

日本陶笛大师宗次郎有一首久负盛名的乐曲，叫《故乡的原风景》。曲子没有歌词，但音乐起起伏伏，如一股淡淡的哀愁盘旋在心头；如泣如诉如低语，在人们的心里铺开了一条回家的路。

也许音乐的本质是不需要歌词的，只需要静静地聆听，听那心灵的脚步，轻轻地踏上故乡的路，那里有故乡的碧波东流，有熟悉的山村小路。多少次，梦回故乡，被揪心的欢愉和忧伤深深地抓住。可一旦美梦成真，却又几乎不敢相信眼前的情景。

宋之问的那首《渡汉江》正是如此，“岭外音书断，经冬复历春。近乡情更怯，不敢问来人。”和家里断绝音讯已经很久了，从冬天到春天就一直没有消息。等到离家乡近了，心理上反而有了疏离与惊恐，因为不知道家里的情况会怎样？更不敢问家里的情况。在这看似矛盾的心理背后，却掩藏着诗人的焦灼与渴望。杜甫说，“烽火连三月，家书抵万金。”当战乱的马蹄踏碎了家园，分别日久，不知道家中是否已经横生变故。对亲人的关切，家园的担忧，恰恰让人不敢轻易触碰。几番梦回故里，笑着睡去；如今荣归故里，反倒不知该如何自处。

家中的一切是否如昔？老屋外的草地、草地边的小溪、小溪畔的垂柳、垂柳下的旧居，一切都在岁月的流逝中静静地数着年轮。而那长长久久的乡愁，盘旋在心头的熟悉，就这样在欢天喜地中渐渐扬起。

贺知章三十六岁考中进士后便离开了家乡，所以自称少小离家。等到八十六岁的时候，在外奔波了将近半个世纪，终于在高龄的时候回到了家乡。一个人的生命能有多长呢？大概和记忆的铁轨一样漫长，深深地铺向生命的尽头。多少年过去了，他依然白发苍苍，可骨子里那份对故乡的依恋和执着，却从未有任何的变化。但年轻的孩子们却并不认识他，还笑着问他是从哪里来的？本来是故乡的人，却被误以为“客”，世事苍茫，人生短暂，心头不免涌起无数感慨，故信笔写下：“少小离家老大回，乡音无改鬓毛衰。儿童相见不相识，笑问客从何处来。”

于是，在《回乡偶书》的第二首诗中，他将这份归乡之情描绘得更加直白。他说：离开家乡已经太久了，近来人事沧桑，只好还家。沧海变幻，物是人非，少年依然不认识当年的老者，但老者当年走时又何尝不是少年？故乡，只有门前的镜湖之水，在春天的微风中荡漾着细碎的柔波。物是人非的感慨就这样在诗人的眉底、心间轻轻地震动。

陆游说，“文章本天成，妙手偶得之”。当半个世纪的光阴和故事，就这样恍如隔世般在贺知章的眼前展开，回乡的“偶书”也便写出了人们的共识。席慕蓉有诗云：

故乡的歌是一支清远的笛
总在有月亮的晚上响起
故乡的面貌却是一种模糊的怅惘
仿佛雾里的挥手别离
离别后
乡愁是一棵没有年轮的树
永不老去

故乡，在人们的心底就像一棵老树。年轻时的人们渴望从老树上飞出去，刺探辽远的天空、新鲜的空气、斑斓的世界。可是，及至老年，才知道对故乡的眷恋是每个人都逃脱不了的命运，就像叶子对根的情意。

## 说不出的痛，只能用微笑来释怀
——李益《写情》

### 写　情

唐·李益

水纹珍簟思悠悠，千里佳期一夕休。

从此无心爱良夜，任他明月下西楼。

世人总爱在窗前月下感怀自己的心情，追忆自己的过往。李益亦是如此。

千年之前的一个深夜，他静静躺在细纹竹席之上，透过小窗，望向那深深的庭院。凤尾竹下的一湾碧水在盈盈的月光下荡漾，就像他对她的思念，无边无际。他还记得离去的那天，互相许下的誓言，可是如今千里相隔，那昔日的约定瞬间就化作了泡影，在时光的微风中飘散，无踪无影。真可谓是“水纹珍簟思悠悠，千里佳期一夕休”。

他曾在多少个夜里从梦中惊醒，所思所想的都是那个多年前已经离他远去的女子。他不知是否是时间越久，记忆就越新，当年他与她相遇相知的一幕幕就像印刻在心底最深处的烙印，总是在这样夜深人静的时候，如此清晰地浮上眼帘。

那一年的春天，他从郊外打马归来，昂首阔步地走在长安城的大街之上，脸上难掩的是心中的兴奋与得意。作为这一年的新科状元，李益的才华几乎为所有人赞叹，他的诗文往往墨迹还未干，就已经在各个教坊中传唱开来。状元爷自然少不了红粉佳人的爱慕，只是他总是自视甚高，从未将儿女之事置于心底。

和所有的爱情故事一样，李益与霍小玉的爱情发生是那样的偶然。他们初次相遇是在长安城中的一个教坊之中，小玉的一曲《江南曲》如同天籁一般吹进了李益心底，在他内心深处的一泓清泉上荡起点点涟漪。才子佳人，花好月圆，这一段缘分在所有的人看来都是上天的刻意的安排。

甜蜜的时光总是短暂的。不久之后，李益就被派遣到外地为官。在上任之前，他决定先回陇西故乡祭祖探亲，他答应小玉，只要一切安排妥当，便回来迎娶她。久居教坊的小玉看惯了人情无常，也听惯了痴情女子负心汉的故事，因此在得知李益将要离开的消息之后便忧心忡忡，再也没有展开过笑颜。直到李益将一段写有“明春三月，迎娶佳人；郑县团聚，永不分离”的素绫交到她手上之时，她那颗忐忑的心才稍微安定了一些。

只是那时信誓旦旦的李益万万没有想到，他的父母已经在家乡为他定好了一门亲事。对方是出身豪门的大家闺秀，这又岂是风尘女子霍小玉能够相比的？就这样，李益在家乡与温柔娴熟的卢家小姐结为连理，全然忘了还有一个女子在苦苦等待他的归来。

远在长安的小玉对这一切全然不知，自从李益离开之后，她便守着他留下的誓言静静地站在原地，却怎么等不来那个曾经给过她山盟海誓的人。相思折磨得她一病不起，她一直都不明白为什么那个曾经深爱自己的人，会如此轻易地背弃他们的誓言。等到她弥留之际，李益终于来到了她的床前。知道真相之后，她抓着他的手，用尽全身的力气对他说：“李君李君，今当永诀！我死之后，必为厉鬼，使君妻妾，终日不安！”

小玉之死成了李益最深的痛，以致让他寝食难安。正是因为有这样刻骨铭心的感受，他才会有“从此无心爱良夜”的感叹吧。没有佳人陪伴在侧，纵然是月朗风清的良宵，在他眼中也不过是形同虚设。对于一个已经麻木的人、一颗已经冰冷的心，这样的良辰美景不过徒增悠悠的愁思，勾起痛苦的回忆罢了。他对她或许并非没有爱，只是他终究是个俗人，在尘世的浮华之中迷失了自己的心。可事已至此，就算再后悔也是于事无补了。

时光荏苒，往事难追，再深刻的事情终有一天也会云淡风轻。听惯了世间的悲欢离合，倒不如在这个寂寞微凉的深夜，看着那一轮明月静静地沉落在那池边西楼柳梢之上，捧一杯浊酒，祭奠世间那些无果而终的爱情。

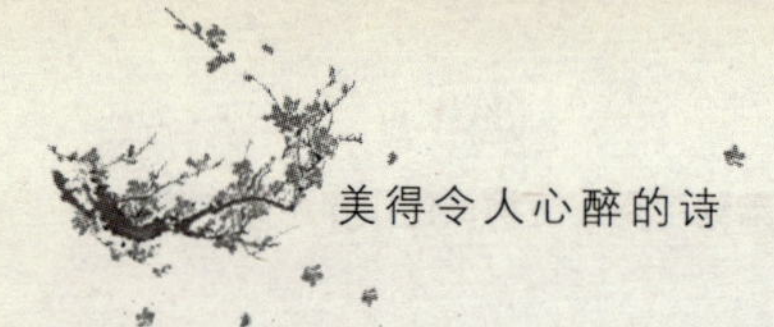



# 花虽无香，但意蕴悠然
## ——唐寅《妒花》

**妒 花**

**明·唐寅**

昨夜海棠初著雨，数朵轻盈娇欲语。
佳人晓起出兰房，折来对镜比红妆。
问郎花好奴颜好？郎道不如花窈窕。
佳人闻语发娇嗔，不信死花胜活人。
将花揉碎掷郎前，请郎今日伴花眠。

最是海棠花盛开的时节，让人心醉。

春雨如丝、如雾，透着这缕缕蚕丝，世间的一切如同淡淡、蒙蒙的写意画，忽隐忽现。海棠花就是在这样的雨季渐渐睁开了沉睡的眼睛。花苞初绽像是在含情不语，娇艳欲滴，甚是妩媚动人。海棠枝上的粉红色花朵，俏皮、婉约而又清新，随着风轻轻摇曳。细雨绵绵，垂英袅袅，似乎听到海棠花的曼妙话语，在风中低诉。

花虽无香，但意蕴悠然，多像面容楚楚的少女，轻盈而飘逸。无怪乎苏东坡会有“只恐夜深花睡去，故烧高烛照红妆”一言。男人尚且爱海棠，更何况如海棠的女人呢？

唐寅的诗中便有这样一个羡花又妒花的娇嗔美人。

“昨夜海棠初著雨，数朵轻盈娇欲语。佳人晓起出兰房，折来对镜比红妆。”开篇便是一幅海棠美人图。一场淡蓝色的烟雨过后，庭院中的海棠恍若浅笑时气若幽兰的仙子，点点滴翠，盈盈跳动。梦醒处，推窗之时，仿佛至若仙境。耐不住心中的欢喜，像十七八岁的女子一般蹦蹦跳跳走出房门去采摘。每一朵，都深藏一个青涩的梦境，在不经意间轻轻绽开。最美的花，总是生得最高，女子不禁踮起脚去够，不知不觉间手中已是满盈的一簇。佳人轻姿傅粉，红妆新画，对镜贴花，左右相照，煞是美艳。

花配美人，人因花美，自古便如此。然而，女人置身花海，婷婷如花，竟也与花相媲美，争做花的主角。回身便问郎君，人与花哪一个更入你心。“郎道不如花窈窕”，当真是不解女人心呢，还是坦率呢？回声却是，花更窈窕。一语伤了女人心，这可怎是好？

女子的爱从来都是这么小气，让人又恼又笑。爱到深处，竟把花也妒。今日纵然海棠开得明艳又如何，明日便会零落成泥，哪里比得上眼前这朵用爱开成的不凋零的花呢？情到浓时，不惜将开得正艳的花揉成碎片，如一颗破裂的心，扔到了郎面前。女子的娇嗔，亦真亦假，既然郎爱花，那就伴着花眠吧。

这或许算不得情诗，只是小夫妻间一帧生活的剪影。但也道尽了情之天机：你的世界，我要一人占有，哪怕一朵小小的海棠也不许窃取半点空闲！

佳人和花互相衬，花的妩媚更动人，人的娇羞更似花。花开渲染世间，女子回眸媚眼如丝，倾倒世人。将开未开的花蕾里，半卷着的是渴望拥有万般风情的少女情怀。在多情痴情的女人面前，永远不要说花比人窈窕，她们期许的无非是用比花更美的容颜，换君子多看一眼。

## 故乡的歌，是一支清远的笛
### ——谢榛《秋日怀弟》

**秋日怀弟**

明·谢榛

生涯怜汝自樵苏，时序惊心尚道途。
别后几年儿女大，望中千里弟兄孤。
秋天落木愁多少，夜雨残灯梦有无。
遥想故园挥涕泪，况闻寒雁下江湖。

诗心藏韵

似乎相遇即为了别离，人生总是由一次次分离串联而成。无论是与爱人的分离，还是与家人的分离，或是与朋友的分离，都让人感到锥心的痛，而后在痛中一遍遍回忆从前的时光，忧虑对方是否将日子过得安然静好。

谢榛中年之后便离家，游历在外，只剩下家中一弟在家劳作。长兄为父，在背着包袱与弟弟回首作别之时，像年老的父亲，絮絮叨叨，竟连“努力加餐饭”这般小事也嘱托不停。弟弟点头，未有太多言语，只是在谢榛策马的一刻，念出“保重”二字。自此，天涯各一方。

兄弟之情，或许比妻子的爱，更沉重。血浓于水，即便相隔万余里，依旧是亲人，是舍不弃割不掉的牵挂。

一别数年，不知何时归家，书信不便，只有寥寥几封压在了枕下，在夜里睡不熟时，便翻出来看看。信中并无太多话语，无外乎是些“念之”“安好”之言，但就是这样纯粹的嘱托，也将一个男子的柔软和盘托出。

在外对家惦念，且自已境遇也并不如意，如此有感而发，便写下了这首情真意切的《秋日怀弟》。

“生涯怜汝自樵苏，时序惊心尚道途”，平实朴质中饱含对家弟的心疼，以及自已处境的辛酸。你在家总是忙前忙后，打理一切，不能歇息，而我作为兄长却不能在身边给予星点帮助，每念之，便觉无限愧意。而岁月蹉跎，光阴荏苒，本以为在外游历，创出一番成就，好衣锦还乡。无奈，依旧是个布衣，依人作客。岁月易老，年华渐老，前方路途茫茫，后面的路已模糊不辨，归家无期，相聚无时。

相别已多年，膝下儿女已长大，而他已老去，时光总是这般残忍，任人无奈。总是用浑浊的双眼望着千里之外家的方向，奈何茫茫山水，家只成了地图上的一点、心上的记号。亲兄弟，身上淌着同样的血脉，心跳有着一样的频率，不相见，唯相念。

文人总悲秋。其实，秋何曾知道自已身上遍是愁，只是敏感的人，在草木凋零的时候，硬加给它的吧。又是一季“无边落木萧萧下”的时节，秋雨淅淅沥沥，残灯欲明将灭，将要入梦却偏偏梦不成，罢了罢了，只得听这雨滴答到天明。“秋天落木愁多少，夜雨残灯梦有无”，这第三联，以景衬情，更显情深，疑问的口吻，更显婉转含蓄。

心中无限的相思，岂是诗的最后一句能道尽的？念想家乡的音容笑貌已使得他泪水涟涟，更何况听闻到大雁的声声呼唤呢？雁声哀怨，不禁增强悲秋气氛，更暗含念弟之意，怎不使人悲戚呢？

亲人即是家，也是在一个月明的晚上，“诗圣”杜甫也因怀念家弟而挥笔赋诗——《月夜忆舍弟》：

戍鼓断人行，边秋一雁声。
露从今夜白，月是故乡明。
有弟皆分散，无家问死生。
寄书长不达，况乃未休兵。

戍楼上的更鼓声隔断了来来往往的行人，边塞的秋日，孤雁声声鸣叫。从今夜起便是白露，总是认为家乡的月亮最明亮。有亲人却各自飘零，没有家亦不能探问生或死。可怜啊，寄往洛阳的家书常常不能送到，更何况现在仍战乱不休？

世间情分多种，爱情总是缠绵艳丽，而亲情总是质朴浓厚。无怪乎席慕蓉说：故乡的歌是一支清远的笛，总是在有月亮的晚上响起。

## 诗意千寻瀑，人间四月天
### ——林徽因《你是人间四月天》

**你是人间四月天**

林徽因

我说你是人间的四月天，
笑响点亮了四面风，
轻灵在春的光艳中交舞着变。

你是四月早天里的云烟，
黄昏吹着风的软，
星子在无意中闪，
细雨点洒在花前。

那轻，那娉婷，
你是，鲜妍百花的冠冕你戴着，
你是天真，庄严，
你是夜夜的月圆。

雪化后那片鹅黄，
你像新鲜初放芽的绿，
你是柔嫩喜悦水光，
浮动着你梦期待中白莲。

你是一树一树的花开，
是燕，在梁间呢喃，
你是爱，是暖，是希望，
你是人间的四月天！

“你是一树一树的花开，是燕，在梁间呢喃，你是爱，是暖，是希望，你是人间的四月天！”林徽因就是从四月走来，温婉清丽地走进世人视线。她是谜一样的女子，具有永久的诱惑力，细细观看她的每一张设计图纸，每一首小诗，都会感到一段段蕴藏其中的故事如蝶一样，翩跹起舞。世人爱她，不仅爱她似沉鱼落雁，更爱她醉人的笑靥、盈盈的诗意、明净的姿态。

那一年，她十六岁，随父亲去欧洲游历。父亲总是忙着，而她的世界是伦敦茫茫的雨季。

那一天，似乎和平时没什么不同，依旧那样一个灰蒙蒙雾蒙蒙的天气。但那一天，似乎又有什么异样，一个叫徐志摩的年轻人前来拜访父亲。

他和父亲交谈，她则送上一些简单而不失雅致的茶点。她把这个谈吐中含有智慧，肤色白皙、戴一副眼镜的男子看进心里。梳着两条小辫、俊秀可爱而又见识明澈的女子像光束一样，明媚了他的春天。诗人的邂逅总是充满着浪漫而略带凄美的色彩。

渐渐地，他一直来拜访父亲，一天不落。

他们品茶吟诗，谈古论今，静看墙边一株梅花的盛开，有的时候，他们什么也不说，只是默默听窗前滴答的雨声，默契总是不言而喻。

爱，来得总是那么迅猛，那么急促。他迫不及待地要追求徽因，追求爱与美，而她的心里慌乱，不知所措。欲爱不能，竟是这样艰难。

或许是良好的家教，止住了她心里翻滚的波涛，或许是她还不懂得要怎样爱，几天后便随父亲回国。飞机起飞的那一刻，他久久仰望天穹，无声亦无息。而她眼中氤氲的雾气，在心里汩落成雨。

转身，或许比靠近，更容易守护真情。他在她离开的日子里，为她赋诗："我是天空里的一片云，偶尔投影在你的波心。"

她明丽的眸子偶尔会闪出一丝忧伤，为他的深情感动。是的，已嫁为人妇的她，只能感动，不能心动。他在身后默默守候，她在文艺界的一举一动他都看在眼中。

在1931年，他回来听她的演讲，返回途中飞机失事，不幸遇难。她哭出声音，悲痛欲绝。她珍藏着一块失事飞机的残骸，或许，这里面就有他的深情与爱吧。

文字，永远是悲伤的出口。

她公开发表了《悼志摩》《纪念志摩去世四周年》，同时还用许多小诗表达内心无尽的悔恨、深沉的忧郁和满腔的悲伤。

最是那首《你是人间四月天》震颤世人心灵。文字表面已是煎熬过后的沉静、理智，但字里行间的感伤及凄婉之情昭然若揭。世界带着点点的笑意，那轻轻的风声是它的倾诉、它的神韵。它是轻灵的，舞动着光艳的春天，千姿百态。在万物复苏的天地间，一切都在跃跃欲试地生长，浮动着氤氲的气息。在迷茫的天地间，云烟是复苏的景象。黄昏来临后，温凉的夜趁着这样的时机展示自己的妩媚。两三点星光有意无意地闪着，和花园里微微舞动的花朵对语，一如微风细雨中的景象：轻盈而柔美，多姿而带着鲜艳。圆月升起，天真而庄重地说着你的

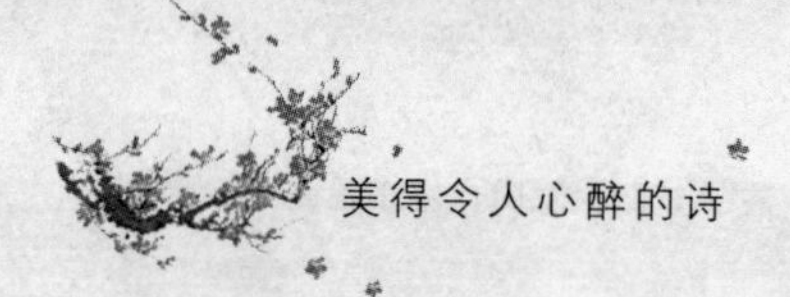


郑重和纯净。

那鹅黄，那绿色，是初绽放的生命。那新鲜的景色，在这样的季节里泛着神圣的光。这神圣明净、澄澈，如白莲花一样，美丽、带着爱的光辉。这样的季节里，你是一树一树的花开，是伴春飞翔的燕子，美丽轻灵，带着爱、温暖和希望。

徐志摩是林徽因的四月天，那么林徽因又何尝不是徐志摩人间的艳阳天呢？在林徽因作品集中，有这样的描述：“她走过北平的晨烟，穿过康桥的夜雾，遥望远方时，便落进徐志摩的诗页。”

有人否认这诗是写给徐志摩的，或许写给谁的不重要，她已然是诗里的春天。

四月是人间最美季节。而她就是那一树一树的花开，美丽轻盈。她似乎是流落人间的轻盈，是人们眉心未完的诗章。

# 第四篇

# 相隔无法认记，总是百转千回相欠太多

第八章

# 换我心，为你心，始知相忆深

## 错过，一种心痛的误会

——《诗经 · 陈风 · 东门之杨》

**诗经 · 陈风 · 东门之杨**

东门之杨，其叶牂牂。昏以为期，明星煌煌。

东门之杨，其叶肺肺。昏以为期，明星晢晢。

**诗心藏韵**

后来

我总算学会了

如何去爱

可惜你

早已远去

消失在人海

后来终于在眼泪中明白

有些人

……

歌手刘若英的一曲《后来》，唱出了多少人心中的遗憾与喟叹。对那些错过的人和错过的事，我们过后回望，只能深深自责，还假设到要是早知道怎么怎么样，可是早知今日，何必当初，世事难料，人生无常，生活中的事情确实超出了人们的掌控。对于错过的，我们也只能报以深深的遗憾。

我们在古老的诗歌总集《诗经》中也能追寻到这样的事情。

陈国是小国，从他成立之日到被吞并，600多年间，一直是小国，他的弱小势力使得他也从来没有想去称霸，人民都只是过自己的生活。在那个古风满天的先秦年代，陈国的热恋男女一般都相约在黄昏的杨树林中。

“月上柳梢头，人约黄昏后”，那片杨树林面积比较大，树因为年代久远了枝叶茂盛，是不是也象征着陈国男女的爱情也如树林一样繁茂而生生不息？和那个心爱约好了时间，其中一个早早来到等待，望着树林，急切地徘徊，焦急的心情等待过的人相信都会了解与理解。这约会在恋人的心上，无疑既隐秘又新奇，期间涌动着的，当然还有几分羞涩、几分兴奋。等待者站在高大的杨树下，抬头看见了天上闪亮的星星，似乎在向自己眨着眼睛，心情也就略微好了起来，有星星相陪，想着念着，静静地等待着爱人的到来，也是一种幸福吧……

《东门之杨》中可以看出写爱情的美妙，这种就是等待带来的美感，一种珍惜在里边，不过，这种感觉是暂时的，要是被等的人一直不出现，会是什么样子？世事也往往弄人，等待的这位从黄昏一直等到夜深人静，从夜深人静又等到斗转星移的凌晨，另一方还是没有来，无尽的等待就转变成了难捱，也就成了一段错过的感情。

东门的大白杨树啊，叶儿正发出低音轻唱。
约会定好的时间是黄昏，直等到明星东上。
东门的大白杨树啊，叶儿正发出轻声叹息。
约会定好的时间是黄昏，直等到明星灿烂。

一直以来，很多人都坚信诗中杨树下徘徊等待的应该是个女孩子，一如张爱玲所说的 如果男女的知识程度一样高，女人在男人面前还是会有谦虚，因为那是女人的本质，因为女人要崇拜才快乐，男人要被崇拜才快乐。所以女人在男人面前总是谦卑的，只要有一点爱在，想那女子一定是早早吃了饭，喜滋滋到城门外等着，可是到最后只能失落。《东门之杨》成为痴男怨女心中的一个错过的代

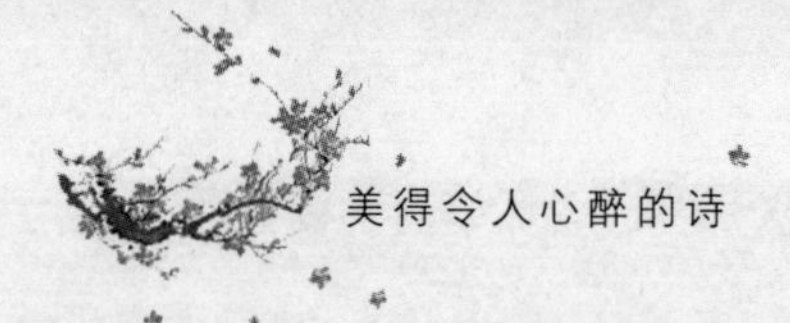



表，《元夕》中也流露出来了同样的情感。

去年元夜时，花市灯如昼。
月上柳梢头，人约黄昏后。
今年元夜时，月与灯依旧。
不见去年人，泪满春衫袖。

作者效仿千百年前的那对男女，在花灯之夜与心爱的人相约。只是换了一下植物，杨树换成了柳树。千年之后，爱情同样是猜中了过程，却猜不着结局。就如《大话西游》中至尊宝与紫霞仙子的爱情一样，让人感伤。不是说好一直牵手到白头吗？结果是“不见去年人”，他已经消失在了茫茫人海里，有些人，一旦错过就不再。

谁都想与爱人有个好的结局，唐代诗人崔护错失爱的姑娘，徒留下一首《游城南》诗云：“去年今日此门中，人面桃花相映红。人面不知何处去，桃花依旧笑春风。”其实他想做《柳毅传》中的痴情人柳毅，在遇见洞庭龙女之后，慷慨允诺，毅然受命，最后有情人终成眷属，恩爱到千年，而不是徒留感叹。

人生的路上，我们总是错过些什么。错过一趟公共汽车，错过一场雨，错过一个开始，错过一次机遇，还有错过一些人一段感情。人生若宛如初见，那只是文人构建出来的理想状态，要是可以追回错过的人与时光，那当下拥有的情感怎么办？回去了这些不也是要错过吗？所以觉得，生活之中，如果可以，就不要错过与生命交错的机会与幸福，即使错过了，就把错过的美好珍藏好，成就《后来》里的那一段唱词，问候一声：“这些年来，有没有人能让你不寂寞？”

# 离开即是永别，最苦莫过生别离
## ——王昭君《怨词》

**怨　词**

汉・王昭君

秋木萋萋，其叶萎黄，有鸟处山，集于苞桑。
养育毛羽，形容生光，既得行云，上游曲房。
离宫绝旷，身体摧藏，志念没沉，不得颉颃。
虽得委禽，心有徊惶，我独伊何，来往变常。
翩翩之燕，远集西羌，高山峨峨，河水泱泱。
父兮母兮，进阻且长，呜呼哀哉！忧心恻伤。

纵使她沉鱼落雁，闭月羞花，终抵不过命运的安排。

公元前36年，她在最美丽的年华里，进入了最繁华的胜地。进宫离家的那一日，她泣涕涟涟，纵使深宫锦衣玉食，亦不忍与双亲隔千山万水。

深宫幽幽，她却丝毫不惧。自知貌美，故也不屑拿银两交与毛延寿。谁知，命运即在此急转直下，她终究是良人家的女子，竟然不知宫中人心似海，稍不留意，便被视为可有可无之人，在画中点了致命的一点。

自此，她居于深宫，不曾被汉元帝召见过一回。她三年独处，夜夜剪花灯，夜夜落寞。那个时代没有什么空间可以让女人内心生长起柔软清脆的草叶来。既然得不到爱情，便只能将全身心的寄托放置于诗词之上，以期望自己独自吟唱的歌曲能令上苍听到后，感动同在一个宫墙之内的帝王。

故而，月华如水，辗转无眠之时，便写下了《五更哀怨曲》：

一更天，最心伤，爹娘爱我如珍宝，在家和乐世难寻；如今样样有，珍珠绮罗新，羊羔美酒享不尽，忆起家园泪满襟。

二更里，细思量，忍抛亲思三千里，爹娘年迈靠何人?宫中无音讯，日夜想昭君，朝思暮想心不定，只望进京见朝廷。

三更里，夜半天。黄昏月夜苦忧煎，帐底孤单不成眠；相思情无已，薄命断姻缘，春夏秋冬人虚度，痴心一片亦堪怜。

四更里，苦难当，凄凄惨惨泪汪汪，妾身命苦人断肠；可恨毛延寿，画笔欺君王，未蒙召幸作凤凰，冷落宫中受凄凉。

五更里，梦难成，深宫内院冷清清，良宵一夜虚抛掷，父母空想女，女亦倍思亲，命里如此可奈何，自叹人生皆有定。

漫漫长夜里每一更天都是无边无际的，从思念家人到现如今身在宫廷，从悲叹命运不公到怨恨画师的无情无义，从空度良宵到承认世事无常。每个夜晚，昭君似乎都将自已置于这样矛盾而无望的思索中不得抽身。

王昭君写诗，无谓是抒怀。她写下《五更哀怨曲》，原本是打发在皇宫中的寂寞时光，却没想到，命运并不如她所想的那样一成不变。在既定的时刻，上天果真给了王昭君一个扭转自己命运的机会，只是王昭君应该没有想到，这一次，即是华丽转身。与其在深宫中白头，不如撇开旧情旧义，寻得一片新天地。

那一日，她浓妆艳抹，只为这三年的幽居申冤。盛装来至汉元帝面前之时，只见她“丰容静饰，光明汉宫，顾影雯回，竦动左右”，惊艳了众人心。汉元帝自知已与她错过，不是一时，而是一生。

离开即是永别，最苦莫过生别离。长安与西域之间有路，但很远；想念故土，只能托一个梦。在前行的漫漫长路上，王昭君病倒了，在养病的时间里，她想到了这一去可能就无法再回头了，于是便写信给汉元帝，愿家人安好。

昭君就这样将自已和那个她生活了几十载的中原故土隔断了联系。王昭君远远看着她的家乡中原，她在天之涯，家乡在地之角，当风刮过，真是刺骨的寒冷，这冷不但冷在身上，更冷在心里。所以她才会写出《怨词》，伤心到深处，便是无处话伤心了。

秋日中葱郁的树木，已经枝叶金黄，那寄居山里的飞鸟，在放声歌唱。因为故乡的山水，使得它们体格鲜亮，天边的云霞，却将昭君带入了深宫。宫中的寂寞就如同被困的金丝鸟一样，当自由失去，梦想便如同大山沉沉地压下，虽然每日锦衣玉食，但总是觉得茶饭不思，而命运依然没有改变，如同远行的飞禽一般。王昭君将自己搁置在远离中原的西域，无论是思念还是目光，都无法穿越那层层大山的阻隔，山高水远，家里的父母亲人，大概此后便是后会无期了吧。昭君的一曲《怨词》唱出了她当时义无反顾和哀莫心死的心境。

悲哀丝毫不肯放过她，王昭君在二十四岁时，丈夫去世，按照匈奴的制度，王昭君应当嫁于新一任的单于，这是她想不到的。她写信回汉室求助，但可惜得来的只是冷冰冰的遵从旨意。虽是无奈，只得顺从，此便是女子。两人经过了十几年的夫妻生活后，单于再一次的去世，此时昭君已年近四十，对于一个女人来说，她经历万事，已经没有什么看不开的。随后的日子里，王昭君独自为匈奴和汉朝的边疆关系协调做着努力，使得边疆出现了少有的平和和宁静。

只可惜她的力量最终还是难以抵挡历史的脚步，之后的匈奴经历过一系列的争权夺位之后，早日定下的边疆和睦条款早被遗忘干净，硝烟再起，烽火再续。王昭君知道，自己已经是无能为力了，面对这样的局面，她只能远远观看，最后抑郁而终，终生没能回到那个令她魂牵梦绕的中原故土。

昭君死后，葬于当地，因她的墓依山傍水，始终草色青葱，故而昭君之墓又被后人称为“青冢”。大漠深处，倩影翩跹，从青冢中走出来的芳踪令人难寻影迹，始终心生怜惜，像那青冢上的青草，密密地疯长。

## 如若上天眷顾，短暂的离别又何妨

——何逊《临行与故游夜别》

**临行与故游夜别**

南朝·何逊

历稔共追随，一旦辞群匹。
复如东注水，未有西归日。
夜雨滴空阶，晓灯暗离室。
相悲各罢酒，何时同促膝？

## 诗心藏韵

“从别后，忆相逢，几回魂梦与君同”，这或许是世间写离散最凄楚的词句了。别时，执手无语，唯有相看泪眼。别后，一遍遍回忆往昔，盼盼念念，于夜中辗转辗转，好不容易不再思念，渐渐入睡，对方却又偏偏进入梦中。

或许世人总是不懂，相遇之后，为何要分离。既然时光不允许太长久，为何当初要相遇，共同度过数不尽的美好日子？诗人，亦不懂，只是在一次次的别离中，心痛，因无以能解，便留下一首首诗篇。

天监六年，何逊迁建安王水曹行参军，并兼任记室，曾与萧伟游宴。而今将从镇江洲与故人别离，惆怅自然油然而生。他与萧伟共事多年，得其赏识，追随左右，情谊笃好，而今，却只得分道扬镳，各走其路，想想便教人感伤。

是日，两人于长江边上，饮酒送别。你斟我饮，不知不觉中些许有些醉意。说起以往的欢好时光，不禁有些泪意朦胧。然而，泪未洒落，便从对方眼中逃脱，纷纷望向远方。诗人不禁触物生情，发出深沉喟叹，“复如东注水，未有西归日”，逝水无情，只见长江水从西而来，悠悠东去，丝毫不为痛苦之人稍稍做一下停留。正如古乐府《长歌行》中所吟咏的一般：“百川东到海，何时复西归？”

黄昏之后，夜一点点来临。醉酒的诗人与萧伟，便起身相互搀扶着回至室内。即将分离，注定要在屋内畅饮至天明，今夜无人入睡。雨也浇愁助恨，只听见窗外雨声淅淅沥沥，不停不歇地打在寂寥无人的空阶之上。室外夜色沉沉，室内灯火朦胧。罢了罢了，再饮一盅吧。促膝相谈，淡忘了时间，不知不觉中，东方已晓白。此时，愁又深一层，攒至心头，真可谓是“这次第，怎一个愁字了得？”

鸡鸣三声，天渐渐明了。一夜的叨叨絮语，也未说尽沉沉重重的嘱托，唯有一杯杯灌醉，让酒入愁肠化作相思泪。任何言语在临别之时，都苍白无力，故而，放下酒杯，两两相对，动动嘴角将要说些什么，终究化成一声叹息，“何时同促膝”，何时才能再举杯共醉，彻夜长谈呢？

何逊诗歌以送别诗最胜，不因技巧高深，而是情真意切，寻常情事亦颇为动人。

盛会难再，美好的终会成腐朽，哪怕泪洒阑干，消得人憔悴，终究是一片枉然。世人能做的，便是在初见之时欢喜，相处之时珍惜，离别之时思念。如若上天眷顾，再一次相逢，便是莫大的欢喜。

## 情谊浓浓，别意幽幽
——李白《金陵酒肆留别》

**金陵酒肆留别**[①]

唐·李白

风吹柳花满店香，吴姬压酒劝客尝[②]。
金陵子弟来相送[③]，欲行不行各尽觞[④]。
请君试问东流水，别意与之谁短长？

**【注释】**

①金陵：今江苏省南京市。

②吴姬：吴地的青年女子，指酒店中的侍女。压酒：压糟取酒。古时新酒酿熟，临饮时方压糟取用。

③子弟：指李白的朋友。

④尽觞：喝尽杯中的酒。

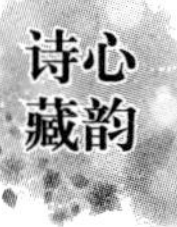


送别，总免不了你侬我侬，执手相看泪眼，嘱咐万千。然而，李白思逸超群，送别之时，便也不忘踏歌畅饮。大抵浪漫之人，总有浪漫的送别方式；就连分别之期，也要选在柳烟迷蒙、春风沉醉的江南三月。

于开元十四年（726年）春，李白在南京居住了半年之后，将要前往扬州，友人为他践行，会上李白即兴作了此诗《金陵酒肆留别》。

此时杨花飘絮，洋洋洒洒，仿佛天地间尽是身披乳白纱衣的美人。春风阵阵吹来，将千万重杨花卷进客栈，诗人闻着花香闻着酒香，便走至江边的一个小店。当垆的姑娘，斟满刚刚压榨出来的美酒，劝客人杯杯品尝。美人似酒，酒如美人，酒客沉醉东风，将酒和着美人香，一饮而尽。柳絮蒙蒙的店中，真是一幅沁人心脾的春光春色图。

往往热闹繁华是冷落寂寥的前奏，有酒而饮，有红粉劝酒，好一派热闹。而后，金陵的朋友纷纷来送行，热情如火，情意绵延，此情此景，谁愿意就甩开衣袖，转身离去呢？唯有在走之前，将要离开的诗人与送行的朋友，你斟我酌，频频举杯，喝尽美酒。

不知是因了这酒，才有了李白这醉意朦胧之诗，还是因了首首浪漫之诗，李白才更愿意醉在酒中。于是乎，不管是喜是忧，是愁是乐，李白都用酒表达自己。清酒、烈酒、浊酒、得意或失意的酒，在李白的手里都能喝出一番况味。故而，酒酣情浓之际，便举起酒杯大声说："请你们问问这东流之水，和我们绵绵的别情相比，哪一个更长？"以此煞尾，哀而不伤。清人沈德潜在《唐诗别裁》中评此诗曰："语不必深，写情已足。"

离别本来是一件令人伤感的事，但酒入愁肠，也便化成了绵绵的情意，忧而不痛。王维的这首《送元二使安西》也是这类的典范。

"渭城朝雨浥轻尘，客舍青青柳色新。劝君更尽一杯酒，西出阳关无故人。"轻轻的雨丝，青青的柳条，在这样的美景下，"请你再饮一杯酒吧，恐怕从今一别，就再也见不到老朋友了。"如此的深情，配上细雨后清新的空气，伤感中带着些温暖的震荡，从容而悠扬地流淌在彼此的心中。长亭、古道，酒楼、江畔，他们用诗和酒装点了一次送别的盛宴。

"天之涯，地之角，知交半零落。人生难得是欢聚，唯有别离多。"古今中外，所有的离别都逃不过"愁绪"二字，这也是李叔同先生这首《离别歌》能够深入人心的地方。在分别的刹那，伤感固然是人之常情，但能够控制自己的感情，隐而不发，反以笑脸相送，浪漫作别，这哀愁才算真的深婉到了心中。

# 浊酒一杯悲情，离时儿女泪
## ——骆宾王《送郑少府入辽共赋侠客远从戎》

**送郑少府入辽共赋侠客远从戎**

唐·骆宾王

边烽警榆塞，侠客度桑干。
柳叶开银镝，桃花照玉鞍。
满月临弓影，连星入剑端。
不学燕丹客，空歌易水寒。

清人陈熙晋云：“临海少年落魄，薄宦沉沦，始以贡疏被愆，继因草檄亡命。”此大致概括了骆宾王悲剧的一生。空有一腔才华，不被赏识，反一次又一次遭人陷害。

他生来，仿佛是为送别的。不仅仅送别友人，亦与自己别离。每一次，都似乎进了一个胡同，狭窄悠长，曲曲折折，前进不得，后退亦不能。

据《新唐书》记载，高宗上元三年徙辽东郡故城，仪凤二年又徙新城。此一带因是边陲境地，高宗时常遭到契丹族侵犯，朝廷不得不派兵戍守。郑少府即将远赴辽阳边塞，骆宾王为其送行之时，便写下此诗。

边疆之火已经点燃，战争即将拉开帷幕。箭在弦上不得不发，烽烟起时，侠客便穿好战袍，整顿好战马，跨越千山万水，度过桑干河。此中并未见离别愁，只是用“榆塞”二字，化用秦朝大将蒙恬的经历，将郑少府的侠气干云、雷厉风行淋漓尽致写出。

一杯浊酒饮尽，郑少府便跨上战马。只见他手握弯弓，银色的箭头能够射穿柳叶，策马疾驰，马鞍上的饰物被照得闪闪发光。他可以将弓拉得像十五的月亮一般，亦能将剑舞得像闪烁的星辰。满月临摹弓影，流星飞入剑鞘，世间的豪

情，尽在此中。

策马扬起万丈风尘，友人已走远，骆宾王依旧站在原地静静地看，心中默默念："不学燕丹客，空歌易水寒。"你不要像战国时的荆轲一样无功而返，要在边疆洒尽你的赤胆忠诚和你的英勇豪武。

然而，这只是一厢情愿罢了。尽管友人在战场之上，用尽一生的力量，终是奸佞当道。

生命给予骆宾王的，不仅仅是与友人的送别，而是看着时代易主。命运对他的折磨，才刚刚开始而已。唐高宗驾崩之后，武皇掌政，无所不用其极巩固皇位。此时的骆宾王不愿与其为伍，便独自南下。临行前，有人送他来到易水河畔，和老友依依惜别之际，骆宾王面对悠悠江水，吟出《易水送别》："此地别燕丹，壮士发冲冠。昔时人已没，今日水犹寒。"寒风起，易水兴波。在河滨一岸，骆宾王和友人依依惜别。在历史的另一岸，太子丹和众将士为荆轲"慷慨倚长剑，高歌一送君。"这一古一今，一明一暗，一轻一重，一缓一急，既是抒怀，又是咏史，令人怀古伤今，引人千古幽思。此时，他内心的孤独与落寞宛如滔滔易河水般悠悠不尽地流向汪洋肆意的碧海，任它狂卷、湮没自己的一片冰心、一世英才。

送别，在河畔。他送别过去的自己，亦送别那些为国之殇，己之梦而甘心献身的忠魂。

送别大抵是伤感的，然而，总有些送别，是为了告别过去，重新开始。

## 易求无价宝，难得有情人
### ——鱼玄机《江陵愁望有寄》

**江陵愁望有寄**

唐・鱼玄机

枫叶千枝复万枝，江桥掩映暮帆迟。
忆君心似西江水，日夜东流无歇时。

五绝与七绝，同属绝句，然风格却各异。鱼玄机的《江陵愁望有寄》如若改成五绝则会变为：枫叶千万枝，江桥暮帆迟。忆君似江水，日夜无歇时。虽字数减少，意思不变。但细细品咂就会感觉硬邦邦的，失去了原诗那种纾缓绵长。要知道，这首诗是女子之作，寄托着她悠远绵长的思念。一如朱自清云："论七绝的称含蓄为'风调'。风飘摇而有远情，调悠扬而有远韵，总之是余味深长。这也配合着七绝的漫长的声调而言，五绝字少节促，便无所谓风调。"

晚唐时期，才子李亿入京为官，而鱼玄机在京城久擅诗名，是个人人称道的才女，与当时社会上有名的诗人都有不错的交情。后来，在温庭筠的撮合之下，鱼玄机和李亿二人一见钟情。在一个繁花似锦的三月天，李亿以一乘花轿将盛装的鱼玄机，迎进了他为她在林亭置下的一幢精致别墅中。

林亭位于长安城西十余里，依山傍水，林木茂密，时时可闻鸟语，处处可见花开，是当时长安的富贵人家颇中意的别墅区。

在这里，李亿与鱼玄机日日相守，不管屋外尘世变迁，二人共度了一段浓情蜜意的美好时光。但是，李亿在江陵家中还有一个原配夫人裴氏。裴氏见丈夫离家去京多时，却一直没有音讯，就三天两头地来信催促李亿来接自己。无可奈何，李亿只好亲自东下将家中老小一齐接入京城，安顿妥当。

鱼玄机早已知道李亿有家眷，而接妻子来京也是情理中事，所以她没有多说什么，通情达理地送别了李郎，之后便写下这首《江陵愁望有寄》。

《楚辞·招魂》中有句："湛湛江水兮上有枫，极目千里兮伤春心。"这首《江陵愁望寄子安》首句正是化用《招魂》中此句。江陵已是一片秋色，红枫生于江上，西风过时，满林萧萧之声，轻易就能惹起人的愁怀。在江边极目远眺，只见江上的桥被枫林掩映，看不到桥上是否有我思念的人经过；眼看这日已西垂，也不见那人的船归来。化用他们的媒人温庭筠的词正是：梳洗罢，独倚望江楼。过尽千帆皆不是，斜晖脉脉水悠悠。肠断白苹洲。

她状似洒脱地送走了他。在他转身离去的刹那，她面上的一抹苦笑，和着泪，在心底泛开。他走了这么久，她以为对他的思念已经到了极致，再不能多一点，也不容许少一点。但是在这条再熟悉不过的江上，这个再平常不过的傍晚，什么也没发生，世界都是原来的样子，她却因为想他而对着不知哪里的虚空哭

泣。这一次，他成功地让她知道，她还是可以更想他一点的，如若江水永不停息，她的相思也永难休歇。

只是，在最后的最后，她多想告诉他一句："我的经年由你而始，我的相思为你而不绝。请你记得回来，就好。"

然而世事偏爱开玩笑。才子佳人的故事究竟不能个个都圆满，这才让那些稀有的坚贞爱情弥足珍贵。

女人如花，花期过后便凋零，鱼玄机也没能逃脱这惨淡的命运。但用情深的人，总是在回忆中度过余生。鱼玄机对他仍一往情深，为他写下诸多情诗，在诗中缅怀从前的甜蜜时光。然而无论她怎样努力，终没能改变被始乱终弃的宿命。真可谓是"易求无价宝，难得有情人"。而后，她心似死水，守着一盏孤灯，在庵里捱过残生。

也许这世间很多的姻缘都是个错误，人们被等待磨得失去耐心了以后，常常会把过客错认为归人，从而误了一生。

## 幸福那么简单，却那么遥远
### ——李商隐《无题》

**无题**

唐·李商隐

来是空言去绝踪，月斜楼上五更钟。
梦为远别啼难唤，书被催成墨未浓。
蜡照半笼金翡翠，麝熏微度绣芙蓉。
刘郎已恨蓬山远，更隔蓬山一万重。

不得不承认，有些人是风里来雨里去，总要不时地离开，到处地漂泊，难安

于一座城的风景。人生途中总是不断和他人告别，曾经的玩伴，知心的老友，贴心的亲人。然而浸淫在古书中日久，心中总有遗憾：离别应当有柳，有酒，有人为高歌击筑，有萧瑟的风或缠绵的雨，在凄寒的水旁，或驿路的断桥边上。

古时，思念跨越云山几重绵延流长。在古代，不发短信，用黑色的墨、蝇头小楷、薛涛笺慢慢写一封手书；在古代，想念之时，便用记在脑中的模样，画一幅心上人的像，日日相对便是相见；在古代，如若想见面，便翻过两座山、走几十里路，牵着马走过她的馆楼，牵起她的手。

最是李商隐偏爱写《无题》，于是一生便也似个谜。他内心情多，缱绻成墨，只肯为伊人写淡浓。

我答应了要去见你，却怎奈又成了空。我就这样走了，无声无息的，你还在早已五更天的楼上，仅有空寂的等待。

梦里你流着泪呼唤我，我的身影却渐行渐远。那墨汁还没有研好啊，你已匆匆地写成了思念的信。

翡翠屏上半笼着烛光，芙蓉帐下微微的熏香，闺房里的你的思念和无眠，牵着我的心肠。

刘郎想要去蓬山远无路，而我与你的距离，比那蓬山还要远上一万重。

诗中的刘郎并不是李商隐本人，而是源自一个遥远的传说。相传在东汉时期，汉明帝永平五年，刘晨、阮肇入山采药，归家途中迷路无法出山。忽然，他们遇到两位女子，就被邀请至女子家留居，过了半年以后才得以还家，后人常用这个典故来比喻有艳遇。而蓬山，即蓬莱山，泛指仙境。

其实，生活的无奈，比眼见的更多，不是每份爱都会有结果，不是每个人只要等了便能回来。

俄罗斯女诗人阿赫玛托娃与普希金并称，被誉为“俄罗斯诗歌的月亮”。她的《梦中》，正好应和了李商隐的这首《无题》，同样的无奈，只是阿赫玛托娃更勇敢，不甘愿因分离而就此谢幕、遁形，就算在梦中也要再相见。

我和你一样承负着
黑色而永恒的分离。
哭有何用？把手给我，
答应我，重来到梦里。
我和你犹如悲哀中邂逅……

再不复在人间一起。

一个生命与另一个生命的相遇不过千载一瞬，而分别却仿佛万劫不复。杜牧那首《赠别》就是在说着那让人万劫不复的离别。

多情却似总无情，唯觉樽前笑不成。
蜡烛有心还惜别，替人垂泪到天明。

相聚时如胶似漆，而作别时却像陌生人一样无情；只觉得酒筵上应有笑声，谁知就算是强颜欢笑也笑不出声。案头摆着的蜡烛也是有心之物，懂得依依惜别，你看它替我们流泪流到天明。

江淹曾用“黯然销魂”四字概括了离别的感情。感情的表现常因人因事的不同而千差万别，并不是“悲”“愁”二字所能清楚道得。杜牧此诗不用“悲”“愁”等字，却写得坦率、真挚，道出了离别时的真情实感。

安德鲁·怀斯是一位美国画家，创造了一种属于个人的主观艺术，想要以一种连续而持久的个人主义，来应付这个毫不稳定和全无把握的现实生活。他常常画满地的衰草、凄清冬日里女人孤单的背影，整个作品中有一种难以言说的萧瑟，悲冷，却能真实地唤起人们内心的柔软和思念。而他的诗写得亦好，像这首《远方》：

那天是如此辽远 辽远地展着翅膀
即使爱是静止的 静止着让记忆流淌
你背起自己小小的行囊
你走进别人无法企及的远方
你在风口遥望彼岸的紫丁香
你在田野捡拾古老的忧伤
我知道那是你心的方向
拥有这份怀念
这雪地上的炉火 就会有一次欢畅的流浪
于是整整一个雨季
我守着阳光 守着越冬的麦田

将那段闪亮的日子 轻轻弹唱

我知道你在远方流浪，你也知道我在远方守着你见过的阳光，而你不知道的是，我并不害怕离别，只怕那水远山遥，梦来都阻。

## 爱情，生命中最美丽的期待
——元稹《遣悲怀》

**遣悲怀**

唐·元稹

闲坐悲君亦自悲，百年都是几多时。
邓攸无子寻知命，潘岳悼亡犹费辞。
同穴窅冥何所望，他生缘会更难期。
惟将终夜长开眼，报答平生未展眉。

“我躺下来，用一张报纸作枕头，高高在我上方的，是眨眼的星星，而当火车弯曲而行，这些星群便像在上上下下地画着弧形，望着他们，我睡着了。这天过去了——我生命中所有天里的一天。明天又会是另外一天，而我依然年轻。”杰克·伦敦在《大路》如是言。

“我们度尽的年岁，好像一声叹息。”《旧约·诗篇》中如是说。只是，这叹息太短，未能让人纾尽尘世所有的悲欢。

韦丛二十岁时，以太子少保千金的身份下嫁于元稹。彼时元稹初落榜，尚无功名，又无背景。然韦丛与她父亲一样深惜元稹的才情，对元稹家中的贫瘠淡然处之。

婚后，元稹忙于应试，家中大小事务皆由韦丛一人周全，生火做饭、洗衣买

酒，自是温柔体贴，从无怨怼。就这样，两人素朴相依，清然携手，共度了那许多的清贫岁月。

走得最快的总是最好的时光。也许是因为清贫和操劳，二十七岁时，韦丛就离开了人世。她与元稹同苦七年，如今元稹飞黄腾达，守得云开见月明，她只看一眼云散月出，而没有福分照见月亮的清辉。

韦丛下葬时，元稹正因御史留东台而没能亲自送葬，这于他，怕是至深的遗憾。在元稹心中，韦丛独占最广阔的一角，让他深切思念却又无尽悲伤。

娶她，本是政治上的希冀，本来仓促的婚姻，却让两人由此定了一生一世的情缘，不再视如儿戏。彼此始料未及地起了婚姻的头绪，而接续的，已是势必永远缠结在一起的结发鸳盟。

他们前世似乎是有着未尽的缘分，所以在今生能这般相遇相守、日日情笃。可是，月尚有缺，这浊重人世岂能圆满？陪我们在黑暗中匍匐的是一些人，而陪我们站在阳光下的又是另外一些人。

“闲坐悲君亦自悲，百年都是几多时。”空下来时，难免想到你，同时也想到我自己，世人所谓的人生百年到底有多长呢？你我携手七年，于我而言竟似一瞬，这难道是命运的安排？

“邓攸无子寻知命，潘岳悼亡犹费辞。”永嘉时人邓攸清和平简，贞正寡欲，逃避贼人时，为保全亡弟之子，而将自己的儿子抛弃，以至于自己终生无子。

晋人潘岳的诗作在钟嵘的《诗品》中被列为上品，他那三首《悼亡诗》写得尤其好，但是现在看来又有什么用呢，那个人注定是听不到了。死者长已矣，而生者还是要继续面对这尘世的满目疮痍，纵使步履维艰也要走下去。

你走后我方知晓，人间为何会有良辰美景不再的惆怅？没有你的世间让我仿佛陷入一种深沉幽暗的绝望之中，我在其中，伸出手，想抓住你，而我抓回来的不过是一掌冷雾。

“同穴窅冥何所望，他生缘会更难期。”唯有寄希望于死后与你同睡一个墓穴，待到来生也不会分开，你依然做我的妻。你知道的，我一直把你放在我心中一个沉重的位置上，不轻松，也不允许轻松。而我曾许你的一世欢颜，从未兑现，如今只能以你不知的方式静静偿还对你所有的亏欠。然而，今生抓不住的，又如何能期待来生？我在今生也只能“惟将终夜长开眼，报答平生未展眉”。

是不是当一个故事太过悲伤，人们就会以诗、以歌将这悲伤尘封在其中，在众人传唱的口唇间冲淡那份化不开的浓愁？

命运真是一切人间戏剧最成熟、最具匠心的设计师。它将我们推向幽暗深渊，在我们下落时又给我们晴朗风月，这些就如同一种静默的昭示，仿佛是它在告诉世人。世界空阔，懂得爱的人类不会总在低处。

所以，纵使漂泊不定，纵使曲折难平，世人也有理由承认，正是爱让生命成为一件值得期待的事。

## 穿过千年泪眼，看到的是无尽的思念
### ——李益《喜见外弟又言别》

**喜见外弟又言别**

唐·李益

十年离乱后，长大一相逢。
问姓惊初见，称名忆旧容。
别来沧海事，语罢暮天钟。
明日巴陵道，秋山又几重。

十年，血管里的血液由湍急到缓慢；十年，颠覆了沧海复原了河山。诗人的血与泪、爱与恨都在这似水流年间悄然动容，无论怎样挽留都不再回头上演，杜甫也叹慨：“五十年间似反掌。”那年的天光随大唐的浩荡钟声传向远方，只留下徐徐尾音，诗人们的惆怅却源远流长。

若不是血脉里相同因子的颤抖，人生路上或许就此擦身而过再不相见。是的，十年之后，相遇街头，已不能再凭容貌相认，交换姓名才恍然忆起曾经那么熟识的脸。这些许年间，多少事欲说还休，人生的苦辣酸甜均已尝遍。把酒向苍天，泪落天地间。暮色降，月光寒，晚钟沉沉又该入眠。明日巴陵道上的尘与土

还要继续沾染，过了秋山还有万重山。这对面相见却不敢相认的场景，多少次发生在战乱或迁移的诗人身上，叹只叹世道的多艰使骨肉分散，太多的诗人被时光蒙住了双眼。

唐朝的繁盛使诗人们的心态相对乐观，感慨时光的诗歌发展至大历年间，褪去了建安时期诗人的那种无法摆脱的宿命感，取而代之的是相逢中寻旧梦，相聚中怅时光流逝的感情。李益的这首诗亦是如此。

乱世的相逢更增加了历史的沉重，“十年”对应下文中的“沧海事”，弹指间世事已千般改变。难能可贵之处在于诗人强烈的画面构图感，“问姓惊初见，称名忆旧容”，好似看见一双兄弟从对面相逢不相识到好似曾相识到最后恍然相见的记录过程，由“惊”到“忆”这一缓慢的过程相信会有万般镜头一起涌入眼帘。而这组镜头的导演正是一向无情的时光，正所谓“流光容易把人抛，红了樱桃，绿了芭蕉”。也正是无情的岁月，将“沧桑事”填满了人生的一个又一个的十年。此诗情景与细节，皆是似曾经历般，故而更易让人感同身受，让人泣涕涟涟。

时间的细手无孔不入地伸入每一个空隙，变幻着世事。

“门前迟行迹，一一生绿苔。”走过童年的巷口，依旧是早年的槐花香。树有年轮，人有生命线，当掌心生出纠缠错落的纹路，谁还记得每一条是为谁而生。再见时，微笑着说声，“你好吗？”离别时，挥手道声珍重，不相见此生便是陌生人。不是你我太无情，实在是相遇太早，敌不过流水，赛不过时间。

枕着诗入眠，把岁月的风尘洗卸在诗人的笔墨中，把相遇与别离的乐与痛化为流水淌入这方盛着光阴的砚台。饱蘸诗情，笔触浓淡，书罢了然。

于笔墨间找寻逝去的如水流年。

# 红尘千年，淡了思念，旧了深情
## ——浦源《送人之荆门》

**送人之荆门**

**明·浦源**

长江风飓布帆轻，西入荆门感客情。
三国已亡遗旧垒，几家犹在住荒城。
云边路绕巴山色，树里河流汉水声。
此去郢中应有赋，千秋白雪待君赓。

每首成名诗身后，都有一个动人的故事。此诗亦如此。明初林鸿作诗颇有名，曾在家乡组织诗社，浦源便拿着一叠诗稿前去拜访。其间，他当众一连读了几首，皆未得到认可。其后，便读到了此诗。读罢，周围一片寂静，进而是一片哗然，林鸿情不自禁击节赞叹，并称此诗为“吾家诗”，自此浦源便加入了林鸿诗社，可见此诗不同凡响。

“离别”二字，本就有种淡淡的忧伤。离开之人，前路茫茫；留下之人，思念断愁肠。与爱人别离，一次次泪眼相对，一遍遍相约再见，往日丝丝缕缕绕指柔，终成今日点点滴滴泪雨愁。与友人别离，饮酒千杯亦不醉，送君一程终要散，只愿君一帆风顺，一路平安。时光荏苒，天各一方，纵然难再见，纵然有淌不尽的哀愁，亦会祝愿对方，在另一个角落，将日子过得清浅静好。

行人即将远走，浦源便喝了三杯淡酒，一杯愿君安好，两杯愿君豁达，三杯愿君早归。杯杯深情，友人不禁动容。酒罢，友人便跨上骑马，沿着长江西行，去荆门客居。前路漫漫又何妨，中途遇到大风又怎样，带着诗人的体贴关怀，再崎岖亦觉得是坦途。

一路走，一路赏景。眼之所触，心之所想，像是胶片显影般，一幕幕播放。

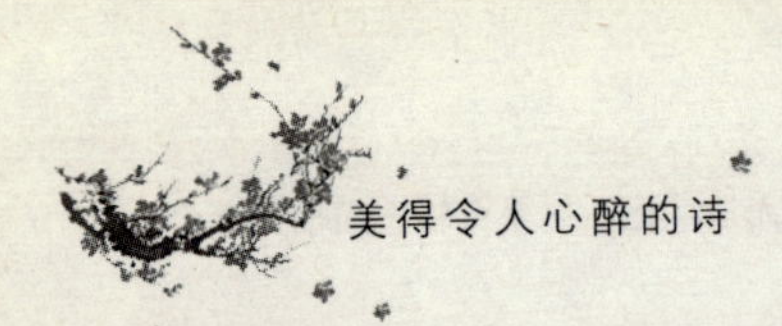


三国时代已然逝去，数百年之后，依稀犹见当年的断壁残垣。城池虽已经荒芜，但仍有几户人家驻守着历史古迹，每至傍晚来临之时，便升起袅袅炊烟。历史感油然而生，行人思慨万千。

虽是一人前行，并不觉孤寂，景色怡然，只要心情明朗，处处是风光。行人在路上，悠悠然地前行，并不急着赶路，亦不惧天色将暗，无处休眠。只见眼前，小路曲曲折折，走过一村又一村，每一次转弯，都是一次视觉盛宴，所谓柳暗花明，大致即是这般吧。云雾缭绕处，巴山连绵起伏，山边小树青翠欲滴，尽显生机勃勃。一阵风吹来，隐隐约约听到林木沙沙作响，水声激荡，此又是一场耳闻盛宴。浦源作诗擅写景，仿如一幅动态画，看到山色清明，仿佛触得着；听到水声潺潺，仿佛看到江水奔腾。

此地古情悠悠，且又有好山好景，诗人希望友人能写出继阳春白雪之后的诗歌。“此去郢中应有赋，千秋白雪待君赓”，一语多意，既有对友人才华的嘉奖，又有对友人所处之地的艳羡，隐隐约约中亦有一丝感伤，友人孤身做客，寂寞之时，也只好凭吊、游赏和作诗罢了。

“黯然销魂者，唯别而已矣”，确实，离别有时如同一把钩，一瞬间将整个人的心钩碎，更痛心的是，斯人已去，留下之人唯有默默承受苦痛。然而，伤感难免，但亦能释怀，一如李白诗云：“杨花落尽子规啼，闻道龙标过五溪。我寄愁心与明月，随君直到夜郎西。”虽已分别，身不能伴着对方，唯有将深情系于明月之上，当君抬头望时，便知不是孤单一人。

## 离别，就是一段醉心的痛

——郑文宝《柳枝词》

**柳枝词**

宋·郑文宝

亭亭画舸系春潭，直到行人酒半酣。

不管烟波与风雨，载将离恨过江南。

“向来写感情的，多半是以含蓄蕴藉为原则，像那弹琴的弦外之音，像吃橄榄的那点回甘味儿，是我们中国文学家所最乐道的。”此是梁启超先生在《中国韵文表情法》里所提到的。郑文宝这一首诗，虽不长，却循着文学家们“最乐道”的原则写就，落笔婉转，传情曲折，恰像一个耍赖的女子，弹奏了音调不准的曲子，却幽幽怨怨，反倒怨古筝不好。

“长安陌上无穷柳，惟有垂杨管别离”，自古文人便在柳枝上频频作别离的诗歌，春风将柳条遣青之时，便是离别之日，饮罢三杯酒，挥手两行泪，转身相念不相见。碧绿的春水之上，静静停泊着一只清丽的小船，岸边的杨柳婆娑，柳枝不经意间却又刻意轻轻扫着潭面。一切仿佛静止不动，唯有风悄悄穿梭。这俨然恰是一幅春潭送别图。

如若，此时也与往昔一般，诗人与友人来此地游赏该是多好。然而，柳枝、潭水，无一不与离别相连。杨柳依依，潭水深深，恰似说不尽的深情，恰是道不清的伤感。酒入愁肠，化作相思泪。王维有诗《送元二使安西》云：“劝君更尽一杯酒，西出阳关无故人”，再饮一杯吧，恐怕从今一别，便是天涯海角，彼此不相见。伤感中略有温暖的潮流，从容优雅地流淌在彼此心中。大抵临别之时，唯有酒能打破相对无言的尴尬，唯有酒能替代声声叮咛句句嘱托。与友人在潭水边，频频酌饮，不知不觉中已是半醉，眼看画舸就要解缆前行，帐饮无绪，酒兴未尽，怎不使人怨恨。诗人恨，不恨行人走得太急，不恨时光过得太快，而恨画舸起锚得太早。这无缘由的恨，这莫名其妙无理无据的恨，恐怕更令人伤感。

然而诗人之恨尚不止此。那航程中的浩渺烟波与斜风细雨更使人恼使人愁。无情的画船，顾不得烟波朦胧，亦不管风吹雨打，只消载着行人离去，愈走愈远，满带着离恨去遥远的江南，只剩下诗人拿着酒盅，站在岸边，声声叹息，频频泪流。小船消失于夕阳中，消失于一片氤氲江水中，而诗人依旧站在原地，默默远望。此幕情景，不禁教人想起柳永《雨霖铃》：“念去去千里烟波，暮霭沉沉楚天阔。”

愁也好，怨也罢，本是无形无色，既看不见，亦摸不着。而在诗人笔下，却愁与恨，却偏偏有了形状，有了味道。于南唐后主眼中，愁源源不尽，“问君能

有几多愁，恰似一江春水向东流”；于李清照眼中，愁可以剪，“剪不断，理还乱，是离愁，别有一番滋味在心头”。而郑文宝，却用一个“载”，将愁与恨搬上了画舸，“不管烟波与风雨，载将离恨过江南”。大抵，情到深处，愁上眉头，自然而然，便生发出此种荒诞却又在情理之中的言语吧。

捷克作家米兰·昆德拉曾说：“这是一个流行离别的世界，但是我们都不擅长告别。”是呵，无人练习离别，却时时离别。世人最大的心愿，或许便是，别后仍不相忘于江湖。

## 我不是归人，是个过客
——郑愁予《错误》

**错 误**

郑愁予

我打江南走过
那等在季节里的容颜如莲花的开落
东风不来，三月的柳絮不飞
你的心如小小的寂寞的城
恰若青石的街道向晚
跫音不响，三月的春帷不揭
你的心是小小的窗扉紧掩

我达达的马蹄是美丽的错误
我不是归人，是个过客……

佛说，前世五百次的回眸换来今世的擦肩而过。张爱玲说：“千万人之中遇

见你所要遇见的人，于千万年之中，时间的无涯的荒野里，没有早一步，也没有晚一步，刚巧赶上了，没有别的话可说，唯有轻轻地问一声：‘也在这里？’”爱情就在这样的动静之间徘徊，缘分就在这聚散之间流转。或许，寂寞的女子总是等待邂逅一场烟花，但是等来之后才明白，原来一切都是个错误而已，一切都会消散在寂寂的夜空中。

一个人的生命中，有多少人出现就有多少人退场，静静离去，悄无声息。分别让世人坚强，世人却从未在一次又一次剧痛中学会遗忘。宁愿选择恋恋不舍，也不愿对往事说再见。或许，不愿释怀，才是与旧时光拉扯时，感到撕心裂肺的疼的根由吧。

郑愁予正是看透了世事、人情，才写出这样一首通彻透明的《错误》。这里面弥漫着淡淡的忧伤，淡淡的浪漫，淡淡的遗憾，以及淡淡的洒脱。

江南的春天，总是清丽干净。而策马经过这里时，总会被这里仿佛是幻境中的小桥流水人家打动。马蹄声声在青石板上敲碎，那原本粗糙旷野的铿锵，竟然也一时间如驼铃般悠扬，不知不觉便醉了，醉倒在江南慵懒的风里。思念，就在这样一片澄明的春景中悄悄复苏。情到浓处，心中的情人，仿佛变成了楼上的思妇。于是，孤寂的心，就变成小小的寂寞的城。明明眼前美景如画，却感觉不到东风的缠绵，亦感受不到柳絮的翩跹。春去秋来，莲花几度开落，而女子禁不住岁月的折磨。又是一季，又是一季，几许期盼都化作了阵阵怅惘。

她只是耐心又焦急地坐在案几旁，春帷近在咫尺，伸手就可以看到窗外，但她不够勇敢，她怕一掀开，便是满满的失望。不知道结果，就永远不会结束，就永远有等下去的理由，天下的女子用情深了，竟这般欺己欺人。侧耳聆听，仿佛远远地有足音走近，再细细追寻之时，声音已被风打散。兴许小雨耽误他的归期，她只能这样安慰自己。

诗人打江南走过时，无意中抬头，望见了那个一心一意等待的女子，她舞动的裙裾上点缀着点点落寞，尚未挽好的青丝温柔地顺在单薄的双肩上，像是彼此相依为命。他感受到了女子深深的期盼和失望后更深的忧伤。顷刻间，便迷失在女子如莲花般的容颜里。想停留，却不能。能与不能间，诗人也洒下诸多愁。故事的最后，是忍不住地唏嘘和长叹：“我达达的马蹄是美丽的错误，我不是归人，是个过客……”

此刻，一切寂静无声，唯有寂寞、倦怠、失落，铺满了江南空空的天空。

《错误》一诗中充溢各种意境，“莲花的开落”“东风不来”“柳絮不

飞”“街道向晚”“跫音不响”“窗扉紧掩”，虽无一字写人，却让人始终感到有一个落寞的佳人躲在幕后。正因了这首如唐诗宋词一般隽永幽美的诗，杨牧把郑愁予提到了“绝对的现代的”“最中国的中国诗人”的高度。

一首《错误》，一曲相思与等待，令丰腴的江南也变瘦。世人一直是爱情忠实的信徒，却在虔诚的膜拜中，频频受伤。正如温庭筠的《望江南》：

梳洗罢，独倚望江楼。
过尽千帆皆不是，斜晖脉脉水悠悠。
肠断白萍洲。

# 第九章

# 风华是一指流砂，苍老是一段年华

## 只要有思念陪伴，便会一生无憾

——《汉乐府·有所思》

### 有所思

有所思，乃在大海南。何用问遗君？双珠玳瑁簪，用玉绍缭之。
闻君有他心，拉杂摧烧之。摧烧之，当风扬其灰。
从今以往，勿复相思。相思与君绝！
鸡鸣狗吠，兄嫂当知之。妃呼豨！秋风肃肃晨风，东方须臾高知之。

**诗心藏韵**

诗歌中最广为人知的“相思”要算晏殊《木兰花》中的名句：“天涯地角有时尽，只有相思无尽处。”这个男人将思念化入骨髓，撒入风中，令其随风飞扬天南海北，处处都有其相思。

这是一种爱之集大成的境界。没有悲伤，没有喜悦，只是纯粹地付出思念，便不再收回，天涯海角，自己的相思只要伴随，便是咫尺天涯。然而在汉代的《有所思》这首乐府诗中，却是表现出了比晏殊更为强烈的感情。

有付出，便要求回报，这是世间常情，爱情亦是如此。爱情在《有所思》中

成为公平的砝码，在这杆天平上，不再有了高低之分，而是重量持平，这份带着爱情的思念是平等的。如若不再相爱，便当是挫骨扬灰，也要将这份感情断绝干净，犹如秋风的肃杀，干净利落。

爱情，自古以来便是一个永恒的话题，令从古至今多少文人骚客争论不休，终也无法得出确切的定论，而这首《有所思》朴素直白，深远悠长，有着盎然的古风，又不乏清新的气息。读到这样的乐府诗自然而然地会随着它的韵律而心绪转动。

人们仿佛能透过这首乐府诗看到当日那个遥远时代里，可爱的女子眼神执着地望着远方，那是她的爱人离去的方向，为了那个不知道何时才能回来的男子而日日思念。多么令人忧愁的诗歌，读过之后你的内心也仿佛随着那位思念丈夫的女子一起飘飞，在汉代远远地翘首以盼，等待一份早已走远但还心存惦念的感情。

“有所思，乃在大海南”，女子的思念漂洋过海，辗转到了大海的南边。相去万里，用什么信物赠予情郎，方能表白自己坚贞的心意呢？思绪万千，便决定要用玳瑁那花纹美观的甲片精制而成的发簪，而后在发簪两端各悬一颗珍珠，实在是精美绝伦。然而，这位痴情女子仍觉得不够，便再用美玉把簪子装饰起来，何其美哉！一个女子内心几点的爱慕、相思的浓度以及分量便在这份用心良苦的礼物上显露无遗。

谁说女子在感情里，只有沉沦，无法自救。《有所思》便将这份偏见推翻——爱有多深，恨就有多切。当阳光明媚的爱河上生出层层骇浪时，爱的柔情便化作了恨的力量。悲痛的心窝，燃烧起熊熊烈火。“闻君有他心，拉杂摧烧之。摧烧之，当风扬其灰。从今以往，勿复相思。”那精美的信物，她愤然地拉断，再而砸碎，而后便是烧毁，然而这依旧不能消除内心的愤怒，便又迎风扬其灰烬。女子的决心在“拉、摧、烧、扬”一连串的动作中干脆利索地摆出，何其激愤！然而，这完全不够，“从今以后，勿复相思”，一刀两断，何其决绝！

犹如一汪平静的湖，风乍然来到之时，波澜肆溢，然而等风吹过去之后，便又恢复平静。女子对男子的恨，亦是如此。“剪不断，理还乱”，激愤只是一时，怨怒之后便渐趋冷静，种种矛盾便纷至沓来。回忆总是适时增添烦恼。此前女子曾与郎君幽会往来，不免风吹草动，使兄嫂备悉隐情，如若今断绝，居家将何以见人？罢了罢了，风声凄凄，天将欲晓，女子相思弥甚，犹豫不决。女子不得不安慰自己，只待须臾东方皓白，她便会知道如何解决这一难题。

清人庄述祖云："短箫饶歌之为军乐，特其声耳；其辞不必皆序战阵之事。"《有所思》就是用第一人称，表现一位女子在遭到爱情波折前后的复杂情绪的。这位女子的爱恨纠结，充满了忧思，但却又无法割舍下过去的一切情感，所以沉迷在痛苦之中，无法自拔。

不要怪罪变心的人，因为爱情实在是太过脆弱，牵住了自己，也挂住了别人。爱一个人，哪怕不在他的身边，只要有思念陪伴，便会一生无憾。可惜，我们不是上帝，无法预知，尤其是感情。

## 愿为南流景，驰光见我君
——曹植《杂诗》（其三）

**杂 诗**

魏·曹植

西北有织妇，绮缟何缤纷！
明晨秉机杼，日昃不成文。
太息终长夜，悲啸入青云。
妾身守空闺，良人行从军。
自期三年归，今已历九春。
飞鸟绕树翔，噭噭鸣索群。
愿为南流景，驰光见我君。

建安，那段时光早已被历史深处的尘埃掩埋得不见痕迹，后来的人们只知道曹植最初见到甄氏，他的心便被她带走。

落入情海的人们总是忙着寻觅着前生的夙缘，他们希望姻缘是他们今生的唯一，曹植与甄氏，这一对眷侣却是注定了前世有缘，今生无分。曹操的一旨命

令，曹丕带着甄氏离开了曹植的视线。曹植黯然神伤，想想也有些可笑，曹植对甄氏一见钟情，惊为天人，但这或许都是他的一厢情愿而已，历史上并未记载过甄氏对曹植有过任何的青睐，反倒是嫁给曹丕后，甄氏恪尽本分，为曹丕开枝散叶，生儿育女。

这个女人拈花带笑，她的容貌倾国倾城，不然也不会被袁绍选为儿媳，可惜从来都是红颜多薄命，甄氏的荣华还未享尽，便因为曹操大军来袭而遭到了毁灭性的颠覆，当她蓬头垢面地出现在曹氏父子面前的时候，她应该不会想到她会俘获三个人的心。

曹操爱占他人妇是出了名的，所以，对于污垢不掩芳华的甄氏，他也垂涎欲滴。只是可惜曹丕先声夺人，要求甄氏归自己所有，为了笼络人心，曹操只得忍痛割爱。就在父子二人上演这出好戏的时候，曹植在一旁早已是神魂颠倒。甄氏是乱世中随风飘零的桃花，在男人的掌心中被恣意繁复，一生难以做出自我的选择。但其实，反过来想，倒是男人在她面前不能自持，上演着一出又一出的独幕剧。

他们对她的爱恋和宠幸完全是一厢情愿而已，谁又能知道这个女子内心爱的究竟是谁？曹植为她饮恨终身，就连诗词中也不乏怨妇思春的影踪。

此诗有人认为是曹植感叹自身时运不济的寄语情怀之作，也有人认为是一首怨妇思念远行丈夫的作品，更有人想这是曹植思念甄氏的隐晦之作。其实，欣赏诗歌，大可不必去穿凿附会，只要静静地体味诗歌中所蕴含的美感便可以了。寂静的夜，最难将息，深闺的少妇，夜夜织布，却终日不成章。从清晨到日暮，依旧尚未成纹理。哀叹哀叹，然而这叹声也未免太长，以致化成了长啸。丈夫走时，约期三年必返，而今已是九个春夏。盼盼盼，失群的飞鸟绕着树林飞翔，嗷嗷悲鸣，这不正是自己吗？念念念，多希望自己化成阳光，向南方飞驰而去，照见自己的丈夫。

曹植的诗作虽然大多大气有余，但这一首却是幽思阵阵，织妇独守空房，对远在他乡行军的丈夫无限思念，就好像隐喻了曹植对于远在他方的甄氏的思念一般强烈。诗中的丈夫从军时日已久，妇人看着孤鸟离群索居，在树间低鸣，不觉感慨自身，也是此般无奈思情。

曹植和甄氏之间注定了是一场镜花水月的空想爱情，从来没有开始过，自然也谈不到结束。一切在曹植的《洛神赋》中被唯美地放大，也使得后人知道了这个“翩若惊鸿，婉若游龙”的女子是如何占据了曹植的内心而让他久久不能释怀的。

她是曾经出现在他生命中的女子，虽然很快便抽身离去，但曹植对甄氏的爱却并没有因此而搁浅，反而是如同涨潮的江水一般，年复一年地在高涨，最终泛滥决堤，淹没了过去的一片沧海桑田。

曹植用他一生的才气和思念，为这样一个他不可能得到的女人写下了千古名垂的文章。正因为了有了曹植的文章流传，人们才不会再去考证父子三人争夺甄氏的可信度有多大，因为建安风骨，魏风骨韵，在甄氏的风情下，越发衬出了万种光彩。

爱情就是这样可望而不可即，在地老天荒之后依然馨香如故，但却是一如既往地令人无法抓到，如同飞入云空的鸿雁，仰望令人心生寂静，但可惜的是，只能望着杳杳的空影暗叹蹉跎。“恨人神之道殊兮，怨盛年之莫当。”一些人的心田播撒下情花种子之后，开花过后便永久荒芜。曹操的爱，好像玫瑰，浓香四溢却是可以开败再开；而曹丕的爱，如同昙花，一现之后便再无绽放；曹植的爱，无花可比，因为这份贯穿了一生的情怀，长过了任何花期。

曹家父子在甄氏的这件事情上，谁都不是赢家，他们都输在了一厢情愿的大男子主义上，从来没有问过甄氏，“你爱的到底是谁？”甄氏的静默，让所有当局者迷，他们不会懂得这个女人究竟在心底蕴藏了怎样的情感。三国是一个男人的世界，那些男人的情爱与女人关联，却又关系不大。曹操一生拥有的女人让人眼花缭乱，曹丕虽然与甄氏共度过一段眷侣生活，但最懂得珍惜爱情的却是曹植，因为他始终没能得到爱情，所以，他才一直努力，翘首以盼，在他的诗作里，隐隐地藏着一份想要珍惜却又无法珍惜的情感。

站在时间的两端，中间横亘着无法跨越的河流，一端站着曹植，一端站着甄氏，曹植在深情凝视，而甄氏却垂首不语。回首，能看到多少往事，常言道失去之后才懂珍惜，但那从未获得过的爱情，又该如何去珍藏。

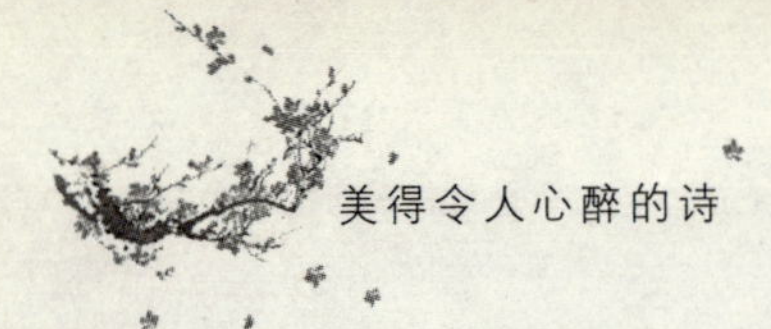


# 多情自古伤离情，不曾殇
## ——岑参《白雪歌送武判官归京》

**白雪歌送武判官归京**

唐·岑参

北风卷地白草折，胡天八月即飞雪。
忽如一夜春风来，千树万树梨花开。
散入珠帘湿罗幕，狐裘不暖锦衾薄。
将军角弓不得控，都护铁衣冷难着。
瀚海阑干百丈冰，愁云惨淡万里凝。
中军置酒饮归客，胡琴琵琶与羌笛。
纷纷暮雪下辕门，风掣红旗冻不翻。
轮台东门送君去，去时雪满天山路。
山回路转不见君，雪上空留马行处。

多情自古伤离别，茶马古道，关隘重重，离别时手难放，绝非是文人的附庸风雅，只有经历过离别的人才有发言权。唐诗里的离别之情一半给了伤感，一半给了豪迈。见惯了泪竹斑斑、锦书难托，纵有万般诗情，亦逃不过那点儿女情长。然而大唐的边塞诗中，因岑参的出现，而给离别带来了一些豪爽和劲朗。而边塞的离别，也因岑参的一支妙笔，多了些奇情。

哪里有人烟，哪里就有离别，边塞亦是如此。

岑参的一生，两次出使边塞。天宝十三载（754年），他再度舍弃妻儿，踏上出使安西边塞的路。这一走，即走到了天涯。边地苦寒，大帐之内都是响当当的七尺男儿，一起出战一起庆功，岑参与封常清判官建立了深厚的友情。然而，天下从未有不散的宴席，再好的朋友亦有分别之时。是日，封常清奉命归京，岑参冒着风雪送好友回京，便写下此诗，画下一幅绝美的风雪离别图。

寒冷的北风，铺天盖地而来，将原野上成片的百草吹刮弯伏，一片萧索肃杀。胡地天气变化无常，北风一吹，大雪便纷纷乱乱、扬扬洒洒，仿佛寒冬已至。少见多怪的诗人，见到八月即飞雪，不禁动容。

雪飘一夜，清晨之时，只见白雪一簇簇、一团团，铺陈大地，挂满枝头，仿如春神一夜之间悄悄地命令梨花在千树万树枝头绽放。“忽如一夜春风来，千树万树梨花开”，仿佛是神来之笔，既表现了景象的神奇，又活化了美丽的雪景，推出了一幅万树梨花一夕竞放的烂漫盛景图。东方虬曾有诗云：“春雪满空来，触处似花开。”此两句虽异曲同工，然岑参之诗，豪情与奇趣更妙。

雪被风裹着无孔不入，卷进了珠帘，润湿了罗幕，钻进了衣服，砭人肌肤，乃至于裘皮衣裳都已经不能保暖，丝锦做的被子当然更显得单薄难以御寒。将军的手被冻僵到连角弓都拿捏不住，都护的衣甲此时变得又沉又硬又凉，可是仍要穿戴上它借以暖身。浩瀚的边塞之地白雪连天，冰峦叠嶂，阴云遮蔽，景象惨淡，万里长天苍凉凝滞，压人欲摧。岑参用他神奇的言语描绘了胡天八月的奇寒景色。

在大雪铺地天气奇寒之时，中军帐内岑参与封常清摆酒道别，将士们亦频频举杯，胡琴琵琶与羌笛演奏离别之曲，声声带情。送客送出军门，时已黄昏，又见大雪纷飞。暮雪卷进辕门，红旗在疾风中被刮得猎猎作响，仍傲然挺立。

酒干了，就要上路，送了一程又一城，大雪愈加紧了，就送到这里吧。看着友人孤单的背影，渐渐被大雪淹没。“山回路转不见君，雪上空留马行处”，此句不禁让人想起那句“孤帆远影碧空尽，唯见长江天际流”。李白送友人往烟雨潇潇的扬州，离别之情因那时那景而变得温婉。岑参的“雪上空留马行处”却为这依依惜别的场景添上了壮士一去兮不复返的悲壮与豪迈。纵使有百尺寒冰，这情这景，怎不让人羡慕和向往?

离别其实并不总需要眼泪。两个心中有着相同际遇的人，不需太多言语，分别甚至是一件踌躇满志的事情。

# 相知天涯，此时无声胜有声
## ——王勃《送杜少府之任蜀州》

**送杜少府之任蜀州**

唐·王勃

城阙辅三秦[1]，风烟望五津。
与君离别意，同是宦游人。
海内存知己，天涯若比邻。
无为在歧路，儿女共沾巾。

**【注释】**

①三秦：泛指当时长安附近的关中之地。古为秦国，秦亡后，项羽分其地为雍、塞、翟三国，故称“三秦”。

《鱼和飞鸟的故事》中说：世界上最遥远的距离，不是生与死的距离，而是，我就站在你的面前，你却不知道我爱你。情感并无国界，故而我国唐代之时的王勃亦发出同样感慨，如若相知，千山万水便不再是相隔。即便是走至天涯海角，友人仍常驻心间。

当他知晓杜少府即将出任蜀川之时，并未哭哭啼啼，黯然销魂，而是以寥寥数语抚平好友之心。将送别郁事写成充满活力之作，此诗恐怕独占鳌头吧。

王勃拍拍友人肩膀，继而双手一挥，意气风发，说道：“国都长安被辽阔的三秦之地所辅卫，尽显雄浑。自此地远望你将要前往的蜀川，烟波笼罩，一派浩渺。虽然路途茫茫，又有何妨呢？天山宏远，天下一体，行至何方，你尽能将才华显露无遗。”此时，最易让人想起高适的《别董大》：“莫愁前路无知己，天下谁人不识君？”诗人送别好友董庭兰之时，虽黄沙漫漫，又逢大雪将至，但却以如此大气的劝勉诗句，以开阔的胸襟为别离之情染上一抹祝福的色彩。

临别之际，诗人倾诉衷肠，我与你这分别应属于怎样一种情境呢？你我都是远离故土，宦游他乡，这次离别不过是客中之别，宦海生涯，人人尽是如此。一个“同”字，将心比心，对老友的离愁别绪聊以慰藉。同处异乡，同为异乡人，到哪里不都是匆匆过客，何必伤感，何必留恋沿途的风景。

微微露出伤感之后，诗人便把笔锋一转，咏出千古名句“海内存知己，天涯若比邻”。即便是海角那样渺茫亦有知心好友，就算在天涯路的遥远亦相邻而居。人生自古伤别离，文人雅士更愿在别时遣舒伤感，但诗人此时豁达对待别离：千里万里我们的情意尽在，知音者心心相印何必咫尺，真正的友情不惧千山万水之隔。

在分别的路口，有多少痴儿怨女哭红了眼睛。而好男儿志在四方，该满载雄心壮志，豪情万丈，而不要背负一身的泪与伤。

自古以来，提起别离都不免使人潸然泪下。南朝江淹更是在《别赋》中写尽各种各样的别离，每一首都有怨情充溢其中。而王勃的一首《送杜少府之任蜀州》，让伤感之人哑口无言。

好诗皆情、境、艺三佳。情即感情，是诗的灵魂；境即境界，是诗的骨架；艺即表达的方式技巧，是诗的血脉。该诗送别友人的情感极为浓郁，天涯咫尺的坦荡友谊尽显境界高远，精警洗练的语句又引人喜爱，自是一篇脍炙人口且为后人所师法的杰作。

# 如花美眷，终抵不过似水流年
## ——李白《妾薄命》

**妾薄命**

唐·李白

汉帝重阿娇，贮之黄金屋。
咳唾落九天，随风生珠玉。
宠极爱还歇，妒深情却疏。
长门一步地，不肯暂回车。
雨落不上天，水覆难再收。
君情与妾意，各自东西流。
昔日芙蓉花，今成断根草。
以色事他人，能得几时好？

杜拉斯的《情人》中有这样一段话：“我认识你，永远记得你。那时候，你还很年轻，人人都说你美，现在，我是特意来告诉你，对我来说，我觉得现在你比年轻的时候更美。那时，你是年轻女人，与你那时的容貌相比，我更爱你现在备受摧残的面容。”正是历经沧桑伤痛，人方才变得完整。

红颜易老，聪明的女子从不会以花一样的容颜占尽一个男子的真心。若想与君共赏细水长流，只得另辟蹊径。然而，总有些愚笨的女子，倚仗着一时的容颜，飞扬跋扈，最终在尘世中，吃尽凄迷苦楚。

李白的《妾薄命》便是这样一个令人警醒的故事。以色事人终非长久之计，陈皇后阿娇悲剧的一生，便是最好的注脚。道理终究是道理，大多数妇女终究都难以避免色衰而爱弛这一悲惨命运。

“汉帝重阿娇，贮之黄金屋。咳唾落九天，随风生珠玉。”故事的开始，总是穷尽奢华以显示爱之深沉。《汉武故事》云：汉武帝刘彻数岁时，他的姑母长公主问他："儿欲得妇否？"指左右长御百余人，皆曰："不用。"最后指其女阿娇问："阿娇可否？"刘彻笑曰："好！若得阿娇作妇，当作金屋贮之。"如愿之时，便真的立阿娇为皇后，并为她打造了一座黄金屋，备受宠爱。阿娇也凭着这份盛宠，屏声敛息中也能惊天动地，一阵风吹来，便生出诸多珠宝。

可是，谁能保证好景常在呢？俯仰之间，便是天堂地狱的差别。转瞬之时，李白的笔端已生出千层波浪。失宠之后，便知一山还比一山高。后宫三千佳丽，她只愿皇帝恩宠集于她一人，而不是恩宠雨露均沾。女子把爱情看成生命的主题，而男人却不同，他们在妻贤子孝之外，还希冀功名利禄、锦衣玉食、香车美人那些更上层楼的追求，而平凡女子对爱人仰望一生、投注一生，无非是想得到一对一的挚情、忠诚，这就是历经千年，女子从未更改的初衷。所以，到了"长门一步地，不肯暂回车"之时，便是生命要窒息之时。从前住金屋，而今幽居长门宫内，遂与皇帝相隔一步之远，终是咫尺天涯，再也听不到龙辇之声。

"昔日芙蓉花，今成断根草。以色事他人，能得几时好？"昔日，今日，不用对比，却具讽刺的差别。今夕何夕，往日的美人，在容颜憔悴之时，便意味着永远被遗弃。全诗以警醒语作结，自然而又奇警，任人读之惊心动魄。

如花美眷，终抵不过似水流年。时光匆匆，如若恃宠而骄强求欢爱，终会应了《白头吟》中"覆水再收岂满杯"的惨淡光景。一个女子所求的不过是一份静如止水、轻如空气的关怀与惦念，不必惊天动地，也不必轰轰烈烈，如此方才修得岁月静好。

## 笑中含泪，无言的倾诉
### ——张祜《宫词》

**宫 词**

唐·张祜

故国三千里，深宫二十年。

一声何满子，双泪落君前。

诗心藏韵

《宫词》又名《断肠词》，是唐诗中断肠之作的翘楚，亦是一份宫女悲惨生活的实录。张祜的诗作多为宫怨之作，其作品中充斥了对身份卑微宫女的同情与呐喊，与同时代的诗人相比，他所吟之物微不足道，然他的情怀却大过天地。

在此首《宫词》中，张祜纪念的是一位宫女。据《全唐诗话》记载，唐武宗时，宫里有一孟才人，因有感于武宗让其殉情之意，为奄奄一息的武宗唱了一曲《何满子》，唱毕，这位孟才人竟气绝身亡。

一首歌，竟有如此惊世骇俗的力量，能够穿越人的生死，或许是因为它引起了至精至诚的共鸣。就像电影《布达佩斯之恋》中那首闻名世界的钢琴曲《黑色星期天》一样，音符中充斥着浓到化不开的忧郁，如泣如诉地像在讲述一个哀伤的故事。听过的人便沉陷在痛苦的回忆里无法自拔，最后以自杀的方式来结束这场人生的悲剧，来祭奠那些被掩埋在真相底下的尘封往事。

《宫词》里，一个“三千里”，一个“二十年”，深刻地勾勒出了诗中宫人的身世。她年轻时就从千里之外的家乡被选入宫禁，至今在深宫中已有数十年了。每当她唱一声悲歌《何满子》时，就不觉对君王掉下眼泪来。一声悲歌，双泪齐落，这位宫人在唱歌的时候，眼前浮现的应该是遥遥不可及的故乡，心里想的应该是家中两鬓斑白的老父母吧。她的歌，是强颜欢歌，是有声的悲痛；她的泪，是笑中含泪，是无言的倾诉。没有人会在意她脸上被岁月侵蚀的痕迹，亦没有人会懂得她那颗无处安放的寂寞芳心。只有歌儿伴着她，唯有思念守着她。

张祜这首短短的五言绝句，撩开了深宫中冷酷残忍的阴暗面，刺痛了统治者麻木不仁的神经，而他也成为后宫无数冤魂的知音。只是，这位满腹才华的“海内名士”在现实中却鲜有知己。

杜牧曾作有一首《酬张祜处士》：

七子论诗谁似公，曹刘须在指挥中。
荐衡昔日知文举，乞火无人作蒯通。
北极楼台长挂梦，西江波浪远吞空。
可怜故国三千里，虚唱歌词满六宫。

“张生故国三千里，知者唯应杜紫薇”，杜牧是张祜真正的知己。他因无人赏识张祜诗才，无人荐举张祜为仕而愤愤不平，对张祜只能长在梦里登“北极楼台”，望“西江波浪”而心生怜悯，为“故国三千里”虽人人在唱，但却对张祜无奈。

在中唐诗人中，张祜虽算不上大家，但也不失为名家。张祜诗作甚多，他的为人就和他的诗一样，志高气逸，行止烂漫，纵情声色，任侠尚义。杜牧云：“谁人得似张公子，千首诗轻万户侯。”张祜喜谈兵剑，心存报国之志，希望步入政坛，一展抱负，但却因性情孤傲，狂妄清高，不肯趋炎附势，不擅人际交往而屡屡沦为下僚。

此时唐朝已经是由盛转衰，进入到了一个下滑的阶段。四处游走的张祜本就是个胸怀天下的人，岂能看不到这世间沧桑的变化？仕途上的无所作为，官场小人的排挤打压，以及这人间百姓的生活疾苦，都成了他后半生创作的主题基调。

中唐日益衰弱的世风逐渐消耗了诗人们笔锋的锐意，他们的诗歌从江山社稷转到舞榭歌台、男女之情，宫词就在这样的背景下凸现出来。宫怨题材在宫词中一直占有长久不衰的地位，张祜也以宫怨诗闻名于世。可他并非心无家国、只知玩乐的浪荡文人，而是在自己的诗作之中，宣泄心中对唐之衰世的痛心疾首，对唐之盛世的无限向往。

尽管是隐于山野，但张祜的心中却是始终牵挂着天下的。他的《何满子》在宫人之中，成为传唱的经典。开篇提到的那位孟才人，因为吟唱《何满子》，悲愤断肠而死，这件事情传到了张祜的耳朵里，他大为悲痛，故专门为此做了一首《孟才人叹》：

偶因歌态咏娇嚬，传唱宫中十二春。
却为一声何满子，下泉须吊旧才人。

几十年前的诗作，依然还能成为宫人们寄托心思的媒介，而此时的张祜已是远在了天涯。他离开都市之后，便一直隐居，直到终老。

唐宣宗大中六年（852年），张祜卒。他用自己的诗歌，生动诠释了断肠人在天涯。

## 爱到深处，终成伤
### ——苏轼《〈朝云诗〉并引》

**《朝云诗》并引**

宋·苏轼

世谓乐天有粥骆马放杨柳枝词，嘉其主老病不忍去也。然梦得有诗云：春尽絮飞留不得，随风好去落谁家。乐天亦云：病与乐天相伴住，春随樊子一时归。则是樊素竟去也。予家有数妾，四五年相继辞去，独朝云者随予南迁。因读乐天集，戏作此诗。朝云姓王氏，钱唐人，尝有子曰幹儿，未期而夭云。

不似杨枝别乐天，恰如通德伴伶玄。
阿奴络秀不同老，天女维摩总解禅。
经卷药炉新活计，舞衫歌扇旧因缘。
丹成逐我三山去，不作巫阳云雨仙。

人生而不同，经历不同，婚姻也便各异。周国平说：“我不相信人一生只能爱一次，也不相信人一生必须爱许多次。次数不说明问题。爱情的容量是一个人心灵的容量：你是深谷，一次爱情就像一道江河，许多次爱情就像许多次浪花；你是浅滩，一次爱情就是一条细流，许多次爱情也只是许多泡沫。”

苏东坡的心胸便是大海，他的每一次爱情都是一道江河。而在这些江河中，唯有朝云一人与他心有灵犀。

朝云是苏东坡晚年的伴侣，是东坡晚年遭贬惠州时的精神慰藉与生命支柱；虽出身风尘，但容颜娇美，秀外慧中，且有一股清新脱俗的气质。两人在一举手，一投足间，便知晓对方的心意。朝云不仅姿色出众，且聪明机敏。毛晋所辑的《东坡笔记》中记载，东坡一日退朝，食罢，扪腹徐行，顾谓侍儿曰：“汝辈且道是中何物？”一婢遽曰：“都是文章。”东坡不以为然。又一人曰：“满腹都是机械。”坡亦未以为当。至朝云曰：“学士一肚皮不合时宜。”坡捧腹大笑。赞道：“知我者，唯有朝云也。”此生，得此般女子，足以。

历史给了苏轼太多的坎坷磨难，所谓命运多舛，不过如此吧。宿命给了他“黄州惠州儋州”，他可以笑着把恶地当做天上人间，从不浪费一处可以施展抱负的美景。历史偏偏对他吝啬到极致，先后把身边陪伴的人一个个夺走，留下他独自面对这残酷的人世。

或许历史总有自己的安排，得到的总是用失去的换来的。他一无所有，却有朝云死心塌地，陪他到天涯海角，吃尽苦楚从未有过怨言。她在他身边，便修得岁月静好。与他吟诗作画，时光倒也清浅。

岭南蛮烟瘴雾，朝云却心甘情愿与之赴逆境。苏轼很少为女性写诗，而朝云这般情深，苏轼怎再惜墨，于是便为她奉上一首《朝云诗》。

“不似杨枝别乐天，恰如通德伴伶玄。阿奴络秀不同老，天女维摩总解禅。”用典故表明他与朝云二人情笃意深。白居易有妾名樊素，善唱《杨柳枝》词，时人以曲名爱称之。白居易老病之时，樊素弃主而去。朝云不似樊素那般无情，而是时刻陪伴。晋人刘伶元在年老时曾得一名叫做樊通德的小妾，二人情深意切，并经常谈诗论赋，议古说今，而苏轼与朝云亦翩翩比翼飞，生死相随。

然而，痴情人与痴情人的命运有别。朝云不似李络秀有儿子陪伴左右，而是独自一人。生活了无生趣，如同天女维摩一般，捧着经书度过一天又一天。除却经卷，她只就煎药，把从前长袖的舞衫抛弃，把从前悦耳的歌扇抛弃，只是为了礼佛，心心念念，只愿有朝一日，能与心上人一同登上仙台，不要再受尘世的苦楚和牵绊。

她虔诚地祈祷，要让自己一直无病无恙，唯有如此，乃能让苏轼远离孤寂。然，世有不测风云，岭南荒蛮的风和雨，终夺走了朝云年轻的性命。

在朝云逝去的日子里，苏轼的内心不胜哀伤，陆续地写出《朝云墓志铭》《惠州荐朝云疏》《西江月·梅花》《雨中花慢》《题栖禅院》等许多诗词文赋来悼念他世间的知心人。《西江月·梅花》如是：

玉骨那愁瘴雾，冰肌自有仙风。海仙时遣探芳丛。倒挂绿毛么凤。

素面翻嫌粉涴，洗妆不褪唇红。高情已逐晓云空。不与梨花同梦。

苏轼还在朝云的墓上筑了一座六如亭来纪念她，因她死前所念四句偈中有佛家所谓“六如”，因此他取亭名为“六如”并亲手写下亭子的楹联：

不合时宜，惟有朝云能识我；

独弹古调，每逢暮雨倍思卿。

爱到深处，终成伤。这世间唯一可以穿越生死的，或许只有爱，只有相思了吧……

## 不思量情，自难忘心
## ——陆游《沈园二首》

**沈园二首**

宋·陆游

城上斜阳画角哀，沈园非复旧池台。
伤心桥下春波绿，曾是惊鸿照影来。

梦断香消四十年，沈园柳老不吹绵。
此身行作稽山土，犹吊遗踪一泫然。

相传，从前有一人心中郁结对情人过深的思念，终至成疾。一日，这人立于屋外台阶之前，顿觉胸中气血涌动，呕出一口鲜血于阶下。谁知数日后，竟有一株不起眼的草自呕血处无声地长出，接着便结枝散叶，开出血色的花来。人们就称这株草为“相思草”，就是今人所谓秋海棠。

说到秋海棠，就不得不提起一个遥远的故事，在宋朝，在沈园，一位叫陆游的诗人，一位叫唐琬的女子。陆游是一位满腔爱国热血，心怀忧国忧民之悲的好男儿，连弥留之际所作的诗也都满是家国之思。然而，纵然是铁汉也柔情，而这位铁骨铮铮的男子，内心不但有情的柔，还有一番难以言说的情的苦。

陆游年少时，与同宗族的表妹唐琬情投意合，二人也终得成婚，算是一大幸事。陆游年少才高，胸怀磊落，又有家国之思，是个不可多得的良人。唐琬本人知书达理，文静素雅，才情也是不弱。二人婚后，“伉俪相得、琴瑟甚和”，日子过得再甜蜜不过。但陆母并不喜欢儿媳，终至迫使于婚后三年左右离异。后唐氏改嫁赵士程，陆游另娶王氏。

本以为再也不会相遇，却在一个明媚的春天，偶然与唐琬夫妇“相遇于禹迹寺南之沈氏园。唐以语赵，遣至酒肴。陆游怅然久之，为赋《钗头凤》一词题壁间。”这一偶遇之后，陆游心知自己对唐琬的情意依然深沉，但对命运的捉弄也依然无力。唐氏见后亦奉和一首，从此郁郁而终。“情”这个字当真是人永远解不开的毒，一种情毒，就只能眼睁睁地看着自己的生命一日一日地被削减。

四十五年过去，但缱绻之情丝毫未减，反因岁月的洗涤而更加深沉浓厚。《沈园二首》中，悲伤之情充溢笔墨之间，令读之者不禁唏嘘长叹。

《沈园其一》中，作者故地重游，触景伤情，心中无限凄怆。城中画角，哀转悲鸣，斜阳惨淡，到处是一片凄凉，这何尝不是陆游心中有声有色的悲境。本想借着这座尚留记忆的沈园，再一睹唐琬的芳容，让旧事回首，但这只是幻想罢了。俯身细看，沈园中的池台并非昔日模样，又何来伊人犹在的愿景呢？曾经的她是那么婉约温柔，又是那么凄楚欲绝，然而一切早已无可挽回，那照影惊鸿已一去不复返了。“曾是惊鸿照影来”，或许，对于此时白发苍苍的陆游来说，只要佳人丽影尚留在心中，一切都已足够。

恍惚中，依稀记起当年在沈园与唐琬相遇的情景，二者内心尤为煎熬，日夜思念了十年的人突然近在眼前，那积攒了十年的话语只想与彼此共诉。无奈，此时他们都已为她人夫、为他人妇，而唐琬的夫君就在近旁，纵有千般思绪、万种柔情，也只能默默以目相送。时过境迁，昔日的佳人已经香消玉殒四十年，而作为爱情见证的沈园的柳树也已老去，不再飞绵。“美人终作土”，自己亦将埋葬于会稽山下而化为黄土，但纵然老去，对唐氏的眷恋之情永不泯灭。“犹吊遗踪一泫然”，是怎样的爱，才让一个有着铮铮铁骨的好男儿在时间的长河中，将对一个女子的爱，历久弥新呢？诗中有爱，有恨，有悔，足以让人感受到他感情的真挚与深厚。

他的心中载着几多情，时光爬过肌肤，他对她的恩爱情谊未断。她心中盛着几番愁，世情薄，人情恶，她深深叩问苍天为何世界如此之大，竟然容不得他们在一起？忧到极处便梦断香消。

## 有一种伤，疼在离别时
### ——徐铉《送王四十五归东都》

**送王四十五归东都**

宋・徐铉

海内兵方起，离筵泪易垂。
怜君负米去，惜此落花时。
想忆看来信，相宽指后期。
殷勤手中柳，此是向南枝。

泪，非独为别离而流，思内忆家亦可以使诗人泪落沾衣，但在离别时分，泪水总是忍不住夺眶而出。异曲同工，柳枝非独为别离而青，一阵春风便可以令其招摇荡漾，但在送别场所，诗人亦忍不住伸手折下一支。

是日，诗人徐铉知晓友人王四十五即将离开京师，去往江都府，便提携一壶酒来至友人住所。诗人未写明其姓名，世人亦尚未知其身份，只知诗人与其友情笃好。故而，这首诗多显消沉凄苦，字字句句沉闷萧索。

是时，南唐偏安江南，其他地区战乱不绝。赵匡胤在公元960年发动陈桥兵变，夺取后周政权以后，先后用兵攻破荆南、湖南、后蜀、南汉等，进行统一全国的战争。生离死别，本就是人生苦痛之事，且又正值兵乱不绝，更添一份焦心。离愁别绪，举杯邀饮，频频嘱托，亦嘱托不尽。眼看夕阳西沉，时日已晚，友人跨上骑马，挥手告别，泪便轻易落下来，弄湿了衣襟。前路遥遥，再相逢之时，已不知度过了几载春秋。或许，这一别，即是永远，在友人驾马远去的那一刻，怎不使人黯然神伤。

此时，京城内花团锦簇，燕蝶飞舞，好一派明媚春光。诗人痴痴以为，可以在最繁盛之地与友人把臂同行，赏花饮酒，不料此人却要辞行，不辞艰险，回家赡养父母。“怜君负米去”，“负米”见《孔子家语·致思》，“子路见孔子曰：‘由也，事二亲之时，常食藜藿之实，为亲负米百里之外。’”此后便把“负米”用作孝养父母的故事。恰好时光，需共赏，才有韵味，而此时诗人只得端起酒杯，看着友人远远离去的背影，一人独饮，一人站在树下，感受繁花飘零，落英缤纷。美景，只添了一层凄婉罢了。

每个人心中都有一块最柔软的地方。当把它流露出来之时，便有了诸多委曲低回的诗句。徐铉便是如此。于他来说，最伤感之事莫过于分离。一别之后，思念在清晨、在午后、在傍晚、在梦中频频袭来。思念至极，便铺开宣纸，将心中所念、所想，将身边所见、所闻，一一付诸笔端，而后让这些承载着深情厚谊的信件，越过千山万水，抵达友人手中。如若收到友人字字句句，便反反复复默读，直至记在内心深处。偶然间，亦会宽慰自己以及劝慰友人，尺素传书，见信如见人，来日方长，或许有一天，还会在人群中相逢。“想忆看来信，相宽指后期”，由伤感转安慰，情谊堪比桃花潭。

一枝柳，一段情。诗人情谊恳切，折柳相赠，君须记取，此向南之枝，便是翘首南望，念念不忘的思念深情。诗人总是含蓄婉转，以折柳送别，隐晦离愁之情。《小雅·采薇》中便有诗云：“昔我往矣，杨柳依依；今我来思，雨雪霏霏。”我离开之时，春光荡漾，柳枝摇曳，依依不舍地扫着地面。今日我归来之时，白雪飘飘洒洒。

有人说，一个人或者一座城市的价值，即在离别之时体现。或许吧，因不能再相见，时时刻刻念起对方的好，故而明白，世间最难得的是友情，最宝贵的却是自由。

## 分离就在一瞬间，但心疼却是那么永远
## ——徐志摩《沙扬娜拉》

**沙扬娜拉**

徐志摩

最是那一低头的温柔，
像一朵水莲花不胜凉风的娇羞，
道一声珍重，道一声珍重，
那一声珍重里有蜜甜的忧愁——
沙扬娜拉！

徐志摩，这个名字本身即是一种浪漫，像是一首浓淡相宜的小诗，又像是午后滴滴答答的小雨，不需要言语，静静观赏，便觉一股朦胧的美感透彻肺腑。他笔下的诗，更是一个旖旎的梦境，令人一读再读，甘愿缱绻沉醉其中，不自拔。

初相逢之时，她双颊微红，眼神迷离，悄悄低下了头。在一刹那，诗人便爱上了这羞赧的微笑，难于启齿而又趁人不注意之时，偷偷看看他的眉毛。或许，也有过你侬我侬，山盟海誓，或许也只是淡淡相交，清浅相守，但那段在异国的日子，因为这个温婉的女郎，生活有了声色，有了光；有了期盼，有了希望。

又是那样一个不太热，亦不太凉的六月，像是第一次相逢一般，她依旧双颊微红，眼神迷离，悄悄低下头。微风习习，池中的莲花也垂下了头。就是这样一幕，让时光流转，诗人竟然再鼓不起勇气说一声再见。香气将空气染得氤氲缠绵，甜而不腻，是花香呢，还是人香呢？抑或人即是花，花即是人？诗人此刻，已分辨不清。

离别总让人伤感，但离别同样使人刻骨铭心。自此后，各自一方，天涯海角终不相见。唯有说一声珍重。珍重吧，珍重，那萍水相逢、执手相看的醉意朦胧，已在一句珍重中化作千万声不舍、千万声祝愿。

是离愁，别有一番滋味在心头。纵然是诗人，纵然写下了缠绵悱恻的诗章，终究也不懂，为何相爱不能相守。为爱受苦，似乎任何人不能幸免。

那个一生为情、为佛两相撕扯的仓央嘉措，以有情人，以修道者之身这样劝告世人：

第一最好不相见，如此便可不相恋。
第二最好不相知，如此便可不相思。
第三最好不相伴，如此便可不相欠。
第四最好不相惜，如此便可不相忆。
第五最好不相爱，如此便可不相弃。
第六最好不相对，如此便可不相会。
第七最好不相误，如此便可不相负。
第八最好不相许，如此便可不相续。
第九最好不相依，如此便可不相偎。
第十最好不相遇，如此便可不相聚。
但曾相见便相知，相见何如不见时。
安得与君相决绝，免教生死作相思。

简桢曾于《四月裂帛》中说："认识你愈久，愈觉得你是我人生行路中一处清喜的水泽。几次想忘于世，总在山穷水尽处又悄然相见，算来即是一种不舍。"徐志摩又何曾不是这般呢?

当他猜到爱情的谜底之时，发现一切已经远去，岁月已经换了谜题。唯有对着曾经深深爱过的人，对着那个像水莲花一样娇美含羞的女子，说一声珍重。这珍重中，有哀愁亦有甜蜜。

此诗是简单的，也是美丽的，或许正因为简单，故而美丽。这场离别，或许在相逢之时已然注定。于是乎，诗人将浓得抹不开的悲伤，转为深深的祝福，在一行行诗句中，看见的是诗人的深情，看不到的是诗人在转身之时，已泪流满面。

就这样吧，就这样分别吧，或许一年、五年、十年之后，在街角的咖啡店，偶然碰面，认出彼此容颜，他轻轻笑着说好久不见，她还是不发一言，像往常一

样低下头。或许，天荒地老，再也不相见，但他心中的水莲花，依然在微风中散发着清香。法国著名诗人波德莱尔的一首诗中这样写：

也许你我终将行踪不明，
但是你该知道我曾因你懂情，
不要把一个阶段幻想得很好，
而又去幻想等待后的结果，
那样的生活只会充满依赖，
我的心思不为谁而停留
而心总要为谁而跳动

水莲花，摇曳在红尘中；水莲花，随风轻轻摆动。女人如花花似梦，再见，珍重。

# 第五篇

# 青山一道同云雨，明月何曾是两乡

第十章

# 为谁的过客，一路逐梦而去

## 归期如梦，回家的路多远

——《诗经·豳风·东山》

**诗经·豳风·东山**

我徂东山，慆慆不归。我来自东，零雨其蒙。
我东曰归，我心西悲。制彼裳衣，勿士行枚。
蜎蜎者蠋，烝在桑野。敦彼独宿，亦在车下。

我徂东山，慆慆不归。我来自东，零雨其蒙。
果蠃之实，亦施于宇。伊威在室，蠨蛸在户。
町畽鹿场，熠耀宵行。不可畏也，伊可怀也。

距离，曾使很多人离乡半生漂泊见不到故园、故人，也曾使很多人在无数个凄风苦雨的夜里辗转反侧无法入眠，也曾使很多人在异乡陌生的街头看人海茫茫而不知身去何方，更曾使很多人在每一个佳节之时更想念家乡，而踏上回家的路。

“上善若水，水善利万物而不争。”老子认为水是因时而起，无为而为。缘起缘灭都是一念之间，凡事不可强求，或许这位遥远的哲学家是淡然处世的，在这个世间上却不是所有人都会随波逐流，任凭世事颠覆的。在《诗经·豳风·东山》中有一位征战多年的士兵，终于在战争结束后选择了归家，对于他来说，世界的变化之大，已经远非水能形容了。

男子出征多年都没能回家，现在总算要启程回乡了，头顶飘落的细雨就好像眼泪一样纷繁，每次想到回家都会伤感，这次终于可以如愿以偿了，这些年征战的日子，应该是男子一生难忘的日子，就好像桑叶上蠕动的蚕一样，他们这些士兵在战车下蜷缩着度过了生命力最为重要的年华。

走在回乡的路上，细雨不断，沿途尽是一些荒凉的景色，一切都令男子分外的思念家乡。自从离开家乡后，一直没有机会回去，这次回去也不知道会遇到什么情景，不知道妻子是不是还在房中长叹，不知道她是不是依然在打扫房间，将苦瓜挂在柴木上做下饭的菜，这次的重聚，男子足足等了三年，这三年，或许一切已经是沧海桑田。

这是一个悲哀的故事，男子新婚不久之后就告别妻小父母，服役上沙场杀敌，过着命悬一线的日子，足足三年。而当他终于可以回家与妻子团聚时，内心又是充满了忐忑，毕竟时间太过残酷，谁也不能保证这期间一切不会改变。所以，男子心事重重的冒雨急行，既想早日到家，又害怕面对未知的一切。

故事在这里并没有发展到结局，男子依然在回想着先前美好的日子来驱散他内心的阴霾，他希望一切如他所愿，还是离家之前的景象。

黄莺在天空自由的飞舞，十分好看，想起当年娶亲的时候，美丽的新娘是多么漂亮，那些迎亲的马匹多么色彩斑斓，妻子的母亲为她带好纱巾，告诉她遵守何种礼仪，那时的男子沉浸在幸福之中，真是不知道重逢之后，这幸福是会延续还是中断。男子在一个下着雨的夜晚归家，这场雨给自己思归的思绪带来了些湿漉漉的沉重。

在疑问中故事戛然而止，留给了后人无数的遐想，这不禁使人们想起《乐府诗集》中的《十五从军征》：

十五从军征，八十始得归。
道逢乡里人，家中有阿谁？
遥看是君家，松柏冢累累。

兔从狗窦入，雉从梁上飞。
中庭生旅谷，井上生旅葵。
舂谷持作饭，采葵持作羹。
羹饭一时熟，不知贻阿谁。
出门东向看，泪落沾我衣。

同样是对亲人家园的现状由茫然无际的想象到急切的、盼知又怕知的询问，“我家里还有什么人？”得到的回答却是“远远看过去是你家，松树柏树中一片坟墓。”距离让人想家，自己三年来一直在思念的家此刻就要回去了，却有了复杂的心情。战事的摧残导致物是人非，家中那亲爱的妻儿，是否都好？一时间忧心忡忡。

回家的路程，喜悦中就带了些许害怕。他就作了一番最坏的打算，家里没有了他这个顶天立地的男人，一切都好？瓜果蔓叶无人管理怕是已经缠绕到了屋顶，屋漏地下湿漉漉的没有人管估计已经潮湿得生满了虱子，门庭也结满了蜘蛛网，狼藉无比。

破落无人修葺的屋中坐着思念自己的老婆，她一定是时常发出沉重地叹息，想到自己当初用盛大的仪式将她迎娶过门，到今天已经三年没有见面了，她是否改变了模样？想到这里，士兵几乎不敢想下去了，幸福中有着担心，加重着思念的分量，想马上回到家中去。

三年时间的思念被距离拉伸，他走得越远，这思念怕就被拉得越长。明知离别家乡这么久，家必定已经破落，但是破落的家还是让他无比向往。这是因为时空远隔散发出来的发酵芳香！

到了通信技术发达的现代，现代人依靠先进的科技，可以通过电话与家人通话，虽然见不了面，但是声音犹在眼前，有时候可以通视频聊天见着容颜，千里万里不再是距离，回家的路有时候尽管很远，也不会有《诗经·豳风·东山》中士兵的那些担心，故乡的距离在缩短，思念之情也被逐渐冲淡，少了《诗经·豳风·东山》中那份牵心扯肺的疼痛，也算是好事。

# 流水落花春去也，天上人间
## ——杜审言《渡湘江》

**渡湘江**

唐·杜审言

迟日园林悲昔游，今春花鸟作边愁。
独怜京国人南窜，不似湘江水北流。

狂，是一种人格，狂狷人格。《论语》曰："不得中行而与之，必也狂狷乎。狂者进取,狷者有所不为也。"这里的"狂"，孔子赋予其性征是直、肆、荡。直，正见也；肆，敢言也；荡，无惧也。可见，所谓"狂"，即直陈正见，敢做敢为，积极进取，勇于开拓。

文人多狂人，唐代多诗狂。"四明有狂客，风流贺季真"，贺知章的狂是痴狂；"我本楚狂人，凤歌笑孔丘"，李白的狂是癫狂；"欲填沟壑唯疏放，自笑狂夫老更狂"，杜甫的狂是疏狂。可最负"疏狂"之名的并非杜工部，而是他的祖父——恃才且疏狂的杜审言。

杜甫在评价他爷爷的时候，一改其沉郁内敛之风，狂傲不羁地发出"诗是吾家事，吾祖诗冠古"的感叹，而杜审言对自己的文才又何尝不是信心百倍，他尝语人曰："吾文章当得屈、宋作衙官，吾笔当得王羲之北面。"杜甫名垂千古，下笔有神，也跟其浓厚家学大有渊源。

杜审言少时便与李峤、崔融、苏味道为"文章四友"，世号"崔李苏杜"。虽与苏味道同为朝廷的御用文人，可他却出言狂妄："味道必死"。人惊问故，答曰："彼见吾判，且羞死。"可杜审言的狂，也只是口头上的轻狂，即便平日里总是嘲弄取笑苏味道，但在他给老苏的赠诗里，"舆驾还京邑，朋游满帝畿；方期来献凯，歌舞共春辉"，也是情深义重，看不出有半点调谑之笔。

疏狂应有度，否则便招来横祸，并不是所有人都能看到杜审言恃才傲物背后那份弥足珍贵的人文情怀。

杜审言的诗，不乏宫廷应制之作，总觉失去了诗的本真情趣，索然无味。可若读他的贬谪诗，却是字字精雕细琢，句句入人心扉。或许，他的狂傲正是建立在自己独特的所思所想，真挚的所感所悟上。

“今春花鸟作边愁”与其孙的“感时花溅泪，恨别鸟惊心”颇有异曲同工之妙。景物无自生，唯情所化。花与鸟本是平时供来观赏把玩之娱物，可这里却见之而泣，闻之而悲，足可反托出诗人的自怜与自悯。“独怜京国人南窜”是全诗的中心。后半句以“水北流”来烘托“人南窜”，更加立体地凸现了诗人远离京国，背井离乡的失意与失落。文人被贬后的怀归情节，在此诗中得到淋漓尽致的展现。尽管，这漫不经心地出自那个平日里总爱嬉笑怒骂的老杜笔下，但却愈发显得无比沉重，无比深刻。这就是疏狂之人的魅力所在吧，喜欢在命运的舞台上戴着假笑的面具把活生生的现实撕裂给台下的观众看。

杜审言晚景尚好，也就将狂进行到底了。临终前也不忘幽默地刁侃好友们一番：“甚为造化小儿相苦，尚何言？然吾在，久压公等，今且死，固大慰，但恨不见替人”。这应该是一个患了严重的狂妄病症的人才会说的话。可转念一想，人生短短数十载，生活的重压却往往把人压到变形，又有几个人能终其一生永葆顽童之心！幽默，是一种态度，一种面对悲剧命运却还自信坦荡的态度；幽默，也是一种风度，一种面对多舛人生却仍随性洒脱的风度。

狂人也应该感到欣慰了，毕竟，能有一个以身救父的孝子和一个诗名满誉的贤孙，已经羡煞旁人了。尽管他的抱负，他的鸿志未得圆满，可能把傲然风骨，疏狂本色留给世人，也算功德一件。

唯有一个道理，狂人在世时还应该懂得：文人还是好好做好自己的文化人，写写诗文终归是正途，踏入政途实在是勉为其难。杜审言不是第一个，也不会是最后一个。

# 款款情思，尽在不言之中
## ——张九龄《望月怀远》

**望月怀远**

唐·张九龄

海上生明月，天涯共此时。
情人怨遥夜，竟夕起相思。
灭烛怜光满，披衣觉露滋。
不堪盈手赠，还寝梦佳期。

静谧的夜晚常常荡漾着安详与神秘，吞了长生不老药的嫦娥，和西西弗一样遭受惩罚的吴刚，罩着面具的女巫，穿着水晶鞋的灰姑娘，还有变成王子的青蛙……在一个个动人的故事里，月光就那样清澈如水地流淌在人们的心里。也许不是每个人都喜欢烈日的骄阳，但很少有人不喜欢清凉的月光。

当静静的月亮缓缓地爬上天际，白天的喧嚣便就此沉寂。于是，当一轮明月静静地从海上升起，天各一方的人们便共赏这美好的月亮。“明月千里寄相思”，透过这与天地同光的月光，亲人、朋友，彼此传达着深深的思念之情。

唐诗中，借月亮寄托思情的诗作甚多，可大多是细腻温婉之作。鲜有开篇就写出“天涯共此时”这等磅礴的气势，不愧是被誉为“曲江风度”的张九龄所作。开句的“生”字用得活灵活现，与张若虚《春江花月夜》中的“海上明月共潮生”有着异曲同工之妙。

又是一个月亮高举清凉如水的夜晚，张九龄躺在床上，辗转无眠，故而起身趿上鞋子，走至窗边，推窗而望。只见琥珀色的月光，静静铺展在静谧的海面上。月亮于天地之间，仿如一颗明亮但并不刺眼的明珠。月的清辉，最易引人相思，正如张九龄另一首《赋得自君之出矣》中的“思君如满月，夜夜减清辉”。

离家已多时，由于相隔甚远，已许久不传书。从月出东斗，至月落树梢，漫漫长夜中，无时无刻不想念远在天涯的亲人。思而不能寐，竟深深埋怨起这漫漫长夜来。

一怨家太远，二怨不相见，三怨夜漫漫，这怨满愁肠，坐立不安，不由得起身在屋中慢慢踱着步子。身影在烛火下，由长而短，由短而长，他愈觉得烦闷，便走向烛台，将蜡烛熄灭。披衣走出门庭，月亮的光辉依旧清冽敞亮。夜渐渐深了，站立庭院中的诗人，不仅察觉到有一丝丝凉意，露水悄悄在月光下滋生，不知不觉便浸湿了衣裳。

“不堪盈手赠， 还寝梦佳期。”在这个被相思困扰的不眠之夜，思念远方的人却无所寄托，只有捧一手月光遥遥相赠了。普天之下，天涯海角，无论相隔多么遥远都可以共赏一轮明月，所以满手月光相赠遥寄相思之情，便是最便捷的表达方式了。此句从通宵难眠的无奈之中，情感为之一转，由“怨”月光明亮惹人相思，转为寄希望于相赠月光使远方的人感到自己的相思之情。然而捧满手月光相赠并不能传递自己的思念，不如就此睡下，也许睡着了就能梦到与远人相聚的美好时刻。最后，诗人以梦结尾安慰自己，悠悠情思一如月光汩汩流出，无限情思尽在不言之中，余音袅袅。

诗人因望月而怀人，又因怀人而望月，最后“不堪盈手赠，还寝梦佳期”。全诗便在他这种失望与希望的交集中戛然而止。月蕴藏了诗人心中复杂的感情，拿起又放下，欲说还休。即便是这样，诗人们仍乐此不疲地描绘着自己心中独有的月光，唐代的朗月不仅照出了一些诗人的相思，亦照亮了诗人们归家的路。

# 独在异乡，无人能解我的离愁
## ——杜甫《月夜忆舍弟》

**月夜忆舍弟**

唐·杜甫

戍鼓断人行，边秋一雁声。
露从今夜白，月是故乡明。
有弟皆分散，无家问死生。
寄书长不达，况乃未休兵。

安史之乱后，诗人先被贬为华州司功参军，后辞官西去，暂居秦州。是年，叛将史思明引兵南下，河南、山东等地狼烟四起，战火燎原。杜甫的四个弟弟中，只有四弟杜占跟随在他身边，其余皆分布在战区。“烽火连三月，家书抵万金。”此期间杜甫急盼亲人消息的心情更加焦灼，音信因战事而断绝的现实令他终日坐卧不安，是以创作《月夜忆舍弟》，诗中抒情述怀，“凄楚不堪多读”。

城楼上的更鼓声一声连着一声，空中飞过的孤雁发出如同呜咽的啼鸣，都给这暮秋景添了几分萧索凄凉之意。因为战事相阻，路上几乎看不见行人的踪影，只有一阵阵秋风吹卷着地上的衰草和尘埃。诗题虽为月夜，但并未从月夜落笔，而是广阔凄凉的背景，令人不由得黯然神伤。

越是暗夜，最让人相思。清露盈盈，望月之人顿生寒意。明月皎皎，抬头仰望只觉得它不像家乡的明月那么清冽明朗。普天之下，月亮只有一轮，怎么可能还有明暗之分呢，可固执的诗人，明明就觉得家中月，更敞亮。此种执拗想法，却偏偏入了世人的眼，认为其绝佳。宋代王德臣于《麈史》中评此诗云：“子美善于用事及常语，多离析或倒句，则语健而体俊，意亦深吻。如‘露从今夜白，月是故乡明’是也。”也算是实至名归了。

诗人由鼓声雁啼、露白月明这些萧瑟之景，自然而然地想到了天各一方的弟弟们。平日里寄送的书信都时常不能顺利收到，更何况在这烽火连天、兵荒马乱的战时？此时，不禁让人想到“烽火连三月，家书抵万金”之句，国家动乱不安，战火经年不息，人民妻离子散，音书不通，如若收到一封家书，尤为难能可贵。

梁启超先生曾经写过《情圣杜甫》一文，他说道：“我以为工部最少可以当得起情圣的徽号，因为他的情感的内容，是极丰富的，极真实的，极深刻的。他的表情方法又极熟练，能鞭辟到深处，能将他全部反映不走样子，能像电气一般一振一荡的打到别人的心弦上。中国文学界写情圣手，没有人比得上他，所以我叫他做情圣。”《月夜忆舍弟》就是杜甫抒情诗中的名篇，闻戍鼓、听雁声、见寒露、望明月、念家弟，一字一句，伤心折肠，令人不忍卒读。

确实，“人生不相见，动如参与商”，朝在一起，夕则离散，世事变化，总是无常。故而，生命中充盈着忧思和惦念。每至月亮升起之时，便如炊烟般袅娜着升起。

## 一壶酒，笑谈千古多少事
——王翰《凉州词》

**凉州词**

唐·王翰

葡萄美酒夜光杯，欲饮琵琶马上催。
醉卧沙场君莫笑，古来征战几人回？

诗歌、酒，唯真潇洒自风流。没有观众，没有掌声，没有登台与谢幕，一切都浑然于天地，婉转自如。酒香洒在这块土地上，氤氲出五光十色的唐诗，装点着唐朝的天空。在这个诗香、酒香的大唐，人人都喝得一壶好酒，涂得满纸诗情。在这热闹的“人间天堂”，所有今天读到的片段文字，都是当年辉煌、闪烁的理想。

每每提起大唐，首先令人感叹的便是扑面的酒气。一杯清酒，让飞扬的青春更加浪漫；一杯烈酒，让灼热的胸怀更加激荡；英雄的壮烈、美人的惆怅，都化作清酒、美酒，陶醉了人心，也酿就了诗情。大唐，似乎永远一副醉醺醺的模样。不过，也因为这氤氲的酒香，才更显性情，也更潇洒与放荡。

王翰就是这般潇洒之人，即使是在边地荒寒艰苦的环境中，亦能用一杯酒，开启一次豪华盛宴。当盛宴拉开序幕之时，《凉州词》便站在了舞台中央。

“葡萄美酒夜光杯”，莫再嫌征戍生活单调，莫再一副愁苦不堪的颜面，刚刚打了胜仗，凯旋，何不欢聚庆功，共同开一次盛大的酒宴？筵席之上，西域葡萄晶莹剔透，珍贵的夜光杯盛满甘醇的美酒。此时，忘却一切吧，只管觥筹交错，宴饮欢歌。

将士脱下战袍，任由边地的风飒飒扫过七尺身躯。豪情万丈之时，不需言语，唯有将美酒一饮而尽方才热烈。千杯不醉，醉了又若何，今晚注定不眠，让黑暗也似白天。本欲再饮之时，军中乐队适时奏起了琵琶。不似美人的低眉信手续续弹，不似宫廷之声大珠小珠落玉盘。刚刚弹起便是“银瓶乍破水浆迸，铁骑突出刀枪鸣”，突然间似银瓶撞破水浆四溅，又如铁甲骑兵厮杀刀枪齐鸣，一阵阵急促，一阵阵欢快，像是催促战士们举杯痛饮，本就已热烈的气氛顿时沸腾起来。这哪里是苦寒的边疆，这分明是酒的帝国。

此时，酒杯相撞，琵琶激越，将士们兴高采烈，你斟我酌，似乎这便是人生最后一次欢饮，只得痛饮方才不枉此生。渐渐地，有人醉了，絮絮叨叨东倒西歪，于是便放下酒杯，正当此时，座中人便高声呼喊，“兄弟，再满上一杯，莫要扫兴，醉了就醉了，就算来日醉卧沙场，也望诸位莫要耻笑，自古以来远赴边塞征战又有几人能生还而归呢？我等不是已把生死置之度外了吗？”

“古来征战几人回”，没有对戎马生涯的厌恶，没有对性命不保的哀叹，也并非责难征战的痛苦，而是视死如归的勇气，腾空万丈的豪情，是开阔辽源的胸襟。

一壶酒，千古多少事。一人独饮，是借酒消愁。而边疆战士迎风共醉，便是盛世大唐独有的风韵与姿态。

# 无尽的思乡，怎个愁字了得
## ——张籍《秋思》

**秋　思**

**唐·张籍**

洛阳城里见秋风，欲作家书意万重。
复恐匆匆说不尽，行人临发又开封。

乡愁，是生生不息的血脉。

早在《诗经》中便有“我徂东山，慆慆不归。我来自东，零雨其蒙。我东曰归，我心西悲”的怀乡愁肠。古往今来，远离故乡的游子，无论其出身何时何地，都无法抹去流淌在血管中的汩汩思念，只因故乡是存在于世的凭证。

诗至大唐，塞外边疆诗人亦有同样情怀。“看君已做无家客，犹是逢人说故乡”，这恐怕让生于江南身在西北的张籍最感慨。

又是一个秋日傍晚，张籍饭后无事，便前往友人家中叙旧，敲了半晌无人应答。一人站于门前，肃杀秋风带来阵阵凉意，一群大雁正从空中飞过，声声哀鸣，不禁想起自己客居洛阳，常年不归。这大雁明年会归来，而自己何时能回到家乡呢?

最是秋风，最惹相思，最折煞人。《西晋·张翰传》记载，“晋代张翰因见秋风起，乃思吴中菰菜、莼羹、鲈鱼脍，曰：‘人生贵得适志，何能羁宦数千里，以要名爵乎？’遂命驾西归。”张籍又见秋风，不禁悲从中来。

从友人门前回至家中，千般委屈愁绪涌上心头，便提起笔来欲写一封家书，可是千言万语却不知从何写起。诗人的脑海中，不断涌现着当年离别时的情景。那时年轻气盛，与老母离别时竟头也不回地走远，而不知这一别何时才能在见面。想到此，不觉已泪如泉涌。终于写罢书信，仔仔细细地读了数十遍，听见窗外有打更人才发觉已是三更。

翌日，揣着信等候捎信人。不知何时，街角传来马蹄声，张籍激动万分，颤动着将家属递于其人手中，送信人接过书信辞了他便转身离去，却听见身后传来颤颤巍巍一声：“且慢，让我再看一眼吧。”“复恐匆匆说不尽，行人临发又开封”，熬着夜写下千言万语，似乎言已尽，再无不妥；而当捎信人马上就要上路之际，又唯恐这深深地嘱托中，遗漏了一句，故而又叫住捎信人，匆匆拆开信封。或许打开之时，再无添加之句，但却一遍又一遍审查。是啊，思念怎能说尽呢？

明代王夫之《姜斋诗话》评价此诗是“七绝之盛境，盛唐诸巨手到此者亦罕，不独乐府古淡，足与盛唐争衡也”，确为十分精准。

家书太轻，承载不了此般深沉的思念；家书又太重，说多了又怕惊扰了这梦。于是，便有了“复恐匆匆数不尽，行人临发又开封”万般纠结和迟重。

戍守边境，念家在所难免。写出“一川碎石大如斗，随风满地石乱走”雄起气象的岑参却有着和张籍一样的情怀。故而，寂寞思家之时，写下《逢入京使》：

故园东望路漫漫，双袖龙钟泪不干。
马上相逢无纸笔，凭君传语报平安。

边地的思乡是无望的思乡，前路未卜，不知归期。天宝八年，岑参第一次赴西域，充安西节度使高仙芝幕府书记。告别长安的家人，跃马踏上漫漫征途。一路走一路东望，将泪试了一次又一次，竟把双袖也染湿。途中偶遇入京之人，立马叙谈，无奈没有纸笔，只能空凭其捎口信，向家人道个平安。

质朴之语无任何修饰，惦念之情悠然蔓延。

思乡，怎一个愁字了得？！

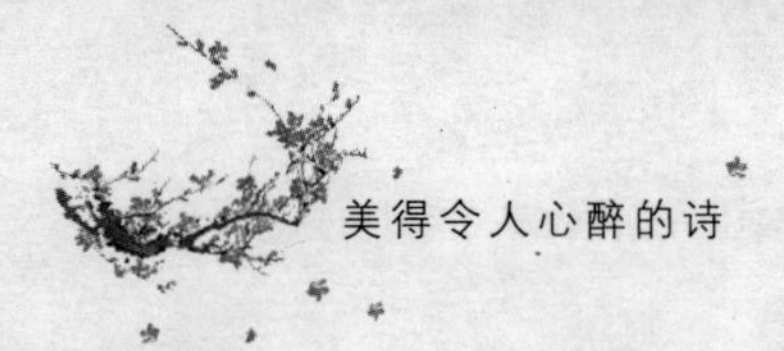


## 浪迹天涯，我的心一直在路上
### ——刘长卿《逢雪宿芙蓉山主人》

**逢雪宿芙蓉山主人**

唐·刘长卿

日暮苍山远，天寒白屋贫。
柴门闻犬吠，风雪夜归人。

怀着各种各样的心事，带着各种各样的心情，人们不断地踏上旅程。人类的足迹涉遍大大小小的地方，却很少有人能说出他们旅行的意义。或许是因为走得太远，太多的人都忘记了自己为什么而出发。

看过了许多美景：看北极的极光，看热带的岛屿，看古城巷陌，看海涛浪花……人们不断地将自己扔上旅途，去追寻的是古人的足迹还是自己的心灵的向往，很难有人能够说清。一本书、一首诗、一句话都可以成为旅行的意义。

而无论走了多远，总有一天要回来，回到最初的地方，回到梦开始的地方。几世轮转，当历史风吹散一夜的雪花，追上刘长卿的脚步，和他一起踏上归途。

大历时期，是一个噩梦连连让人不得不忧伤的时代。早年的刘长卿屡试不第，长期功名无成，直到十多岁才中第，好不容易入仕的诗人，又逢安史之乱。世道无常，诗人曾两次被贬到偏僻的地方。

大历二年，抱着一线希望的刘长卿复入长安求官，但最终徒劳而返，后又扁舟南下，漂泊湘间。为了生计与前途，不得不背井离乡、抛妻别子，奔走于权贵势要门下。刘长卿始终都在为了一个落脚之处奔波，为了一个与自己理想不悖的安身立命之处而奔波，在一个风雪之夜，他成了一个寻找归宿的浪人。

乍读此诗，以为不过是一首平常的山水诗，细味之时却大不然。刘长卿大概也是一位细致的国画大家，描绘了一幅暮色苍茫、天寒地冻的雪中求宿图。诗先从大处着笔，“日暮苍山远”是整幅图的底色：暮色沉沉，远山层层。接着笔锋拉近，中景“天寒白屋贫”开始出现了活动的小范围，贫屋被大雪覆盖成了一片雪白，一派荒凉孤寂之景。不由得想起了“鸡声茅店夜，人迹板桥霜”，一屋孤屋独矗茫茫雪景中，似“独钓寒江雪”里的一叶孤舟。

宇宙是心灵的万象，日暮也是年华渐暮，天寒地寒也是人寒，山远路远也是人远、心远，屋贫人贫也是心贫、气贫。诗人意高笔减，到底是忧寄天下的失望，是仕途不顺的惆怅还是看穿一切的旷达？刘长卿还未给出答案。“柴门闻犬吠”，以无声衬有声，仿佛让人透过隐隐的犬吠声看见一个孤单的身影穿过层层密林归来，背后空留下一串深深的脚印，一副落得白茫茫大地真干净的景象。

就这样宦游漂泊，浪迹天涯，人和心一直在路上，不知何时是归期。于是便有了这首雪中孤寂的归人图。刘长卿孤零零地在大唐的飞雪中行走着，寻找着。他的一生若是一次旅程，那么贫屋是他借宿之处还是最后的归所无人得知。也罢，就让诗人当一个不被打扰的旅人，借旅途抚慰心灵，一山一树一雪一屋都是风情。

如果不是经过那么多的寻找，刘长卿甚至更多的诗人又怎会到达“最深的内殿”，若不是用一生来完成的这次旅行，又怎么能在风雪之夜渴望做一个安稳静好的归人？只是因为亲历动荡，家园被浩洗一空，被贬、量移甚至入狱，一次一次不情愿的归附，使刘长卿更加渴望有一处属于他的归宿，哪怕这归宿并不只属于他一个人。

其实，每一个人都是暮色降临时渴望归去，逢雨雪时求宿心切的旅人，人生路上难免“风雪”，难免苦痛。疲惫不堪、无助脆弱时，都向往一个永恒的归宿能借以永远栖止。然而，这样的“归宿”在尘世间可遇而不可求。

脚下的路一成不变地向前蔓延，每一次出发便是一次告别，每一次告别都是为了再次到达，每一次到达都是另一场出发的起点。

人生路上，出发与到达之间，唯有灵魂短暂的借住处却很难找到长久的“归宿”。只要活着，就要一直在路上。不管情愿与否，每一个人都注定是匆匆出发又匆匆到达的旅人。只是这途中会有大大小小的站台，怀着“风雪夜归人”的希望和梦想，不停地停靠，又失望地离开，总觉得下一站就是终点，下一站就是永远。但是稍作停留后又发觉，不是不肯放心去依靠，便是留宿人不肯收留。于是，天亮之后，背上行李重新启程。

如此反复，永无归期。

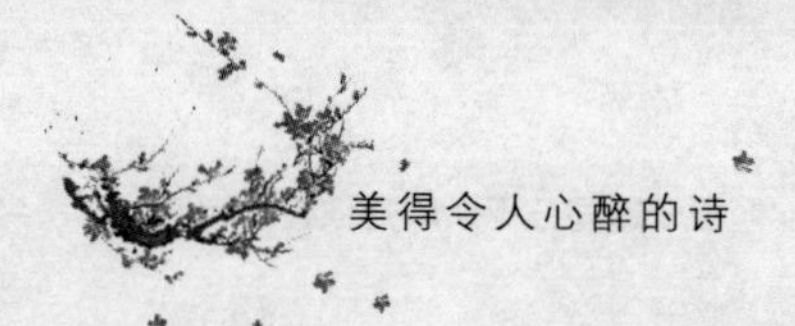



一如《吉檀迦利》中泰戈尔所说：

我旅行的时间很长，旅途也是很长的。

天刚破晓，我就驱车起行，穿遍广漠的世界，在许多星球之上，留下辙痕。

离你最近的地方，路途最远，最简单的单调，需要最艰苦的练习。

旅客要在每个生人门口敲叩，才能敲到自己的家门，人要在外面到处漂流，最后才能走到最深的内殿。

恐怕唯一值得庆幸的是，还有诗，还有相似的经历和理想的世界，来安慰失落的心和无处安放的灵魂。

在诗中，可以尽情地停留，做一个诗中徜徉的旅人，用温润的语句浸透一颗失望透顶的心。或许在这里，也可以开始一场新的旅程，沿途都是触手可及的风景。

衰飒的大唐之风，将一个刘长卿送进风雪夜中、送上旅程，千千万万文人志士各自动身，将自己打扮成了然无挂牵的旅人。也许有一天，他们走累了，或是寻找的途中遇见能让他们留下的理由，便会停下来，永远地留下，将理想和心灵久久地安放。

这便是旅行的意义了。

而在此之前，他们会一直走去寻找那个可以寄放灵魂的地方。即使明日天寒地冻，路远马亡。

# 一路行走，一路回首
## ——王安石《泊船瓜洲》

**泊船瓜洲**

宋·王安石

京口瓜洲一水间，
钟山只隔数重山。
春风又绿江南岸，
明月何时照我还。

世人皆知王安石一生美誉多在推行新政此事上，故而其身上政治家的本色，早盖过骨子里的文人底色，然而天总不遂人愿，因朝中强力反对，王安石一再遭贬。他于江南山水间，看月色流彩，水波不兴；听水声激激，桨声阵阵；嗅山花烂漫，赏暗香浮动。隐居于此，纵然清贫，却不失本心。

或许是命运弄人，熙宁八年（1075年）再次奉召入京。王安石遍尝五味杂陈，不知是喜是忧，只是告诫自己，顺其自然而已。小桥流水的生活，已经让他渐渐明白，新政虽好，却阻力重重，要讲究天时地利，且要人和，否则寸步难行。

一路行走，一路回首，家乡的山明水秀越来越远，渐渐变成一个朦朦胧胧的点，仿佛居于江南只是一个繁花似锦的梦，梦醒之时，一切不再。

月下行舟，只见江面上倒影青山绿水，清风徐来，平湖如镜；水天相连，满眼即是粼粼波光、重重山影、密密林荫，宛如张若虚笔下的春江花月夜。这一切尽收诗人眼底，不禁心潮起伏。京口瓜洲一水间只在一水之间，钟山也不过隔着无数重青山。频频回首，时时相望，一切尽在以不可抵挡的速度消逝着。

本以为会终老钟山，却又一次踏上了是非之地。纵然眼中是明媚春光，却无丝毫得意。一水却生生将人与故乡隔开，家近在咫尺，却有天涯之感。明朗之景中亦开始弥漫起淡淡忧伤。故而，诗人斟酌良久，写下“春风又绿江南岸，明月何时照我还”千古名句。

据洪迈《容斋随笔》卷八云：“吴中人家藏其草。初云‘又到江南岸’。圈去‘到’字，注曰‘不好’。改为‘过’，复圈去而改为‘入’。旋改为‘满’。凡如是十许字，始定为‘绿’。”真可谓达到了“语不惊人死不休”之境界。诗人单单用一个“绿”字，即把摇百草的春日，淋漓尽致表现。练字推敲之功，不禁令人想起贾岛《题李凝幽居》中 “鸟宿池边树，僧敲月下门”之句，亦让人想到宋祁《玉楼春》中“红杏枝头春意闹”之句。

或许是真的老了吧，抑或对这个时代绝望，虽朝着京城行进，却时时念家。当年誓死推行新政“不怕浮云遮望眼”的王安石不复存在了。《临江仙·滚滚长江东逝水》中说的再好不过：“滚滚长江东逝水，浪花淘尽英雄。是非成败转头空。青山依旧在，几度夕阳红。”新政之志成泡影之时，只愿归家了却一生，只是一遍遍叩问：春风又绿江南岸，明月何时照我还？

世人总是频频称颂故乡的清明与美好，却又一再离开。外面世界固然精彩，却又频频回首张望。待到暮年，尝到人生百味，走过千山万水，才知晓，原来最想回到的地方，是不曾回去过的家乡。只在一遍遍翻阅诗书之时，读到与心灵相契合的诗句，方才懂得，青春之时，我们走马观花，而今家乡已成了揭不掉的伤疤。

## 无可奈何花落去，老去春光
——欧阳修《戏答元珍》

**戏答元珍**

宋·欧阳修

春风疑不到天涯，二月山城未见花。
残雪压枝犹有橘，冻雷惊笋欲抽芽。
夜闻归雁生乡思，病入新年感物华。
曾是洛阳花下客，野芳虽晚不须嗟。

宋仁宗景祐三年（1036年），欧阳修被贬为峡州夷陵县令。其友，丁宝臣字元珍，与其甚好，于次年春日，写了一首《花时久雨》赠予欧阳修。礼尚往来，故而诗人便以一首《戏答元珍》回赠。“戏”，看似幽默，实则悲凉。

古诗，自屈原起，便以与美人关系比喻君臣，“惟草木之零落兮，恐美人之迟暮”便是再恰当不过的佐证。文化源远流长，故而后来者受其影响，也用此手法。此诗便借“春风”与“花”之关系，比喻君臣之远近。

已是春日，别地应是绿柳红樱，鸟语花香，阳光倾洒，尽是春光乍泄。而唯有夷陵小城，春风不至，花不曾开，连一点春日的气息都嗅不到。此时，或许诗人是失望的。荒蛮之地，皇恩偏远也就罢了，偏偏连一视同仁的春日，亦和他作对。诗人面对此情此景，哀伤自然难免，遥想在京城之日，百花在暖风吹拂之下，尽情摇曳荡漾，就连春暮之时，落红亦是缤纷。还有那倒垂的杨柳，如美人婀娜的腰肢，倒影在河畔，清清淡淡招摇，柔柔地印在诗人心上。那时，景美，人也意气风发，欲用灼灼才华给最繁盛之地，锦上添花。奈何时代不许，庸庸之辈不许，只得带了一腔怨恨，骑马来了这春风不至的天涯之地。回忆，愈美，愈芬芳多彩，便愈刺人。如若生来便至此地，也不会有任何怨言，只因知晓了京城那一带的艳丽，便再也法在这里过得安然。

“春风疑不到天涯，二月山城未见花”，首二句是欧阳修很得意的。据《苕溪渔隐丛话》引《西清诗话》，他曾对人说：“若无下句，则上句不见佳处，并读之，便觉精神顿出。”

诗人上句工整至极，下笔则更有神。一句“残雪压枝犹有橘，冻雷惊笋欲抽芽”，将此地最典型之景，浓缩其中。春日虽未到，雪已渐渐融化。故而，往年采摘下的橘子点点滴滴显露出来，经历一冬的风霜雪雨，更显红艳。冻雷初响之时，惊醒了熟睡的竹笋，它似乎正继续着力量，意欲冒出新生嫩芽。也难为了诗人，懂得在这荒无人烟之地，苦中作乐。一“犹”，一“欲”将春的跃跃欲试和盘托出。向来，诗人最懂生活情调，纵然艰苦，亦要诗意地栖居，用敏感之眼，打破生活的寂寞。唯有此，日子才能继续。

时节之变幻，日夜之交替，最易使人生发感慨。夜不能寐，辗转反侧之时，

听到大雁声声鸣叫，难免生发念家之思。思而不得归，年复一年，不免感叹时光蹉跎，人生易逝。此情此景，唯有自我安慰。“曾是洛阳花下客，野芳虽晚不须嗟”，诗人宽慰地说：“我见过名扬天下的洛阳名花名园，见不到此地晚开的野花亦无须感叹。等待吧，这里亦会百花齐放，只不过需要时日罢了。”

寂寥落寞中，自有一番安慰及希望，怨而不怒，故而读来亦不低沉。

## 无人信高洁，谁为表予心
## ——何景明《竹枝词》

**竹枝词**

明·何景明

十二峰头秋草荒，冷烟寒月过瞿塘。
青枫江上孤舟客，不听猿啼亦断肠。

思念的故事，为何总是在秋天上演，世人总是不懂。纵然刘禹锡写出了“晴空一鹤排云上，便引诗情到碧霄”的豪壮之语，为秋天辩白，仍脱不了与惆怅抑郁相连之干系。

是日，何景明百无聊赖，便乘一舟随意游赏，不为观景，只为疏解心绪，打发漫长时光。不知不觉中，船已行至瞿塘峡。孤舟穿流，眼之所及，皆是荒芜秋草。诗人昔日来此，正值春日，山水共影，暗香浮动，山花烂漫，所见之人无不感叹自然之鬼斧神工。而今，深秋之时，只见寒月当空，冷烟缭绕。船过峡谷之时，看此清冷幽森之景，不禁使人胆战心惊。愁绪分寸未少，反而更添一尺，怎不叫人恼。

月亮之辉，淡淡流泻，渐渐填满整个世界。诗人忽而想起已离家许久，相思便于此时漫上心头。孤舟随水流婉曲飘转，拂过长江两岸的片片枫叶，恰恰此时又听到声声猿鸣，更增一层愁。郦道元有诗云：“每至晴初霜旦，林寒涧肃，常有高猿长啸，属引凄异，空谷传响，哀转久绝。故渔者歌曰：‘巴东三峡巫峡长，猿鸣三声泪沾裳！’”诗人大抵是奉了神的旨意，总是能用一些简单却又不失雅致的言语，写出常人只能体会不能言的感受，且贴切得如同熨帖的衣服一般。

肃杀的秋风，声声猿鸣愁煞了多少挥手的离人，难怪悲秋之情常常于此时油然而生。在外流浪之人，难免不思念家乡。只要时节从夏过渡到秋，望见空中客途的大雁，心中亦会生出诸多感慨。范仲淹也于秋日写下一首《苏幕遮》：

碧云天，黄叶地，秋色连波，波上寒烟翠。山映斜阳天接水，芳草无情，更在斜阳外。

黯乡魂，追旅思，夜夜除非，好梦留人睡。明月楼高休独倚，酒入愁肠，化作相思泪。

秋来之时，世界便是另一番模样。天上朵朵白云，黄叶飘零如雨，水波粼粼笼罩寒烟，尽是一片苍翠。芳草无情，绵延不绝，似比斜阳更远。念起家，不禁黯然销魂。夜夜辗转，夜夜无眠，除非有家人纷纷走进梦中。莫要倚高楼，借酒消愁却滴滴化成泪。

诗词本无界限，一首诗，一扇词，皆如一股默默暖流，流遍全身之时，也洒下丝丝忧伤缕缕哀愁。思念是相互的。念起故乡之时，故乡亦在念你。如若说游子的脚步让人思念，那么征夫的行程便是茶饭不思、生死不知的未来。一声平安恐是最好的定心丸。

崔颢《黄鹤楼》云：“日暮乡关何处是，烟波江上使人愁。”游子心中的故乡，仿佛看似已经愈合恰恰忘却的伤疤，不知何处作痛，亦不知如何去解，只得在秋来之后，在烟波袅娜之时，念起故乡美，手抚左心房，听一听撕扯般的沙哑之声。

## 我愿平东海，身沉心不改
### ——顾炎武《精卫》

**精 卫**

**清·顾炎武**

**万事有不平，尔何空自苦？**
**长将一寸身，衔木到终古。**
**我愿平东海，身沉心不改。**
**大海无平期，我心无绝时。**
**呜呼！君不见西山衔木众鸟多，鹊来燕去自成窠。**

生于何代，心便永远向着那个朝代张望。即使此代已被颠覆，亦不改心志，且怀抱满心热血，以生命为代价，将一生献给生育他的国土和子民。虽不善习武，但以笔描述心中万里河山，至死不渝。这便是顾炎武。

抗清复明，是他寄予自己的使命。自二十七岁起，他便开始编纂两部巨著——《天下郡国利病书》和《肇域志》。于顺治四年（1647年），根据《山海经·北山经》关于精卫鸟的故事作成《精卫》一诗。

相传，精卫鸟是炎帝的女儿，游于东海之时，被大海吞噬了生命。自此，她的灵魂变成了一只精卫鸟，锲而不舍不知疲倦地从高山采集石子和树枝衔在嘴里丢向东海，日复一日，年复一年，不复停息。顾炎武便以此为契机，将自己抗清复明和编写巨著大业的精神，以一只精卫鸟，婉曲地表达出。

世间万事都有不平之处，或是自己的赤诚不被体察，或是奸佞总是得到信任，抑或呕心沥血却得不到一点点回报。既然如此，为何还是郁结其中，忧心万分呢，为何不淡然一些，唯独要白白折磨自己，以小小之躯，一再地叼衔木石，任自己受皮肉之苦呢？

精卫面对世人的质疑与讥笑，分分秒秒未停，它的志愿便是竭尽一生填平东海，纵然粉身碎骨，心意绝不改变，脚步终是不退缩。或许，岁月苍老之时，它亦无法展开翅膀，然而那又如何呢？只要大海不出现填平之日，它的心，也从不可能有断绝之时。“我愿平东海，身沉心不改。大海无平期，我心无绝时。”这是心的呼喊，亦是一个时代的荣幸。精卫鸟如此，人亦是如此。顾炎武为了探索经国济民之道，跋山涉水，调查研究，其间作大量笔录，孜孜以求，纵然遇到不平与艰险，终不折不弯。

有忠臣，便有奸佞当道。世间总是黑白两色，泾渭分明。清兵入关，犹如刺到扎进顾炎武心之中央。无奈之时，将最后一丝希望寄托在弘光小朝廷之上，满腔热忱，为行朝出谋划策。危难之时，他投笔从戎，以一介文官之躯，挺进敌军腹地。然而，一切终是徒劳。朝廷岌岌可危，朝中官员却生怕引火上身，纷纷求自保。此种境遇，实在令诗人痛心。时隔不久，南明小朝廷终寿终正寝，烟消云散。炎武嗣母王氏闻变，绝食殉国，临终嘱咐炎武，说：“我虽妇人，身受国恩，与国俱亡，义也。汝无为异国臣子，无负世世国恩，无忘先祖遗训，则吾可以瞑于地下。”

一介妇人尚有报国之志，可恨那些如燕、鹊之类一般的人，却来来去去，一个个都只为自己做一个安稳之窝。民族危亡之际，只顾图谋个人利益，甚至屈膝投降之人，并不在少数。诗人念及此，不禁痛哭流涕，哀号呼喊，“呜呼！君不见西山衔木众鸟多，鹊来燕去自成窠”。

顾炎武歌咏精卫鸟，然而其自身何尝不是一只永远在空中展翅翱翔，为国奉献的精忠之鸟呢？“我心无绝时”，在诗人身归尘土之后，终像精卫鸟一般，生生世世飞翔在了梦想之空中。

# 第十一章

# 那些离愁，别是一般滋味在心头

## 一切随风，无奈人生绝歌路难

——鲍照《拟行路难》

**拟行路难**

**南朝·鲍照**

泻水置平地，各自东西南北流。
人生亦有命，安能行叹复坐愁？
酌酒以自宽，举杯断绝歌路难。
心非木石岂无感？吞声踯躅不敢言。

南朝，宋文帝年间，一个青年，乱世而生。仕途几经沉浮，还未迎来璀璨的辉煌，已经沉郁落下，埋于黄土之中。

鲍照，能在诗文中看透人世艰难，却无法脱离世间的苦难，沉沦于斯，毁于斯。

虽然后人盛赞他文如明珠，夺目亮眼。但月已西斜，是否还能照见，他旧日坟头上的青青草茎和盈盈露珠。

他像一道伤，凛冽地将整个南朝纵横劈开，横亘于世人面前，无处躲藏。鲍照绝对是南朝的异类，在那个温润的王朝中，他总是不合时宜地站出来说一些本不该他说的话，写一些本不该写的诗文。所以，他脚下的路比别人难走；所以，他在兜兜转转之中总是找不到属于自己的合适定位。

作为南朝文人，鲍照也是希望跻身仕途，可以报效国家，成就自己建功立业的愿望。他不断在官场中周旋，却始终无法得到施展的机会。因为那个时期的门阀制度压抑，使得一些身家贫寒的有识之士，无法得到重用。

鲍照便是如此，他苦有一腔热情和才学，却无法施展，在万般无奈之下，只能寄情于诗文，只有文字，才会不分贵贱，只讲真才实学。鲍照用他所拥有的无坚不摧的悲悯和包容情怀，写下了一首首的诗歌，一篇篇的文章，咏叹着人生的苦闷，吟唱着世事的无情和冷酷。

在鲍照的字里行间，永远透露出一股不甘人后，却又无可奈何的情绪。

《拟行路难》是鲍照一首抒发人生苦闷之诗。整首诗歌以水流泻于地面而起兴，水“各自东西南北流”，预示着人生总是会经历不同的际遇。“泻水置地”是魏晋时期清谈中出现过的，但鲍照却能引以为用，还使其更加富于生活气息，规避开学理枯燥无味的感觉，可见他的创造力和文字造化能力都是非同一般的。

然而就是这样一位才华横溢的诗人，却无法得到现实的青睐，不能不叫人悲叹。鲍照以为每个人的人生都有各自的命运，是不可勉强的。此话有些自怨自艾的意思，却也有几分随波逐流、随遇而安的感受。既然天命早已是上苍注定好的，那就跟随着命运的牵引而走便好，何必还要大费周章地妄图改变人生轨迹呢?

鲍照看似自圆其说，又好似反问上天的诗句，让人读后一阵无言，到底是命运的不公，还是人间世事的不公?其间的纠葛，真是说不清楚，道不明白。既然如此，不如沉醉不醒，反倒可以解千愁。“酌酒以自宽，举杯断绝歌路难”，举起杯盏，频频喝下，就连歌唱《行路难》也中断了。然而醉了就真的能一了百了吗？鲍照却不能真正地沉醉酒中，他不愿意好像木石一样没有思想地苟活着，可是那巨大的踌躇却是无法轻易就说出口，所以，他只能忍耐着将一切苦楚吞咽肚里。

看来，鲍照所悲的是家国大事，是他个人无法主宰的。所以，人情苦别，在鲍照的诗文中展示最多。想必他情愿终身遗忘，不再回归这红尘俗世之中，因为这不是属于他的世界，而他亦无法融入其中。鲍照的诗歌中总有一股强烈的不愤

之气，对于现实他永远是批判不满的，在这种情绪的搅扰下，鲍照始终处于官场的边缘地带，无法进入核心。而也正是因为他经历了太多的苦难，所以才留下了这些证据，令后人可以见证，可以兴叹。

在鲍照的诗文中，一切的文字都围绕着兴衰皆有循环来写。他悲叹世事的情怀缠绵悱恻，感叹世上抱恨者是何其多。所以，还不如弹琴唱起歌曲，诉说那被摧毁的城池和幸福，在猎猎的风中，那些田间的小路，还有那些荒墓，皆是凄凉。

满目荒芜，怀古伤今。人生有命，成事在天。正如他的《芜湖赋》中云："天道如何，吞恨者多，抽琴命操，为芜城之歌。歌曰：边风急兮城上寒，井径灭兮丘陇残。千龄兮万代，共尽兮何言！"千秋万代的世事，不都是这样同归于死而罢休的吗？所以，一切随风去吧。

## 不尽乡愁，绵绵情意浓
——宋之问《渡汉江》

**渡汉江**

唐·宋之问

岭外音书绝，经冬复历春。
近乡情更怯，不敢问来人。

宋之问乃初唐一位重要诗人，虽不是出身显赫门第世家，但自幼勤奋好学，在父宋令文影响之下，专工文词，成一时佳话美谈。十年寒窗苦，终迎及第日，上元二年（675年），眉目清秀仪表堂堂的宋之问，登临"龙门"，踏上了入仕征途。

当时，武则天皇后实际把握朝政。或许是太想得到认可，以补家境之不足，他竟在朝廷之上冲昏了头，媚附于武则天的宠臣张易之。后因张易之被杀，中宗复位，他终不能幸免，于神龙元年（705年）被贬为泷州参军。荒蛮之地，形影相吊，不免感到凄凉，月华初照之时，便起相思。日日惆怅，夜夜难眠，盼盼盼，愿有一日得恩旨，得以回家。

一年之后，终于如他所愿，得以从贬所北归。途经汉江之时，面对滔滔江水，不禁思慨万千，挥手即成一首诗。

“岭外音书绝，经冬复历春”，贬居岭南，荒无人烟，整日作伴的即是突兀的山丘，偶有一只孤雁斜斜飞来，亦是几声哀鸣之后，便再无痕迹。物质生活艰辛，且因政治遭遇终日抑郁沉闷。像苏轼那般因被贬，“不辞长作岭南人”以苦为乐之人，又有几个呢？家人杳无音讯，未卜存亡，就是这般在与世隔绝中，度过春夏秋冬，四季变换，日子如此暗淡，所谓“哀莫大于心死”，此种境遇，怎不使人心灰意冷？

《旧唐书》本传云：“魏建安迄江左，诗律屡变。至沈约、庾信，以音律相婉附，属对精密。及之问、沈佺期，又加靡丽，回忌声病，约句准篇，如锦绣成文。学者宗之，号为沈、宋。”故而，其创作实践使六朝以来的格律诗的法则更趋细密，使五言律诗的体制更臻完善，并创造了七言律诗的新体。自古以来，诗人便爱斟酌诗句，宋之问更是如此。虽此诗起句平平，但下文以潮涌之势，使本诗在唐诗中熠熠生光。

渡过汉江，虽未到家乡，但仿如已经踏进了家门一般。长居岭南之时，相隔万里，无雁传书。纵使夜夜梦中都有家人的影子，纵使时时担忧家人安危，终是无只字片语。而今，接近家乡，本该急急拉住行人问一问家中情况，却不料远远躲开，一人骑着马，沉沉重重地走。初读此诗之人，会觉得此句违反常理，细细想来，便觉在情理之中。或许家人已逝，噩梦已成真，宁可保留幻想，也不愿心中这种模模糊糊的不祥预感，变成残酷事实。故而不作“情更切”，而作“情更怯”，不作“急欲问”，而是“不敢问”。“人所欲言，我独言之”，反常而出奇，语浅而情深，故成为脍炙人口的名句。

“近乡情更怯，不敢问来人”，客滞他乡，行近家乡之时，不免情切而又心怯得忐忑不安。杜甫的《述怀》亦曾抒发过相似心情：“自寄一封书，今已十月后。反畏消息来，寸心亦何有。”

宋之问这首小诗情真、语真、意真，打动了读者之心。故而明了，原来世间之作，并无技巧，只要这语是从心底流出，不做作、不矫情便好。

## 望不尽未来，看不清归期
### ——王维《使至塞上》

**使至塞上**

唐·王维

单车欲问边，属国过居延①。
征蓬出汉塞，归雁入胡天。
大漠孤烟直②，长河落日圆。
萧关逢候骑③，都护在燕然④。

**【注释】**

①属国：典属国的简称。本为秦汉时官名，这里指代使臣，是王维自指。

②孤烟直：直上的燧烟。宋陆佃《埤雅》："古之烽火用狼粪，取其烟直而聚，虽风吹之不斜。"

③萧关：在今宁夏回族自治区固原县东南。候骑：骑马的侦察兵。

④都护：当时边疆重镇都护府的长官，这里指河西节度使。燕然：后汉车骑将军窦宪大破匈奴北单于，曾登燕然山刻石记功。这里借指最前线，并非实指。

唐开元二十五年（737年），王维受唐玄宗之命往边塞慰问官军。王维当时的官职是"监察御史"，诗题中的"使"即指此。唐玄宗的这次任命，虽以"慰边"为由，但事实上却是将王维排挤出朝廷。

路途遥遥，看不到边际，马蹄扬起风尘，迷离了王维的双眼。望不尽未来，看不清归期，一股飘零孤寂之感，将人紧紧裹住，似要窒息。

少量随从，随着轻车前往，一路上无人慰问，只有马蹄声与风声，衬托着落寞与孤寂。大唐边疆辽阔，一直延伸到居延一带，王维乃是一介有才有志之士，却只得让边疆的风，吹白他的胡须。这是一个赤子的悲哀，更是一个朝代的宿命。

万里行程，边走边叹息。或许，不是为了自己，更为了这个光鲜的时代。本可以居庙堂之高，为国出谋划策，挥万丈豪情。而今，只得像随风而去的蓬草一般出临汉塞，像振翅北飞的大雁一般进入少数民族居住的地方。此次出使边塞之时为春天，蓬草成熟后枝叶干枯，根离大地，随风飘卷，故称“征蓬”。古人多以蓬草自叹身世，曹植的《杂诗》（其二）如是：“转蓬离本根，飘飖随长风。”如今，去国离乡，思绪自然万端复杂，本是一介负有朝廷使命的大臣，却只得迎着漠漠风沙飘向塞外，无家可归。

路上，不断回首，也不断遥望。天上地下，只是混沌一片。傍晚之时，人困马乏，便搭起帐篷休养，等天亮继续上路。随从打点好一切后，诗人便独自一人来至稍高的山头，俯瞰蜿蜒的河道，落日似乎稍稍疲倦，低垂于河面，河水闪着粼粼波光，令人恍然觉得红日就出入于这长河之中，甚为雄奇瑰丽。诗人沉郁的心情稍稍有了一点色彩，再仰头观看，只觉黄沙茫茫，无边无际，再极目远眺，偶见天尽头有一缕孤烟在缓缓升起，笔直冲天。这俨然是一幅画，既显孤单，又格外醒目。

“大漠孤烟直，长河落日圆”区区十字，便泼墨了一幅动态大漠图。正应了北京大学教授陈贻焮所说，历来盛赞“大漠孤烟直，长河落日圆”一联，绝非偶然。这几笔雄健粗放的线条，不仅勾勒出沙漠上无边的壮丽景色，也有力地表现了诗人对壮丽景色的强烈盛叹，以及因它而变得无限开阔的胸襟。

曹雪芹在《红楼梦》第四十八回中写道：“香菱读了这两句诗后，理解颇费苦心。她对黛玉说：‘大漠孤烟直，长河落日圆’。想来烟如何直？日自然是圆的。这‘直’字似无理，‘圆’字似太俗。合上书一想，倒像是见了这景的。要说再找两个字换这两个，竟再找不出两个字来。”想必，这便是诗的最高境界吧：众里寻他千百度，蓦然回首，那人却在灯火阑珊处。

诗人行至萧关时，恰好遇到侦察兵。他向诗人报告说：“都护此刻正在燕然山。”诗人在人烟稀少的异乡好不容易“逢”一人，却不得见，本已落寞至极，却又听到前线仍有战事，更使惆怅添了一层。

王维写诗善写景，一首平平之诗，因形象到极致的景而被后人反复吟唱，这便是其高明之处，亦恰恰应了苏轼的评价：“味摩诘之诗，诗中有画；观摩诘之画，画中有诗。”

# 驰骋沙场，一种英雄气概
## ——王昌龄《出塞》

**出 塞**

唐·王昌龄

秦时明月汉时关，万里长征人未还。
但使龙城飞将在，不教胡马度阴山。

西方文化生命的底色常常是为尊严、爱情而战，著名诗人普希金就是死于一场决斗。而翻开古希腊神话，那些纵横在战场上的勇士，身上都凝结着股股杀气，“话不投机半句多”，只要被激怒了，就一定要将这盆烈火打翻，以换来更辽阔的燃烧。

相反，在中国传统文化中，人们喜欢冲淡、平和，也因此讲究中庸，守成，力求找到一种较为平和的方法来解决争端和纠纷。圆润与通达，似乎一直是中国文化如水般的底蕴。但“水随器而圆”，有清澈的池水，宁静的小溪，自然也有湍急的瀑布，拍岸的惊涛。就像中华民族虽然并不崇尚武力，但也从不害怕战争一样。故而，面对外敌犯境，诸多诗人在诗章中一展英豪。王昌龄的《出塞》便是有力佐证。

明代文学“后七子”的领袖李攀龙，将王昌龄的这首《出塞》评为“唐人七绝的压卷之作”，足见赞誉奇高。诗中秦、汉、明月、关塞，尽都融合在一起，叠加成奇异画面。

自秦汉以来，冷月边关，一切似乎都没有变化；而停在月下关口的征战似乎也从未停止。在辽远的时空里，战争似乎成了明月、关隘唯一的主题。万里征途，将士们此去还没有回来。假如镇守龙城的卫青还在，抗击匈奴的飞将军李广还在，便再也不会有外敌入侵边境。实际上，龙城和飞将都不是指代某个人，而是暗含了对良将名臣的呼唤。如若有这般勇猛的将军，便可以将日子过得清净安好，此般小愿不仅仅是秦、汉，更是世世代代的梦。

此诗看似平常，却暗含一个主题：和平。诗人说只要有奋勇杀敌的将军，为国捐躯的战斗精神，便可以抵御外族的侵扰，还百姓以安宁。这里，并无“笑谈渴饮匈奴血”的胆魄，亦无“直捣黄龙”的野心，在他的心里，只要能够镇守住边疆的平安、祥和，对敌人有震慑力便足够了，并无攻城略地，挥师抢占别国领土的意图。而这份“点到即止”的战争观，其实就来自于传统文化的“平和”之气。

《论语》中说，“礼之用，和为贵，先王之道，斯为美。”礼的功用即是要以和为贵。而君王治理国家，最宝贵的地方亦正在于此。而国人向来性情温润如水，农耕文明的安定性也决定了，这个民族不像游牧民族那样喜欢打仗。能够安安稳稳地过日子，是历代百姓的共同心愿。故而，中国古人的战争，绝少是为了征服，而更多的是希望以短暂的战争换取长久的和平。如此一来，“战”似乎就不再重要，而如何“战”和如何快速结束战争便成为讨论的焦点。

《孙子兵法》有云：“是故百战百胜，非善之善也；不战而屈人之兵，善之善者也。”说的就是百战虽然值得庆祝，但并不是最好的事情。能够不经历战争就让对方投降，或者如飞将军那样镇住敌兵，才是上上策，是最高的计谋和智慧。与杜甫的“守成”完成了思想内涵的一次对接；更将中国如水般的智慧演绎得淋漓尽致。

刘叉有诗《姚秀才爱予小剑因赠》：

一条古时水，向我手心流。
临行泻赠君，勿薄细碎仇。

因为同样的清澈、明亮，古人常常以水喻剑。诗人说，我的手里拿着的是一柄上古传下来的好剑，剑如流水藏在我的掌心。如今临行之时，我将这宝剑赠予你，它锐利的锋芒，如水泻般地流畅。但请君记得，不要把它用在个人细小的恩仇上，要用在建功立业的大事上。全诗清凉如水，婉转自如，“流”与“泻”二字有水的动感，亦有剑的光芒。赠剑之时的叮咛更显水样的哲思：不要为小事剑拔弩张，而应该用这宝剑行侠仗义，做一番惊天动地的大业。

个人恩怨上，不会因为小事而引发殴斗，那么民族大事，更不会为了利益的

取舍，而置国家安危于不顾。能够有良将镇守边关，能够有容人的气度和雅量，不触犯边界或尊严的底线，就是可以容忍的让渡。毕竟，战争只是一时之事，装在人们心里的还是对和平与安宁的渴望。

## 又念昨夜情，源源不绝
——沈佺期《杂诗三首》（其三）

### 杂诗三首（其三）

唐·沈佺期

闻道黄龙戍①，频年不解兵。
可怜闺里月，长在汉家营②。
少妇今春意，良人昨夜情。
谁能将旗鼓，一为取龙城③。

**【注释】**

①黄龙戍：唐时东北要塞，在今辽宁开原西北。

②“汉家”的“汉”既指汉族，也指汉朝。这里是以汉代唐，避免直指。

③龙城：匈奴名称，秦汉时匈奴祭祀的地方。这里借指敌方要地。

战乱时的日子，总是由一次次离别串成。男子为国征战，穿上铠甲便一去无回。天地悠悠，偌大的世界，唯剩下挥手后沉重的脚步声。女子以桃花之容，刚刚出嫁之时，痴痴以为一生终有了寄托，却不知以后日日将在小小闺房之中，独自盛开，独自凋零。

黄龙戍一带，常年战事不断，至今未曾停息。于是一批批男子离家，一个个家庭散乱。黎民百姓从不求荣华富贵，只要一生清浅安稳便好，谁知这区区小愿，竟也得不到应允。

白日谢幕之后，黑夜便登场，月亮总是在相思的晚上升起。此时，一些幽幽的情绪便如蒸汽般隐隐在心里升腾，往事便如相片显影般，渐次清晰起来。琥珀色的月亮，照着征夫，亦照着闺房。征夫看到此景，便回想起同妻子在家中望月的点点滴滴，此轮月，也便像妻子皎洁的脸，无限深情地照着营地，照亮他的心。然而，闺房窗边，似传来了泪水的滴答声。可怜的少妇，还未与郎君缱绻几日，便分隔两地，这一别，未知归期。或许，生离便是死别。撩开窗纱，看见月亮，只是徒增烦忧罢了。在月下他们曾说动人的情话，曾十指相扣，相许白头偕老，想起一幕幕往事，如同进入一个不愿醒来的梦境，便禁不住泪水涟涟。

“可怜闺里月，长在汉家营”，短短十字，内涵极为丰富，既有过去之夫妇团圆，又有现在夫妇之分离。两人两地夜夜望月，千里相隔共享婵娟。今夜闺中人和营中人同在这一轮明月的照耀下两地对月相思。思念绵远深长，源源不绝。

四季轮回，交替上演。少妇曾经最喜欢春日，每至春天，桃花摇曳枝头时，便清晨早早起床，采撷几朵。一朵插于瓶中，满屋生香。一朵去掉花枝，片片揭下，放入杯中，喝一口入肠，唇齿间便都是春天。剩下最好看的一朵，待郎君醒来后，由他亲手戴于她耳鬓，果真是人面桃花相映红，花是人，人亦是花。而今，最喜爱的春天，已变为最恼人的春天。相思总是在此时节丝丝苏醒。丈夫频年在外，妻子独处一室，未免太过冷清，万籁无声的黑夜，总是挨不到天明，唯有点起桌角欲明将灭的烛，将以往夜夜温情，一遍遍在脑海中演绎。或许，过去本就是一本书，里面的故事是自己的故事，却因已逝去，因太美好，而变得虚无。虽虚无，却仍固执地一次次翻看，就是在一边叹息一边流泪中，度过一个又一个夜晚。

盼啊，念啊，什么时候，战争才能结束呢？思妇和征夫已经离别得太久了，久到似乎忘了对方的模样。他对着茫茫苍天，她望着遥遥远方，共同祈祷：愿朝中出现一位良将，带着精兵，将敌人一举打败，唯有此夫妻方能团聚，黎民方能安居乐业。“谁能将旗鼓，一为取龙城”，此两句以问句的形式，倍增感慨意味，把诗人内心的慨怨表达得更加淋漓。

家国本不分，国安，家则安，此是世间至理。征夫甘愿受一时分别之苦，唯愿江山稳固之后，与妻子共赏细水长流。

# 往事如烟，秦淮悠悠知多少
## ——杜牧《泊秦淮》

**泊秦淮**

唐·杜牧

烟笼寒水月笼沙，夜泊秦淮近酒家。
商女不知亡国恨，隔江犹唱后庭花。

秦淮河悠悠不尽，像是一首不曾读完便放下的小诗，再拿起之时，已不知过了几载，然而当时读诗的韵味依旧未散；又像是一朵在清晨未来得及采撷的紫色小花，待到日暮之时，已然枯萎，然而香味犹存。秦淮河，就是这般日夜不息，牵扯着最柔软又最敏感的记忆。河的左岸风清月朗，丝竹管弦声声带媚；河的右岸，凌波徐徐，叹息喟慨丝丝哀伤。

那一日，诗人将舟停于河畔，将缆绳绑在岸边一棵垂柳上，便上了岸，于临近河岸的一所小酒馆暂时歇下。黄昏落幕之时，诗人手提一壶浊酒，来至河边。此时，夜色暖柔，雾气氤氲，月华如水，沙似湖泊，像是一幅浓淡相宜的水墨画。诗人解开缆绳，再次随波荡漾于河中央，隐隐听见灯火辉煌处，传来阵阵歌声。这歌声因蘸了清风，更显凄迷；因在夜晚，更显哀媚。因了这时代，更是绮艳轻荡。至此，杜牧将手中杯盏，一倾而尽，生于此世，唯有醉能解忧。

“商女不知亡国恨，隔江犹唱后庭花”，这便是杜牧笔下的秦淮河，盛唐过后，只有在秦淮河，诗人才把兴国兴邦的担子放在女子薄弱的肩上。此时大唐已每况愈下，虽距灭亡尚有数十年，然而敏感的诗人已然嗅到了亡国的伤感。正惆怅之际的诗人，听见两岸酒家里传来的轻袅歌声，正是陈后主所作的《玉树后庭花》：

丽宇芳林对高阁，新装艳质本倾城。
映户凝娇乍不进，出帷含态笑相迎。
妖姬脸似花含露，玉树流光照后庭。
花开花落不长久，落红满地归寂中。

《玉树后庭花》是典型的宫体诗，陈后主在后庭摆宴之时，定要叫上诸多舞文弄墨的臣子，与贵妃及宫女调情。而后让文人作诗与曲，让宫人们一遍遍演唱。南朝最终被隋朝灭掉，因此，《玉树后庭花》理所当然地被称为“亡国之音”。曾经夜夜笙歌，日日饮酒，嬉笑追逐，美人在侧。而今，花已陨落，国已亡，陈后主的时代终究开到荼蘼，片片成伤。

联想到唐朝的岌岌可危，烦乱的杜牧只得将罪责落在了不懂政治和历史的歌女身上。但可怜的歌女和可悲的诗人又有谁能懂他们的心情呢？只有身边沉默的淮水，载着历史的幽怨，趁着月夜东流，汩汩地好似一首呜咽的歌。

秦淮河每天都在这里，流淌着，守护着岸边的子民，无论是前代还是此朝，太多伤感的故事被记下，却没有留下名字。只有那些诗句中记录的发生在秦淮河上的事，让后人读起才唏嘘不已。

这一天，卖花的姑娘照例从画舫经过，用她一贯的温软细语喊到：卖花，卖花。新摘的花儿在阳光下格外娇艳，露珠点点在花瓣上闪烁，晨光下仿佛是珍珠般的泪。

“咯吱——”一声悠然的响声，画舫的窗子被推开，小姐的头探了出来。

“都有什么花？”

“除了水里的荷花呀，全都有！”卖花姑娘指着河里的荷花独自咯咯地笑起来。桥下的流水潺潺，民家的乌篷船在桥下静静泊着。卖花姑娘心情大好，立在桥边等生意，不由得哼起歌来：约郎约到时日出时，等郎等到时月偏西……

楼上的小姐在这时走下画舫，小姐是来卖花的，可听了这样的歌唱，竟是久久无语。

有时候，别人的一句话足可以让往事前尘回到眼前。

后来，庵堂就是秦淮河上的这个小姐的家了。往事如烟，一颗菩提的种子落到凡尘，结束了人间一段好姻缘，增加了一个虔诚的信徒。这是宿命，是秦淮河里的又一种伤感。

这是冯梦龙笔下的秦淮河，殊不知隔了两个朝代之前，这河上的明月也曾照

过伤怀的杜牧，诗人也曾在同一片城垛下踱着步子，抬头望着明月，吟着有关秦淮河的一首诗，做着有关古今的一场梦。

而今秦淮河没有舞榭歌台，亦没有笙歌艳舞，唯有夜安详的气息。不禁想，逝去的终究已经去了，那些关于夜泊秦淮的记忆，业已随着流水，消散在夜里。

## 思故乡，难免使人惆怅

——柳宗元《与浩初上人同看山寄京华亲故》

**与浩初上人同看山寄京华亲故**

*唐·柳宗元*

*海畔尖山似剑芒，秋来处处割愁肠。*

*若为化得身千亿，散上峰头望故乡。*

上海师范大学文学研究所教授马茂元评论柳宗元之诗云：“他的诗，像悬崖峻谷中凛冽的潭水，经过冲沙激石、千回百折的过程，最后终于流入险阻的绝涧，渟滀到彻底的澄清。冷冷清光，鉴人毛发；岸旁兰芷，散发着幽郁的芬芳。但有时山洪陡发，瀑布奔流，会把它激起跳动飞溅的波澜，发出凄厉而激越的声响，使人产生一种魂悸魄动的感觉。”此诗便是其中一个典型范本。

念家之诗，尚不在少数，皆以暖流脉脉、幽幽念念之感袅袅道来，如怨如慕，如泣如诉。而柳宗元却反道而行之，将易在夜中生发的丝丝缕缕的思乡之感，以银瓶乍破水浆迸之势，奔迸而出，掀起千万丈波澜。

柳宗元纵有倾世才华，终因活在乱世，生不逢时，而一再遭贬。荒蛮野地，只得寄情山水以淡愁怀，就像李白借酒消愁一般。然而，借酒消愁之人，愈加忧愁；寄情山水之人，亦更加抑郁。故而，他大部分悲情诗作便创于被贬之时。“只应西涧水，寂寞但垂纶。”他的寂寞在于理想受挫，在于政治上的压迫，在于不移白首的一片冰心被湮没与淡忘，更在于夜夜念家却不得归的难言痛楚。《新唐书》本传说他：“既窜斥，地又荒疠，因自放山泽间。其堙厄感郁，一寓诸文。”

怀乡思家，忧思郁结，一人孑立，形影相吊。不得已之时，便叫上朋友浩初和尚一同登山望景色。眼之所见，心之所思，正触愁怀，提笔便写下此诗。

秋来之时，草木顿衰，一片荒凉。诗人本想登上山顶望一望家乡，然而群山峭拔参差，视线被矗立于海边犹如屏障的陡峭巉岩阻挡。刹那间悲戚至极、愁肠百转。

望故乡，却不得归，难免使人惆怅。无可奈何之际，便也只得目不转睛望去，却唯恐望不够。情急之下，诗人不禁幻想，如若于层层峰峦之上伫立“化身”，不是一个两个，而是“千亿”，倾尽全力齐齐望去故乡。纵然夸张，纵然不可得，然诗人念家之情显露无遗。语调平淡沉着，但于平淡外蕴浓厚。郁悒复杂的情感洪流奔卷，难以遏制。苏轼《书黄子思诗集后》中言：“独韦应物、柳宗元发纤浓于简古，寄至味于淡泊，非馀子所及也。”说得极是。

有人会问，到底什么是家乡，是一头那头整日犁地的老黄牛，是门前那棵荡漾在春日里的杨柳，抑或是母亲轻声唤起孩童时期的乳名？或许家乡有的，异地亦有，但偏偏认为故乡的一切都似被下了咒语，让人魂牵梦绕，牵肠挂肚。故乡在诗人心中更像是一个姑娘，一首诗。无怪乎世人离乡背井、念家之时，总要痴痴幻想，“若为化得身千亿，散上峰头望故乡”。

## 写诗，不为风月与闲情

### ——郑板桥《潍县署中画竹呈年伯包大中丞括》

**潍县署中画竹呈年伯包大中丞括**

清·郑板桥

衙斋卧听萧萧竹，疑是民间疾苦声。

些小吾曹州县吏，一枝一叶总关情。

## 诗心藏韵

郑板桥善画善书，尤喜画竹，用笔遒劲潇洒，多而不乱，少而不疏；墨色淋漓，浓淡疏密，秀逸多姿。因出身寒微，故做官前后均以卖画为生。又因对民间疾苦颇有了解，故为官之时的书画创作多写百姓心声，道民间疾苦。《潍县署中画竹呈年伯包大中丞括》便是较著名一首。

作诗之时，于乾隆十一二年间，其时郑板桥正任山东潍县知县；是年山东大饥，人人相食。虽平日此地为繁华大邑，终抵不过灾荒侵袭。身为一方父母官，救灾便成当务之急。他为民请命，开仓赈货，大兴工役，修城筑池，殚精竭虑，为灾民操劳终日。

一日夜晚，郑板桥于衙署书房中刚刚侧身轻卧，忽然听到窗外阵阵清风吹动着竹子，萧萧丛竹，声音呜咽，如同千万百姓的哭泣声，悲凉凄寒至极。风吹竹子之声，本与百姓疾苦声毫无关联，然而，诗人却偏偏做此联想，固执地认为这即是群众的痛苦呻吟，是上天给予他的惩罚。

自然界风吹竹叶的响声，惹得诗人无法安眠，罢了罢了，干脆点上一支烛，捧起书卷，再为民做出一点点贡献。风依旧飒飒而吹，外面竹叶依旧声声作响，百姓穷极失所的一点一滴都在诗人心头荡漾，久久不息。他起身于屋中踱步，复而又坐下，反反复复，最终拿起笔，铺好纸张，又画起平生最爱之竹。只见画布上，浓淡相宜，竹子疏朗有致，每一片叶都格外清明。画毕，诗人于一旁写明题注，曰：“衙斋卧听萧萧竹，疑是民间疾苦声。些小吾曹州县吏，一枝一叶总关情。”

他虽为州县小吏，官职卑微，却是百姓之父母官，肩负解民于水火之中的责任，焉能不竭心尽力？窗外的一枝一叶，正是饱受风雨的百姓，他们给予诗人信任，诗人必不辜负此深情。对民情体察入微，与百姓休戚与共，此是一方水土之荣幸。

画竹、写竹不仅仅出于爱好，而是诗人对自己一生的诺言。“三绝诗书画，一官归去来。”正可概其生平，也是最确切的赞颂。其三绝分别于《潍县署中画竹呈年伯包大中丞诗云》《予告归里画竹别潍县绅士民云》《初返扬州画竹第一幅》中体现出。题诗如画，美不胜收，且关心民情，疏放狂荡。古人有云，板桥三绝充满了三真：真气、真意、真趣，确为精当至极。

写诗，不为风花雪月，不为闲情逸致，而字字写民间疾苦。这是一个恪尽职守、勤政爱民之人，与平庸之人的异处。于那个时代来说，实在难能可贵。

# 万丈风尘，洒尽青春与热血

## ——夏完淳《别云间》

### 别云间

明·夏完淳

三年羁旅客，今日又南冠。无限河山泪，谁言天地宽？

已知泉路近，欲别故乡难。毅魄归来日，灵旗空际看。

最悲痛之事，莫过于，业未成，身已逝。当年诸葛亮“出师未捷身先死，长使英雄泪满襟”。千年之后，夏完淳以十五岁之躯，投入反清复明之业，辗转数年，倾尽一生，未完心愿终也撒手人寰。

那一年永远刻在了诗人心中。1645年，南京陷落，明代永远不复存在。眼之所至，高空中飘扬的尽是清代大旗。自少受到良好家教的夏完淳，复明意志坚定不移，遂追随父、师于松江一带起义抗清。纵然挚友纷纷于战中逝世，纵然终日于戎马倥偬之途中颠沛流离，诗人仍然在松江一带插起猎猎旌旗。时间不等人，转眼间三年已过。三年的滴滴点点犹在胸中，而身上却绑缚着根根绳索。热血奔腾的过去，凄凄冷冷的现在，世事变迁，历史从来都是这般无情。

自此，再也不能为家国效力。清军将他推推搡搡，无限风光的山河，亦在此时默默垂泪。这泪，不是单单为一个人流，而是为天下苍生，为那些逝去的仁人志士而淌。这宽阔高大的天地，亦在此刻间狭窄至极。诗人不禁仰天长啸：“无限河山泪，谁言天地宽？”暮色四合，俯仰天地，一切尽会消失得无影无踪。

怕了吗？诗人自举起大旗的那一刻起，便已将生死置之度外。他始终将文天祥《过零丁洋》中之语记在心中：“人生自古谁无死，留取丹心照汗青。”纵然身殒又何妨，只愿灵魂永驻，在青史中留下醒目一笔。故而，诗人就义前夜，写下《土室余论》：“人生孰无死？贵得死所耳。父得为忠臣，子得为孝子。含笑归太虚，了我分内事。”虽然诗人已然知晓将被杀害，却从未惧怕。然而，念之家中老母及妻子，心中便有千万个不舍。再刚强之士，亦有柔情暖意，而家便是手中之痣，纵然常年不归，亦知晓家在哪里。

于是于狱中写下《狱中上母书》：“嫡母慈惠，千古所难。大恩未酬，令人痛绝。”想到怀孕之妻，更是悲伤欲绝。于《遗夫人书》中他写道：“茕茕一人，生理尽矣。”千言万语道不尽，酸楚悲苦淌不然，只一语“欲别故乡难”，便教人唏嘘垂泪。

离别，不再归，自此便是阴阳两隔。在世之人，从不能体会逝去之人的痛楚，只得于前人留下的诗中，获得星星点点感悟。然而，死又怎能使有志之人停止追逐理想的心呢？纵然到了九泉，也要高举征伐之旗，返回家园，任凭天地之间灵旗招展。

人逝去，本不知人间事，而执拗的诗人，却偏偏认为魂魄将流离天地之间。陆游《示儿》也是这般。

死去元知万事空，
但悲不见九州同。
王师北定中原日，
家祭无忘告乃翁。

人死后本已无可牵挂，独独放心不下一件事——国土尚未收复，祖国尚未统一。如若有一日中原平定，在家祭之时，莫忘将此喜讯告知于九泉下之人。

生于这般时代，便注定了一生要漂泊流离。可喜的是，总有一些人，甘愿将整个时代压于肩上。

# 第六篇

# 一叶知秋，一树萧萧，一季轻愁惆与踌

# 第十二章

# 人生若是如初见，当时只道是寻常

## 流光容易把人抛，红了樱桃，绿了芭蕉

——《诗经 · 曹风 · 蜉蝣》

**诗经 · 曹风 · 蜉蝣**

蜉蝣之羽，衣裳楚楚。心之忧矣，于我归处。
蜉蝣之翼，采采衣服。心之忧矣，于我归息？
蜉蝣掘阅，麻衣如雪。心之忧矣，于我归说。

中国的哲学思想诞生的很早，孔子老早就站在水边感叹“逝者如斯夫，不舍昼夜”；庄子以“白驹过隙”来比喻人生的短暂；《诗经 · 曹风 · 蜉蝣》在更早一些就唱出了生命的荒凉。

三千年前，敏感的诗人就借助一只蜉蝣写出了脆弱的生命在死亡前的短暂美丽和对于面临死亡的困惑。蜉蝣是一种生命期很短的昆虫，从幼虫在水中孵化以后，要在水中待大概三年才能达到成熟期，然后爬到水面的草枝上，把壳脱掉成为蜉蝣，还要经过两次蜕皮才能展翅飞舞，之后的时间它更加忙碌，在几个小时内交配、产卵，不知疲倦，而后就要死去。

《淮南子》中记载说：“蚕食而不饮，二十二日而化；蝉饮而不食，三十二日而蜕；蜉蝣不食不饭，三日而死。”

超越一般人的人注定要比常人多几分清醒与痛苦。《蜉蝣》的作者知道蜉蝣不久就会死去，可是他看到的蜉蝣似乎不知自己就要死去，因为还是穿着鲜艳好看的衣服，美丽无比，俏丽动人。翅膀完全透明，身姿轻盈，宛如古代的宫妓，尾部的两三根细长的尾丝，也如古代美女长裙下摇曳的飘带。作者不禁发出了长叹：蜉蝣在有限的生命里还是在尽情展现自己，而作为我们人类有着漫长的生命，却不知道要走向何方。

他忧伤地唱着这支寂寞的歌曲，在千年之前，流水湖畔，这是一首诉说自己内心迷茫，对生命敬畏并且充满了忧伤的歌曲，作者想要淡然的面对生命这个严肃的话题，却又战战兢兢，无法克制内心对于时光飞逝的惊恐。

蜉蝣的羽啊，楚楚如穿着的衣衫。
我的心充满了忧伤，不知哪里是我的归处。
蜉蝣的翼啊，采采如穿着鲜明的衣衫。
我的心充满忧伤，不知哪里是我的归息。
蜉蝣多光彩啊，仿佛穿着如雪的麻衣。
我的心里充满了忧伤，不知哪里是我的归结。

人类在哀怜蜉蝣“朝生暮死”的同时，自己何尝不是造物主的一只“蜉蝣”呢？

晋朝时候有个樵夫，上山砍柴时候不小心进了一个洞穴，抽时间观看两位老人的一局棋，谁知道，回家后却发现自己的孙子都比自己老上几十岁，时间已经在他观棋的一小会儿中流逝百年。人生漫长的光阴，不过是别人的弹指一挥间。人的一生也不过一只蜉蝣而已。

时间本是身外之物，独自沉静，缓慢地流淌于世间，只是因为人们妄自慌乱，才令时间变得仓促而残酷。其实，生命本就是一场自顾自的表演，又何必去过分在意这场表演的长短呢？只要深刻精彩，任何表演都是永恒存在的。

蜉蝣有自己的逍遥自己的生活，那么作为人，也应该有自己的精彩。尽管从出生的那一刻，就有一个叫“死亡”的可怕结局在另一端守候。人的一生，也不过这个结局，但是在走向这个结局的路上，却有很多精彩的东西值得我们去关注

和努力。

这就是哲人说的："生与死之间的距离是固定的，我们却可把两点之间的距离用曲线走得更加精彩，如果活着只是为了赶路，从生的这边直接赶到死的那边，那么活着何异行尸走肉？"

《蜉蝣》的作者不知道自己要走向哪里，感叹了一番，光阴流逝。"流光容易把人抛，红了樱桃，绿了芭蕉。"宋词中李清照说的意境很美，但是佛家有句话说得更好："尽日寻春不见春，芒鞋踏破领头云。归来偶把梅花嗅，春在枝头已十分。"

其实没有必要去嗟叹人生如蜉蝣，不管生命长短，要是人们像蜉蝣一样尽心尽力去完成生命中的每一件事，细品身边事，快乐感怀油然生。观花望死，在一瞬间离世而去，大不了下个轮回再来。

## 思念两悠悠，肠断白蘋洲
——汤惠休《秋思引》

**秋思引**

南朝·汤惠休

秋寒依依风过河，白露萧萧洞庭波。
思君末光光已灭，眇眇悲望如思何！

一个诗人，无论多么才华横溢，在写到自身的情感波动时，也总是难以抑制内心的悸动。因为情感是最难控制的，尤其是这些情感涉及自己，便会更加难以把控了。它们总会随着笔尖的游走，奔涌而出，在纸上留下不朽的符号，那是隐逸在文字中的，但却会在不经意间流露出来，留在看客的心中。

这些情感随着诗文流于后世，被后人欣赏，有人为其哭，有人为其愁，也有人可以窥出其中深意，沉吟在心，了然于胸。

汤惠休是一个善于表达感情的诗人，一生平坦，没有太多波折，故而诗作中也大多是淡然如水的意境。他的诗作虽然流传并不多，但每一首都感情饱满，尤其此首情诗佳作更是他的代表作。

由秋天引出思绪，那份缠绵的爱恋如同秋天不尽的气息，清冷但却怡人地存于胸间。这一首秋天的情歌在缓缓地吟唱，在时光的流水中，没有逊色一分一毫，反而愈加光鲜。也许是璞玉根本就不需要雕琢，只要随口一读，便能领略出其中深深的情意，并为之陶醉。汤惠休的感情生活不为后人所探知，但看到他这一首哀思幽怨的小诗，人们便不难窥得其中几分真意了。缠绵悱恻的情谊中有着质朴典雅的含蓄。

“秋寒依依风过河，白露萧萧洞庭波。”写出秋天的景色，那景色真美，微寒的气息中秋风拂过河面，而波光粼粼的水面上有着思念还未泯灭的光辉。描写中带着悲哀，带着期盼，还有那么一点点的怦然心动，像是一帧梦境。读罢首句，便教人忍不住想起《楚辞·湘夫人》：“帝子降兮北渚，目眇眇兮愁予，袅袅兮秋风，洞庭波兮木叶下。”湘夫人降临到北沙洲，眼神迷离，所视甚远，痴痴遥望，如若望不见便愁从中来，不可消停。秋风袅袅吹来，万物禁不住摇曳，叶子纷纷飘落，辗转凌舞，栖息于洞庭湖面，霎时间，涟漪渐起，波光粼粼。美煞世人。

思悠悠，念悠悠，肠断白蘋洲，思念这般痛，又这般美，或许，痛与美，总是毗邻。得到抑或失去，总要受苦。从黄昏到日暮，她痴痴等待，望着流水，默默祈祷，愿有一舟，载着她的夫婿，载着她的千万重盼望，归来。然而，愈是等待，愈是失望，是要怎样，才能将相思传给郎君；是要怎样，才能让相思化为归期。

比起同时期其他的诗人，汤惠休的诗文中大多是健康的基调，这或许和他平坦的仕途和淡然的心境有关。因为无所失去，所以也更冷静。在这一首看似写景，其实写情的诗歌中，有着反复铺垫而引申出的浓情厚谊。其《杨花曲》亦是此般。

江南相思引，多叹不成音。
黄鹤西北去，衔我千里心。

《秋思引》借用秋天本身的哀愁来衬托思念的绵延，而此诗，则是用江南作为虚拟的词语，来形容相离之远，相思之深。

虽有不同，但却也有异曲同工之妙。“江南相思引，多叹不成音。”本想弹奏一首曲子，来疏解内心忧伤，谁料因多次叹息而调不成调，曲不成曲，反倒让本就伤怀之人，蒙上一丝悲凉的纱幔。既然相思之情无法通过曲调传达，那便让黄鹤带去好了，遥远的西北方，黄鹤将会向那里飞去，带着思念和依恋，传达到千里之外。汤惠休早年曾是僧人，后来因为善于写诗，被徐湛之赏识。孝武帝刘骏命其还俗，官至扬州从事史。从此诗中可以看出这位僧人心思细腻，在凡尘中出而得返，倒也是寻得了一番滋味在心头。

故事在这个短小的诗歌中得以升华，一个关于相思的传奇在这首诗歌中得到延伸。汤惠休本应是六根清净的沙弥，在青灯古佛边诵经老去，却因为诗文的才高八斗，而巧得机缘，之后这位诗人究竟经历了怎样的情感，令他如此感慨，后人便不得而知了，只是大家应该都明白，只有真正相思过的人，才能懂得诗中相思的含义，那看似隐晦不外露的表达，正是内心如火的翻涌。诗人将相思之情辗转反侧，还有隐晦不得展露的特点全部囊括在了诗文之中，可见功力不一般。

且不论古人如何抒发胸臆，秋天的情歌依旧传唱，世事却并未因此而改变半分，该走的还是远去，该留的依然泯灭。

## 一个人的狂欢，一个人的孤单
### ——陈子昂《登幽州台歌》

**登幽州台歌**

唐·陈子昂

前不见古人，后不见来者。
念天地之悠悠，独怆然而涕下。

短短的一首诗，多一字嫌太多，少一字意难传，就是这四句恰到好处，称得上当之无愧的字字如矶。《唐诗快》中称：“此二十二个字，真可以泣鬼。”初唐陈子昂，独登燕台，凭吊古今，将天地之悲伤揽入怀中，他歌的不是古人的寂寞，而是自己的孤独。

陈子昂为武则天朝的谏官，直言敢谏，却不为上所采纳，政治抱负难以实现。万岁通天二年（公元697年），建安王武攸宜带兵西征契丹，陈子昂任右拾遗参谋军事。武攸宜先头部队被契丹大败，武攸宜怯敌不前。陈子昂建议以奇兵胜骄敌，未被采纳，后来因多次进谏触怒了武攸宜，被降职为军曹。陈子昂终于抑制不住内心的愤怒，独自登上幽州台，慷慨而歌。

此时登高，已不仅仅是一种行动，更是一种态度、姿势和情怀。当他登上幽州台之时，目光便穿过历史的隧道，直抵燕国。当年燕昭王筑黄金台招才纳贤，令天下臣服。而今，陈子昂孤独地立在台上，却再也看不到贤王。回望前尘，张看身后，再也没有一位那样贤明的君王来效仿此法了。天悠悠之高远，地悠悠之壮阔，与漫长的历史长河比起来，诗人何其渺小。人生无奈，唯有独自哀伤。

他在幽州台上究竟看到怎样的景色，诗人并无说明，或者当时他已无心留恋风景，之时任凭风在耳边呼啸，自己立于天地之间，于无声处听惊雷。这般无人之境也算应了他的那句“前不见古人，后不见来者”。

像燕昭王那样能够招纳人才、任用人才的前代贤君现在见不到了；而我心中理想的后继贤明之主也来不及见到，“前贤”已远，“后贤”未来，命运未免太薄情。登高远眺之时，怀想那茫茫宇宙无边的悠远绵长，而一个人在如此短暂的生命中却不能有所作为，且无人能够理解，不禁让人悲从中来，怆然泪下。一个“独”字足以道明陈子昂悲愤的缘由，庞大的孤独之感日夜噬咬着诗人的心，渐入骨髓。

孤独的诗人犹如找不到慧眼伯乐的千里马，当他已经感到生命的易逝而面对命运的一支下签却无法将它说破。伯乐难求，此是一个时代的悲剧，太多才华横溢的诗人们在昏聩的君主的一道圣旨间被湮没。历史重复上演，当陈子昂登临远眺时发现，偌大一个时代，竟没有一个知音，瞬间孤独将他卷入了巨大的无助感

中，千百年的寂寥都在他笔下荡漾。

孤独地写诗，孤独地前行，这便是陈子昂，也是千千万万诗人的共同存在状态。

同样的知音难求，千年后另一个国度的济慈，也选择了用诗来记录人生的孤苦无依。济慈用浪漫的笔调写下了一首西方现代版的《登幽州台歌》：

于是，在这宽广的世界的堤岸上，

我一个人孤独地站着，思索着，直到爱情和声名都沦落为一片虚无。

原来，“独怆然而泣下”是所有醉世独醒的孤独者最悲怆的狂欢。孤独，本是一个人的狂欢。

## 千古长如白练飞，一条界破青山色
——李白《望庐山瀑布》

**望庐山瀑布**

唐·李白

日照香炉生紫烟，遥看瀑布挂前川。

飞流直下三千尺，疑是银河落九天。

不知是盛唐的万里江山成就了李白的飘逸的诗篇，还是李白的淋漓墨迹点亮了盛唐的雍容华贵。更或者，李白专为盛唐而生，盛唐专为李白而艳，他们相得益彰，互为点缀，没有此便没有彼。

他好嗜酒，小小一樽金杯里，满是他的狂放与才华。酒醉之后，看见月，便七分酿成月光；看见滔滔黄河水，便欲要抽刀断水；看见群峰连绵，便要相看不厌。

那一日，当他双脚踏至庐山之时，再一次让诗情迸发，凭借一支笔站在盛唐最高处。

李白的浪漫，是出了名的。平凡朴素的事物，于诗人眼里，即是旖旎风光。庐山亦是如此。《太平寰宇记》中记载庐山香炉峰“在庐山西北，其峰尖圆，烟云聚散，如博山香炉之状”，就是这样一座形似香炉的山峰，在诗人的笔下，矗立在天地之间，直冲霄汉，在阳光的照射下袅袅之轻烟萦绕着青山绿水，分外迤逦迷人。

太阳的光辉照射于香炉峰上，远远观赏，香炉在空中慢慢升起紫色的烟雾。或许诗人会疑惑，烟本是灰白色的，为何呈现绮丽的紫色，难道是诗人故作浪漫吗？因香炉峰下有瀑布，水汽蒸腾，混入云气，在日光的浸透下，远远望去，高峰上盘旋缭绕的自然便是紫色云烟了，此景甚妙，绘出一幅美妙绝伦的青山图，诗人果不其然，再次征服了诗，征服了读者，也征服了脚下、眼中的山山水水。

抬头仰望，瀑布像是一条巨大的白练高挂于山川之间。一“挂”字，何其形象，何其磅礴！瀑布原是从山壁上倾泻而下的水，如若远远望去，可不就是悬挂着的布。《望庐山瀑布》其一中，形容瀑布之时，亦有“挂流三百尺”之句。

“飞流直下三千尺”，瀑布从高高的山壁上笔直地奔泻而下，那高空直落，势不可当之状犹如在眼前一般。然而，这仅仅不够，这仅仅欣赏盛景的开始。“疑是银河落九天”，如若没有一腔天马行空的想象力，没有腾云驾雾、云里来雾里去的概括力，没有满怀的浪漫与幻想，哪里来得这想落天外的诗句呢？！或许是又醉了几杯酒，于恍恍惚惚中，诗人怀疑是不是银河自九重天中降落下来了。且看，高耸入云之香炉峰在云烟雾霭中，遥望瀑布就如从云端飞流直下，从天而降，此般气势，此种雄浑壮美的瀑布恐怕只有天上的银河才能与之媲美吧。这是诗人的猜想抑或是感叹，感叹虽夸张却又真实可信。

兴许是艳羡李白《望庐山瀑布》中的驰骋纵横的气势，或许是庐山的瀑布本就有一番诱人的魅力，中唐之时，徐凝亦作了《庐山瀑布》。其诗云：“虚空落泉千仞直，雷奔入江不暂息。千古长如白练飞，一条界破青山色。”此诗，将瀑布之形、之势写尽，却仍旧显得古板。同是吟咏同一景物，却相差甚远，这便是李白的独到之处吧。无怪乎苏轼云：“帝遣银河一片垂，古来唯有谪仙词。飞流溅沫知多少，不与徐凝洗恶诗。”

李白或许是幸运的，上天赐予他一支神笔，他便写活了大唐的一山一水。但他又是不幸的，一生漂泊，终无归处。

## 时光匆匆，世人唯有恨与愁
### ——杜甫《九日蓝田崔氏庄》

**九日蓝田崔氏庄**

唐·杜甫

老去悲秋强自宽，兴来今日尽君欢。
羞将短发还吹帽，笑倩旁人为正冠。
蓝水远从千涧落，玉山高并两峰寒。
明年此会知谁健？醉把茱萸仔细看。

“别去校对时间，那会让你突然老去”，这句看似漫不经心的话，读起来不免令人伤感。光阴似箭，日月如梭，弹指间灰飞烟灭，人世间最无情的莫过于时光。

光阴一缕缕被抽走，日历一页页被撕下，不知不觉便已来到老年之边缘。老高之时，更易对秋景生悲。又是落叶飘落的时节，此前的日子一去不复返，此后的日子所剩无几，念及于此，怎不使人悲叹？时光匆匆，世人无可奈何，唯有恨与愁罢了。杜甫说，他已经老了，悲秋的愁绪也更加浓厚。但正赶上重阳日，故勉强宽慰自己，一时兴起，便下定决心定与众人尽欢而散。

东晋王隐于《晋书》中言：“孟嘉为桓温参军，九日游龙山，风至，吹嘉帽落，温命孙盛为文嘲之。”杜甫便用“孟嘉落帽”之典故，感叹年岁渐长。人至老年，毛发甚稀，故生怕风来吹落帽子露出萧萧短发。担心的反倒成为事实，一阵风吹来，杜甫帽子一歪，露出稀疏的短发，羞愧之余，忙请旁边的人帮自己整理帽冠。此处，杜甫把尽显名士风流之态的孟嘉与担心落帽的自己对比，心中伤感一览无遗。诗中之“笑”，难免带有勉强与窘迫意味。正应了宋代杨万里所言：“孟嘉以落帽为风流，此以不落帽为风流，翻尽古人公案，最为妙法。”

抬眼望去，蓝天之水，在远处奔泻；玉山之峰，携着高处的轻寒。山高水阔，壮怀激烈，不免感叹人世的短暂。此时，唯有酒能解忧愁，或许，不是为了吃醉，而是在酒乡中躲一躲世间的蹉跎与苦楚。老人趁着醉意把玩茱萸，默默不语，他心中自问，不知道明年这个时候在席之人还有几人健在呢？在问句中戛然而止，不免使人心惊，人生太短，却常常叹息太长，哪一刻才值得为之驻足呢？清代浦起龙于《读杜心解》中平此诗云：“字字亮，笔笔高。”此诗确实实至名归。

陶渊明在《杂诗》中说，“盛年不重来，一日难再晨。及时当勉励，岁月不待人。”在古人看来，惜时似乎是一种良好的品德。盛年和清晨都是一个人最宝贵的时光。千金散尽还复来，但一掷如梭的时光，却永远无法回头，唯有珍惜。

贝伦森曾说：“我愿意手拿帽子站在街角，请过路人把他们用不完的时间投在里面。”然而，这是多么异想天开。光阴从来都是趾高气扬地走向亘古，过去的永不回头，曾经的日子，只在记忆中美好。曾经年少过，故而每个人都会在似曾相识的风景前，于心底深处为失去的青春留一点柔软和惆怅。

## 夕阳幻景，本是一首沉默的诗
### ——白居易《暮江吟》

**暮江吟**

唐·白居易

一道残阳铺水中，半江瑟瑟半江红。
可怜九月初三夜，露似真珠月似弓。

诗心藏韵

夕阳，给人的是一丝恬静，悠悠散发着柔软的光，既不强烈，又不刺眼。她如俏丽的少女一般温存地荡漾在远山的秋千上，触手可及，却又远在天边。傍晚之时，毫无瑕疵的白云，在碧蓝的天空下，显出特有的纯洁，似大家闺秀般端庄地踱步。如若，庭院门前横斜着一条小溪，此时便更加诱人了。阵阵凉风吹来，平静的湖面渐起涟漪，如同小家碧玉的褶皱碎花裙。夕阳之景，本就是一首沉默的诗，轻轻读来，白日浮躁的心，总会慢慢归于平静与淡然。

诗人，比常人更敏感多情，读罢黄昏之景，自然禁不住心中喜悦，铺开宣纸，墨水点点，浓淡相宜，便是一幅晚景山水画。

唐长庆二年（822年），苦于朝政昏暗，朋党倾轧，已是天命之年的中书舍人白居易，终不愿于污水中脏了自己的衣角，便请求外放。离开规矩颇多的朝城，身心便也轻松与自由起来。于赴任杭州刺史途中，一日傍晚之时，百无聊赖，便放下书卷，走出庭院，来至距家仅几步之遥的江河前。

或许出门之前的几杯酒，醉了眼前之景，或者这本就是大自然的本色出演，此时一草一木，都已披上梦幻的嫁衣。于是，眼之所触，尽是一片迷迷蒙蒙的浪漫玫瑰色，无怪乎诗人情不自禁，将昏暗的朝政撇于脑后，一心一意沉醉在夕阳氤氲之气中。

广阔的江面上，夕阳的余晖洋洋洒洒铺展，像是诗人的墨笔淋漓渲染，又像是天空中的繁星点点。此时风亦屏住呼吸，静静地游走，江水缓缓流淌，江面上便升起细细涟漪。江水在夕阳映照之下，光影迷离，远远看去光线佳处显现红色，受光少出则显出深沉碧色。诗人已在不觉中沉醉，喜悦之情，已在景中显露无遗。

“一道残阳铺水中，半江瑟瑟半江红”，这不仅仅是一场颇有层次感的视觉盛宴，其音节分布亦能给人带来音乐美感。“瑟瑟”二字声音短促逼仄，节奏局促；“红”字声音高亢洪亮，尽显一种豁然开朗的画面感。前后对比，顿觉天长水阔，胸中再多的愤懑和不平也都一扫而空。

沉醉不知归路，诗人伫立江边，静静看夕阳浸透于水中，静静等夜晚来临。果不其然，自然界总算没有辜负诗人的痴心等待。初秋的夜晚呈献给诗人的，是一片更美好的境界。面朝江水，仰头观望，一弯新月初生，两头尖尖翘起，像是天上的秋千，更像是一把精巧细致的弓。再俯身一看，江边的草地上挂满了晶莹的露珠，这滴滴青露，恰似点缀在其上的颗颗珍珠。把露水比作珍珠，把月牙说成弯弓，尽是再合适不过的比喻，擅改一字都会破坏原本的意境。九月初三的月夜，美得让人不敢喘息。

作为一首杂律诗，此诗看上去并不工整，但朴实而生动的语言却极具画面感。清代王士祯评其“丽绝韵绝，令人神往”，确为恰当。

## 不知江月待何人，但见长江送流水
### ——张若虚《春江花月夜》（节选）

**春江花月夜（节选）**

唐·张若虚

春江潮水连海平，海上明月共潮生。
滟滟随波千万里，何处春江无月明。
江流宛转绕芳甸，月照花林皆似霰。
空里流霜不觉飞，汀上白沙看不见。
江天一色无纤尘，皎皎空中孤月轮。
江畔何人初见月，江月何年初照人？
人生代代无穷已，江月年年只相似。
不知江月待何人，但见长江送流水。

“春江花月夜”，五字并排在一起便是人间盛景。闻一多先生称此诗为“诗中的诗，顶峰上的顶峰”，千百年来，无数后人为之倾倒。一生就留下两首诗的张若虚，亦因此诗，而“孤篇横绝，竟为大家”。

此诗沿用乐府《清商曲辞·吴声歌曲》旧题，以动人的情感将春、江、花、

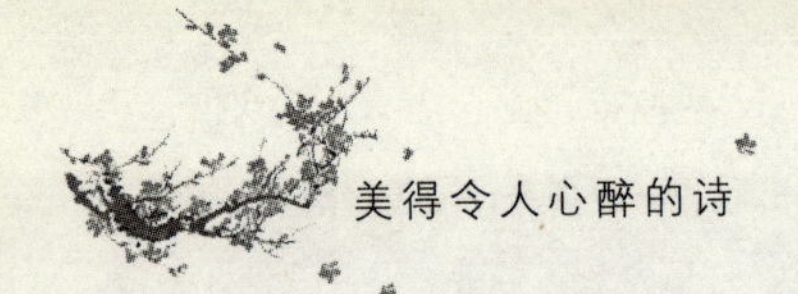



月、夜及各种相关景色融入月光的笼罩下，并在营造意境的同时，从这令人心驰神往的良辰美景中阐述了深奥的人生哲理，塑造朦胧深邃、耐人寻味的艺术境界。

诗人开篇即描绘了一幅温婉动人的春江花月夜图。浩瀚无垠的江潮，犹如和大海连在一起。此时，一轮琥珀色的明月随着潮水的涌动渐渐升上天空，无垠的江潮滚滚涌动向前，于月光的照耀下，更显气势宏伟，气象壮观。

皓月当空，照耀千万里，每一处春江水都在明月的笼罩之下。江水蜿蜒曲折地向前涌动，绕过花草丛生的芳草原野。撩人的月色倾泻在岸边的花树之上，仿佛撒了一层白雪。至此，春、江、花、月、夜，诗人已经全部点到，随手一挥即把江月闪耀之下的夜景勾勒出来，真可谓是妙笔生花。

在月光的洗涤下，人世间的一切景物都随之熠熠生辉。银光薄雾缭绕之下，平凡之景亦立即披上梦幻的色彩。皎洁的月光之下，似乎感觉不到“流霜”飞舞，连同岸上的白沙也看不见了。

开篇八句作者用细腻的笔法，由远及近，慢慢将目光聚焦到一轮明月上，银白色的月光洒下来，天地宇宙瞬间变成了一个幽静甜美的神话世界。在宁静而纯洁的境界中，诗人自然而然地陷入了沉思，进而俊才飞驰，思考着宇宙的奥妙，发出了“江畔何人初见月，江月何年初照人”的疑问。

宇宙无限，而人生短暂，此类主题难免使人悲伤。然而，诗人并没有一味沉浸于此种难解的悲情中，而是从上暗中超脱出来。写到人类会世世代代无穷无尽地发展下去，而汹涌澎湃的江水和当空闪耀的月亮年年岁岁都是相似的，无穷的人类传承将与江潮明月永远共存。

纵然人生世世代代相继，这江月也是年年相似，一轮明月之下，江潮无期无限又无声无息地在此翻涌，是在等着何人呢？然而这等待终是一场空，只见长江流水，绵延不绝，朝朝日日。

轮回的春天，流动的江水，花开花落是时光的一份见证，千古月光照耀着古今的人们，而清凉的夜色也陪衬了如水般的岁月和生活。在这“前有古人，后有来者”的历史长河中，每个人都“弱若微尘，短如一瞬”。

古今多少事，所有的惆怅，都不过是因为“盛年不再”。花开花落，年复一年，这江水、月色都依然清新如昨，可那些曾经对月长叹、对花流泪的诗人，却已经长存在历史的遗迹中。

人们常常感叹，青春只有一次。但人生，又何尝不是呢？

# 兴许它就是为美而生，柳如美人袅袅婷婷
## ——贺知章《咏柳》

**咏 柳**

唐·贺知章

碧玉妆成一树高，万条垂下绿丝绦。
不知细叶谁裁出，二月春风似剪刀。

自古至今，柳在平平仄仄的诗歌中，亭亭玉立，摆弄着婀娜的腰肢，轻轻扫过世人面颊，将春日带到世间。柳或许生来就是美人的化身，它温柔、轻盈、婆娑，风姿绰约，是历代文人吟咏的对象。文人墨客歌柳、咏柳、叹柳，并以此寄托自己的感情。东晋陶渊明更是爱柳至极，于茅屋门前种下五株柳树，笑称“五柳先生”。

人们喜爱杨柳，春来萌绿、枝柔叶媚，淡淡的似雾的鹅黄与春风一起送来丝丝暖意。自古以杨柳为题材的诗歌万千琳琅，贺知章这首《咏柳》却一枝独秀，成为千古传颂的佳作。

早春二月，柳芽初绽，轻罗笼烟，新柳的枝叶青润可人，莹莹如玉，整棵树仿佛用碧玉装成。它像是美人的化身，高高的树干，便是她亭亭玉立的风姿；温润青雅的枝叶就是她玉体的化身。古人多用碧玉比作美人，柳如碧更可人。

万千条柔软的树枝垂下，浓稠细密，依依娓娓，荡漾撩人，披在高挺的树身上，就如少女的裙，裹着挺拔的身姿。此时，于诗人眼中，柳即是人，人即是柳，诗句的字里行间，晃动着腰肢婀娜的倩影，绰约多姿，羞赧妩媚，惹人怜爱。

柳叶是单叶互生，叶片狭长，状如少女之黛眉，用“芙蓉如面柳如眉”来形容，最是恰当不过。恰如梁元帝萧绎的《树名诗》云：“柳叶生眉上，珠铛摇鬓

垂”。诗人兴许是因美人太美，不觉中已动了心，便情不自禁发问，是谁这么了不起，一夜之间竟做出了这繁多无数而又精巧细致的嫩叶呢？意外之意，亦有这般说不尽的妩媚美人，是谁给“修”出的呢？原来像是剪刀的二月春风偷偷地来把它剪裁。诗人用拟人的手法把新柳的形成说成是春风的功劳，形象并生动至极。

“二月春风似剪刀”无穷魅力，还在于它不但咏了柳，描述了柳的美，还尽情地歌颂了春风：春风是有形的，它的形在于绿柳依依荡漾间，在如少女蒙眬睡眼般的细叶间；春风是有情的，它“裁”又“剪”地辛勤劳作和为人做嫁衣的精神足见其情深义重；春风是巧慧的，它会悄悄裁剪出颜色、样式、大小、纹理一模一样的新叶，在第二天一早给人以惊喜。宋代梅尧臣《东城送运判马察院》诗云：“春风骋巧如剪刀，先裁杨柳后杏桃。”清代金农《柳》诗云：“千丝万缕生便好，剪刀谁说胜春风。”无不由此化出。清代黄周星《唐诗快》评云“尖巧语，却非有雕琢而得”，此句之绝当属实至名归。

柳二月初绽嫩芽，以美人独具的风流惹人爱怜；六月满城飘絮，纷纷扬扬，又赐给世间丝丝缕缕的朦胧美感。兴许它就是为美而生。

## 欲把西湖比西子，如梦如痴
### ——苏轼《饮湖上，初晴后雨》

**饮湖上，初晴后雨**

宋·苏轼

水光潋滟晴方好，山色空蒙雨亦奇。
欲把西湖比西子，淡妆浓抹总相宜。

西湖，念之名字，即感到心波荡漾。她是一首诗，一幅天然图画，更是一个

美丽动人的故事。杭州有传说流传，西湖是王母手中掉下来的一颗明珠。或许吧，如若不是，西湖怎会晶莹剔透如玛瑙。

走进西湖之时，湖面如镜，湖边亭台楼阁林立，水木杉如西子般水灵玉立。难怪济公会把它当酒，白娘子会将它当泪。不知是西湖美景，生发出诸多哀伤凄婉的传奇故事，还是那些断桥边的风花雪月，将西湖浸染得朦胧迷离，历尽沧桑依然妩媚如初。西湖就是以这般姿态，在杭州之地，熠熠生辉。

面对人间盛景，人人自会生发浪漫之情，诗人更是如此。当潇洒至极的苏东坡于杭州任通判，第一次见到西湖之时，便深深爱上了这里，像是遇见一个清淡但又不失妩媚的姑娘，然后眷恋于此，开始一场胜于爱情的唯美爱恋。

夜晚，西湖又进入他的梦境，恍恍惚惚却又明澈清醒。天亮之时，便起身，拿上一壶好酒，再次与西湖约会。出门之时，天气晴好，万里无云，微风轻轻荡来之时，湖面掀起细碎涟漪，阳光铺展，波光粼粼，煞是好看。不知酒太浓，还是景太美，东坡在西湖边上，醉了，醉得幸福，醉得心甘情愿。静静观看，静静游荡，不知不觉中，太阳已经西斜。渐渐地，阳光隐没，阴云赶着赏一赏美丽的西湖，雨滴轻轻洒洒掉落，粼粼波光的湖面，溅起颗颗酒窝。诗人与湖面所有人一样，不急着躲雨，任凭雨洒满全身。烟雨迷离之时，西湖又是另一番景象。

西湖是多变的，如美人一般，既有大家闺秀的端庄，又有小家碧玉的俏皮。一句“水光潋滟晴方好，山色空蒙雨亦奇”，既有晴时之景，又有雨天之韵，湖光山色，相辉相映，恰到好处。

人人尽知西湖美，然而，她的美究竟是怎样的，美在哪里，为何而美，恐怕没人说得清。西湖在清醒之人眼中，尽是一片涟涟之色，朦胧至极。而从清晨一直醉到傍晚之时的苏东坡，思绪浸染在西湖中不可自拔的苏东坡，随口便吐出“欲把西湖比西子，浓妆淡抹总相宜”千古名句。自此，东坡终于将西湖之美和盘托出，西湖终于属于自己，自己也属于西湖。

“西子”即西湖，她一颦一笑总有美感。无论是淡雅装饰，抑或是盛装打扮，西施之妩媚，总分毫不减。于苏轼来说，西湖即是西施，晴也好，雨也罢，浓妆也好，淡妆也罢，都无改其美，只会锦上添花。

末二句甚妙，武衍于《正月二日泛舟湖上》中说得极是：“除却淡妆浓抹句，更将何语比西湖？”

于西湖之上，总会有旧梦重温之感。断桥长桥缠绵悱恻，雷峰塔之下生生不

息的爱情，“暗香浮动月黄昏”的梅影，名妓苏小小的齐哀婉红尘，尽在西湖之中一一上演，如幻如梦。

## 清净的自然，绝美的灵魂

### ——沈德潜《晚晴》

**晚　晴**

**清·沈德潜**

云开逗夕阳，水落穿浅土。
时见叱牛翁，一犁带残雨。

在常人眼中，城市与乡村，似乎是两个极端。城市灯火辉煌，车水马龙，高楼平地拔起，人群熙熙攘攘。而乡村中，延绵起伏的远山，淡淡的暮霭，氤氲的夕阳，田垄间的耕农，仿佛一幅浓淡相宜、层次分明的水墨画。舞文弄墨的诗人，大多于朝中为官，笙歌宴饮，以为此种生活才是人间至境。然而，当尔虞我诈、互相倾轧频频出现之时，总免不了暂时逃离官场，于田垄间寻找新的生命。

沈德潜亦如此。偶一日，忙完朝中之事，便起了于乡村走走之愿，故而向乾隆皇帝说要于山间寻些素材，好做些更佳之诗。鉴于与圣上的亲密诗友关系，皇上当即批准。

走走停停，没有方向，亦无终点，仿佛世间全在脚下。走至一个叫不上名字的山村之时，天渐渐下起了小雨，稀稀落落，不大却没有要停的样子。沈德潜便将随身携带的一件衣服披在头上，小跑着来到一家茅舍前。几声叩门之后，一个老叟便开了门。说明缘由，老叟热情地招呼着进屋。他环视屋子，一方卧榻，一方灶台，一个小桌，两把板凳，这便是全部家当——简单朴素却不失整洁雅致。老叟打开炉灶，炊烟升起，袅袅依依。虽是粗茶淡饭，仍不失家的韵味。

渐渐地，乌云悄悄挪移，夕阳就这般于缝隙透射出来。屋檐前，滴滴答答，叮叮咚咚，声声清浅。水珠滴落到薄薄的土层中，现出星星小坑。沈德潜站在窗前，不由得看得出神了，竟然连老叟拿着锄具出门，都不知晓。

等诗人回过神来，屋中已不见人。雨依旧不依不饶地滴答着，他也便披了一件衣服，插好门闩，悠闲地走出门。小路曲曲折折，沿途的枝叶片片晶莹，青翠欲滴，赏心悦目。不知不觉中，他眼前已是一方方田垄。“时见叱牛翁，一犁带残雨”，老叟戴着一方斗笠，呵着一头老牛，在田间耕种。细细看去，犁铧上仍带着残留的雨滴，俨然是一幅细雨耕作图。此两句，正符合他倡导的“格调说”，诗歌内容“温柔敦厚”，格律与声调严谨对仗。

这样安详的田园生活，似乎都是人们最美的期盼。王维更是将自己的理想，托付给了宁静的乡间。他有诗《渭川田家》：

斜光照墟落，穷巷牛羊归。
野老念牧童，倚杖候荆扉。
雉雊麦苗秀，蚕眠桑叶稀。
田夫荷锄至，相见语依依。
即此羡闲逸，怅然吟式微。

在夕阳晚照时映红的村落里，在放牧归来的牛羊走进的小巷中，老人惦念着放牧的孩子，拄着拐杖，倚着门扉，等着他们回来。野鸡在鸣叫，吃饱了桑叶的蚕也开始渐渐休眠，荷锄归来的农夫们彼此寒暄，悠游地聊着家常。一切都被夕阳镀上了金色。也在这醉人的金色中，体会到一种闲适与安详。“夕阳返照桃花镀，柳絮飞来片片红”。在这美好的景致面前，诗人禁不住羡慕农村生活的悠闲与安逸，在这样的时空里，忽然想起《式微》。《式微》乃《论语》中的名篇，“式微，胡不归？”天已经黑了，怎么还不回家呢？

开荒、守园，看似简单，其实都透着不寻常。繁华落尽，能够守着恬淡生活固然是好事；但能将这“淡而无味”的生活守到云开雾散、甘之如饴的地步，却并不是件容易事。这需要清净的思想，绝尘的灵魂。

# 第十三章

# 徜徉在岁月里，悄悄地前行

## 浮生若梦，一切终将归于死寂
### ——《回车驾言迈》

**回车驾言迈**

回车驾言迈，悠悠涉长道。
四顾何茫茫，东风摇百草。
所遇无故物，焉得不速老？
盛衰各有时，立身苦不早。
人生非金石，岂能长寿考？
奄忽随物化，荣名以为宝。

朝花夕拾，捡到的尽是枯萎。日子犹如念珠般，一日接着一日滑过，串成周，串成月，而后便是一年，年年岁岁亦如此。愈想要把时光留住，无奈，它只是指间的一抹流沙，任凭风华再美，终究会在月亮升起的时刻，烟消云散。

古人似比今人更介意时光荏苒，故一再吟诗作歌，唯愿时光慢一点，再慢一点。

《回车驾言迈》便是一首慨叹时光易逝之诗。回车远行，长路漫漫，回望之时，但见旷野茫茫，一览无际，唯有阵阵东风，摇曳着百草。此情此景，诗人不禁驻足停留，思绪万千，想要握紧手中缰绳，让时间凝固于此。奈何奈何，时间的沙漏，依旧滴滴答答，分分秒秒从未停留。

诗以景起兴，人生喟叹由此抒发。以下之言，便由景入情，两句一层，层层入深。敏感之人，总有节序之感。诗人但见百草萋萋、百花初绽，不禁感慨，又是一年春来到。往昔的故物已是另一番模样，那么，又长一岁的自己，又怎么能够不匆匆变老呢？

草木日日改变，人亦是如此。人生固然如草木，然而这一生难道也如草木那般无痛无痒地度过吗？人生不过几十载，繁华衰落各有时，不失时机地立身显荣，方不辜负这匆匆而来、匆匆而去的生命。

然而，诗人又是迷茫的。一层立意，而后便是颠覆。“盛衰各有时，立身苦不早。人生非金石，岂能长寿考？”人生旅途短促，如若早早建立功名再好不过。然而即使及早立身，于社会中站稳脚跟，找到自我，亦不能如金石般永固，以此看来，立身之说，不也虚妄吗？

《论语》中有言，“子在川上曰：‘逝者如斯夫，不舍昼夜’。”时光易逝，确如滔滔江水只顾前行，从不回头。人生一切似乎都是虚妄的，然而，诗之末句，一语见地，将全诗欲要表达之感，全境推出：“奄忽随物化，荣名以为宝。”“荣名”即美名。人生易逝，需要珍惜声名。恰如《战国策·齐策》云：“且吾闻效小节者不能行大威，恶小耻者不能立荣名。”人逝之后，身躯化为尘土，如若能留下美好的名声为世人惦念，那么此生也便无憾了吧……

历来哲理诗往往晦涩，且毫无美感。而此诗，初读非但不觉枯索，反感到情韵丰盈。全诗由抑而扬，后又由扬而抑，再抑后又再扬，犹如一首跌宕起伏的旋律，悠扬动听。

无独有偶，几个世纪之后的杜甫，也写下一篇感叹时光的佳作——《赠卫八处士》：

人生不相见，动如参与商。
今夕复何夕？共此灯烛光。
少壮能几时？鬓发各已苍。
访旧半为鬼，惊呼热中肠。

人生别离不能常相见，经常像西方的参星和东方的商星一样此出彼没。今夜是什么样的夜晚啊，能和你共对烛光一诉衷肠，少壮年华能有多少时候？转眼间你我都已鬓发苍苍，打听旧日的友人多半已成鬼魂，禁不住惊叫心中充满无限悲伤。

时光，如此无情，从不会对任何一个人一件事客气，浮生若梦，一切恐怕终要归于死寂。世人只不过是一粒尘埃而已，唯能做的，便是为有生的年华，点缀些星星点点繁华。

## 只想一袭白衣，不惹半点尘埃
——吴均《山中杂诗》

**山中杂诗**

南朝·吴均

山际见来烟，竹中窥落日。
鸟向檐上飞，云从窗里出。

傍晚之时，开一扇窗，静静看风岚、落日、飞鸟，与世无争，物我两忘，此便是人间美事。

自古以来，文人自清高，见不得官场上的污浊之气，不为五斗米折腰，只愿在自己的世界中，看生命化成一朵自由流走的云彩，于世界的天空中，或走或停，悠然自乐。

吴均便是此种潇洒之人。其好学有俊才，文词清拔有古气，凭着一己之长，于做官之时，便私撰《齐春秋》，故而触犯了梁武帝。朝中不留人，自有留人处，看那千山万水，峰峦起伏处，尽是归宿。

吴均《山中杂诗》共有三首，此是其一。诗中以干净纯粹的笔触，渲染了一片山村之景，犹如绝妙的山水画。

山峰环绕，幽静深邃，阵阵烟岚从山脚缓缓而起，渐渐弥漫了整个山谷，清风吹来，犹如云雾缭绕的仙境一般。竹木郁郁葱葱，于其间隙中，可偶然窥见脉脉的斜晖。不经意间，或许听见一两声鸟鸣，急急划过天空，待到细细倾听之时，再也不见痕迹。忽然间，又猛然看见几只鸟儿向着屋檐飞来，像是房檐之上，有一个暖暖的鸟巢在召唤一般。至此诗人已沉醉，正要铺开宣纸记一记这山间幽静之景，谁知抬头冥思苦想，用何句表达之时，又透过窗子窥见一朵云悠然而过，此情此景，莫不羡煞了诗人。

短短四句，一句一景，山间的幽趣尽曲曲传出，令尘嚣之人，亦起了隐居于此的念头。山居之中，竟这般赏心悦目。沈德潜曾评论此诗云："四句写景，自成一格。"此评确为精准，然这并不是单纯写景，一"见"、一"窥"说明景之后分明有人。

大抵清高、甘愿清贫之人，内心深处尽有一处盛景供自我陶醉。正如王维于山涧中，瞥见一枝自顾开放的花，便写下了《辛夷坞》："木末芙蓉花，山中发红萼。涧户寂无人，纷纷开且落。"枝头的芙蓉花静静地开又悄悄地落，空寂的山涧没有人因它的盛放而赞美，亦没有人因它的凋零而哀伤。然而，那又如何呢？诗人的心中，自有春花绽放，凋零亦化作春泥，待到来年，再一次盛放给自己看。

选择怎样的道路，即会欣赏怎样的风景。山居，可以听到声声鸟鸣；处于尘世之间，可以看到人来人往，车水马龙。两种人生，自有其存在的价值，然而，若想求得心中安宁，若想出淤泥而不染，若想一袭白衣，不惹尘埃，隐居于自己的桃花源中，便是绝佳去处。

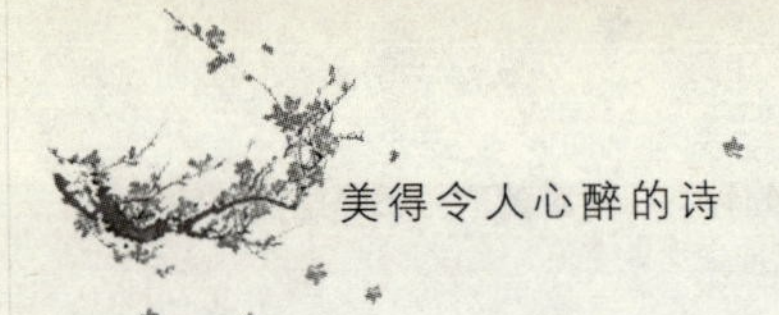



# 随意春芳歇，王孙自可留

## ——王维《山居秋暝》

**山居秋暝**

唐·王维

空山新雨后，天气晚来秋。
明月松间照，清泉石上流。
竹喧归浣女，莲动下渔舟。
随意春芳歇，王孙自可留。

诗心藏韵

王维，于繁华的唐朝中走一遭，仿佛就是为归隐山林。他手中的笔，写尽万水千山，角角落落，仿佛就是为向世人展现一幅幅画。他的诗中，有高大的终南山，有灿烂的骄阳，亦有脚下毛茸茸的苔藓，和苔藓一般的碧绿心情。假如心中涌起的是尘世的浮华和躁动，便不会看到如此精致的生活细节。每一个刚刚冒出新芽的小草，或者只是某一朵背光的鲜花，都能令人感受到它细微的震动。

寒来暑往，春夏秋冬，每一片落叶掉在头上之时，尽可以触动敏锐的情思，这便是人们最自然也最敏锐的生活状态。王维更是如此，他拥有“行到水穷处，坐看云起时”的淡然，欣赏“曲径通幽处，禅房花木深”的空静，生活犹如一杯淡淡的相茶，他的诗篇像茶水中慢慢绽放的茶叶，尽情地舒展，而后释放出一缕缕浓香。也如一次次雨后的空间，清新洗练，荡漾着温润和松软。

一阵淅淅沥沥小雨过后，林木愈显葱郁，青翠欲滴。山中最是好风景，因人迹罕至，故而天然至极。山雨初霁之时，山中一派空明洁净。深秋傍晚时分，此地尽是旖旎风光。“空山新雨后”，虽是空山，却空而不虚，静而不寂，山中自有欢歌笑语，渔舟唱晚；自有明月朗朗，清泉潺潺。

被雨水洗涤后的松林，空气清新，枝叶青翠欲滴；皎洁的月光投射进松林，地上一片洁白的月光，干净而透彻。山中的石头被雨水冲刷得一尘不染，晶莹圆润；山雨汇成的潺潺清泉流淌于错落有致的山石上，又顺着山涧蜿蜒而下，发出淙淙的清脆悦耳的欢唱，恰似宛转的夜曲。一“照”一“流”，一上一下，一静一动，静中有动，动中有静，仿佛是大自然的脉搏在跳动。诗人写“青松”“清泉”，这不正是他生生世世追寻的梦想吗？

诗人久久站立于山中，远远听到竹林中传来一阵欢歌笑语，嬉笑打闹，笑声打破了竹林的宁静，原来是一群农家少女正浣衣归来。几艘打鱼的小船满载而归，渔舟所到之处，莲叶随之而动，掀起阵阵浪花，划破了荷塘月色的宁静。于这轻松明月之下，于这翠竹青莲之中，乡村的平凡生活，在诗人眼中即成为了淳朴率真、安居乐业的理想生活，诗人心性高洁以及无欲无求的心态，便于此处一览无遗。

《楚辞·招隐士》中：“王孙兮归来，山中兮不可以久留。”此意为：招王孙出山入仕，示意山中不可久留，而王维在此处则表达了相反的含义。而此诗尾联借此表达了相反的含义。春芳凋谢乃是四季轮回，秋色自有秋色的美处，“王孙”可以留下不必离去。此句诗貌似在劝“王孙”，实则是道与诗人自己。“山中”比朝中好，洁净纯朴，可以远离官场污浊而洁身自好，出仕朝堂实则不如留在山中。

王维用淡淡的笔墨写下了这首诗，也描绘了这幅美丽的水墨山水画。此正应了苏轼对王维的称赞——“诗中有画，画中有诗”。王维的每一首诗即是优美的画卷，山色、湖光、宿鸟、鸣虫、晚照、轻风、朗月、晴空，所有自然的景物都在他的画作中拥有了自己的生命，栩栩如生。大自然似乎把所有的感情和景色都和盘托出，呈现在诗人的眼中。

在古人的世界里，一切都是那么清幽、雅致。每一场春雨过后的清晨，每一次驿站古道的启程，每一段重逢的喜悦与离别的酸楚，都深深地刻在古人的诗行中。他们慢慢地丰富着生活，也细细地咀嚼人生。

# 心明亮了，世界就明亮了

## ——杜甫《江畔独步寻花七绝句》

**江畔独步寻花七绝句**

唐·杜甫

黄四娘家花满蹊，千朵万朵压枝低。

留连戏蝶时时舞，自在娇莺恰恰啼。

《江畔独步寻花七绝句》乃是一组绝句组诗，共有七首，皆作于唐肃宗上元元年（760年）春天。一年之前，诗人还曾饱经离乱之苦来至成都，在朋友的资助下于成都西郭建起一座“浣花草堂”，虽居所简陋、生活清贫，但此地安静闲逸，且无战争纷扰。历经颠沛流离，他更加珍惜这份来之不易的安定，春暖花开之时，心情自然异常轻快，来至江畔散步、赏花，便写下著名诗篇。

本诗为组诗之六，亦最享誉盛名。

昨夜一阵春风，吹醒了沉睡中的花朵。清晨之时，漫步走于黄四娘家的小路上，仿佛置身于花的海洋。“黄四娘家花满蹊”，一“花”字紧扣主题，一个“满”字，既有枝繁叶茂的静态美，又表现出春意盎然的动态美，动静结合，描绘出了一幅生机勃勃、五光十色的春景图。

花朵争奇斗艳、旖旎可人，千朵万朵，将枝条压得低头下来，仿佛有铺天盖地的花团互相拥挤、互相推搡着汇聚到了诗人眼前，令人目不暇接。诗人妙笔生花，景色宛如历历在目。“千朵万朵压枝低”，念之此句，便生发一种唇齿相依、喁喁自语的咀嚼感，惟妙惟肖地传达出看花人为美景陶醉、惊喜连连之感。

更可喜的便是，花瓣上长满流连忘返的彩蝶，它们围绕着花枝翩翩起舞。凑近细细看之时，舞蝶亦会离开花枝，驻足于游人指间，惹得引蝶之人，发出阵阵笑语。微风旖旎着来到身边之时，空气中便散发出阵阵花香，甜而不腻，恰到好处。还有那声声啼叫的黄莺，于花蹊间跳来跳去，一副悠然自得的神态。

“留连戏蝶时时舞，自在娇莺恰恰啼”，此二句既妙在形象，又妙在声音，还妙在韵律，画面美与声音美交相辉映，再辅以节奏的明丽愉快，把蝶舞莺啼的春景写得灵动飞扬，韵致十足。

杜甫的大部分诗歌，都凝结着浓重的哀愁，故而后世常觉得他“苦大仇深”。倒是这首小诗，笔调轻快流畅，一洗往日的愁怨，春天的喜悦也在字里行间不断迸发。黄四娘家的小路上开满了缤纷的花朵，千朵万朵的花朵把树枝压得很低。彩蝶在花间飞舞流连忘返，自在的黄莺在娇嫩地啼叫。在这条乡村的小路上，繁花似锦，莺啼蝶舞，美不胜收的有景色，也有愉快的心情。胡兰成也曾这样描述自己儿时的农村生活，“春事烂漫到难收难管，依然简静。”只此一句，春天的意境便尽情地舒展，田园的乐趣也逐渐铺开。

在颠沛流离之时，杜甫也曾遇见过这般春日，然而笔下之诗却不如此诗明朗欢愉。故而，有时，不在于景色，在于内心。春天其实时时在心之一隅静静盛放。正如林清玄先生曾说：“重要的是你的心，你的心广大，书房就广大了；你的心明亮，世界就明亮了。你的心如窗，就看见了世界；你的心如镜，就观照了自我。”

## 一梦黄粱，人人事事终将成空
——刘禹锡《石头城》

**石头城**①

唐·刘禹锡

山围故国周遭在②，潮打空城寂寞回。
淮水东边旧时月，夜深还过女墙来③。

**【注释】**

①石头城：在今南京市西清凉山上，三国时东吴曾在此戍守，就石壁而筑城，故称“石头城”。

②故国：旧都。周遭：环绕。

③女墙：指石头城上的矮墙。

诗心藏韵

王朝的更迭，人世的变迁，多少情怀如云烟过眼。能够带走的是历史风卷残云后的硝烟，带不走的是月色、夕阳、流水，花草树木深埋地下的根。

有关秦淮河的记忆，是一些诗句的散乱碎片，仿佛是昨夜刚刚读罢的一部书简，然后再次捧起温读却仍然恍若隔世。刘禹锡打捞起秦淮河中一弯月亮，便吟咏起古今。《石头城》便是其中一首。

刘禹锡诗中的秦淮河繁华且寂寞，岁月如歌，悠悠秦淮，伤感是岸。远山还是那群远山，时光和潮水一起冲刷着古老的城池。

那一年，唐朝开始走向没落，朝堂上党羽之争越发严重，宦官当权已成风气，藩镇割据势力回温，种种迹象让太多有着忧国忧民之心的文人叹足了气，操碎了心。刘禹锡也位列其中，这位桀骜不驯被人戏称为“倔驴”的诗人此时也一筹莫展。

他在墙垛下低着头反反复复踱着步，周围寂寞无人，只能听见淮水拍打城墙的声音，皎洁的月光旁若无人地照耀着每一块石砖，无私地点亮着城墙里头。刘禹锡不禁心中郁结：这潮水这月光也曾光顾过六朝的大门，看过它们的繁盛和没落，如今又要看我大唐的衰亡了。念及此，诗人心头一痛，摇摇头离去。

脉脉秦淮，铮铮金陵，见证了六朝更迭；车水马龙，纸醉金迷，见证了千古帝王的笑容和眼泪，也见证了大唐历尽风雨的起伏命运。而此诗，和淮水明月一样，都是历史的冷眼，静静看着。

余秋雨先生读罢此诗说：“人称此诗得力于怀古，我说天下怀古诗文多矣，刘禹锡独善其胜，在于营造了一个空静之境。唯此空静之境，才使怀古的情怀上天入地，没有边界。”

无论古人还是今人，不可否认的是，多数中国人都是喜欢回忆的，骨子里的念想可以生发出一种情感：越是即将失去的，越发珍惜。

盛世的山山水水，却常常入不了诗人的眼，往往在易代换主之时，才有那么多的诗人从祖国的河山中看到自己的依恋。王尔德说得多好：“如果不是担心会失去，大概我们还会放弃更多的东西。”

放弃也好，伤怀也罢，淮水还是那汪淮水，一如既往地向远方流去，把故事和历史都抛在了脑后，徒留下诗人在岸边枉然。

每一个朝代，都有自己的欢歌与悲歌。盛极而衰是规律、常态，也是一面光照古今、引以为戒的明镜。所有的朝气蓬勃，安于枕乐，到最后都会如秦淮河那样，被历史的车轮滚滚地轧折。开元盛世的梦想，火树银花不夜天的灿烂，霓裳羽衣曲的华丽，还有那包容的文化，朝贡的宾国，浮华尘世如一枕黄粱，醒来之后，发现都城已经改变，朝代已经更迭，唯有山川江河，万古常新。

## 夕阳无限好，只是近黄昏
——李商隐《乐游原》

### 乐游原

唐·李商隐

向晚意不适，驱车登古原。
夕阳无限好，只是近黄昏。

那天晚上，他心情抑郁，于是驾车出门散心。走走停停，风吹乱了胡须。傍晚之时，车至古原，极目远望，看到厚厚重重的云雾盘踞空中，夕阳于云雾的空隙中，迸射出一条条殷红色霞光，宛如深沉大海中的游鱼，轻轻浅浅地翻滚着金色的鳞光。夕阳的光芒如一柄利剑，就这般劈开了他的胸膛，焐热了他内心最柔软的地方。故而，对人生的感悟忽然灵光乍现，写下了此千古名篇——《乐游原》。

自古文人骚客，敏感多思，春秋交序，登高望远，总易牵动脆弱的心弦。陈子昂登上幽州台，便发出“念天地之悠悠，独怆然而涕下”之感慨，刘禹锡看到

秦淮河脉脉流淌，即发出“淮水东边旧时月，夜深还过女墙来”之无奈。果不其然，李商隐驱车登古原，便将“夕阳无限好，只是近黄昏”这般千古名句献于世人。

乐游原位于长安西南，源于西汉汉宣帝为其故世皇后所造“乐游苑”，因谐音缘故，后渐渐被传为“乐游原”。乐游原于唐代长安城中地势最高，且是长安人游赏之佳地。诗人曾在此留下过诸多墨迹，李商隐这首便是其中翘楚。

全诗区区二十字，便将人生之不如意倾倒而出。上天给予他旁人无法拥有的才华，亦赏赐他爱而不得、得而失之的缺憾人生。或许美好的事物注定无法长久，仕途上困难重重，所处时代由盛而衰，情路上百般失意。李商隐在人生路上的苦楚，渐渐教会了他以平淡之心赏残缺之美。

驱车登古原，并非为寻求感慨，无痛呻吟，而是因傍晚之时，心有郁结。风徐徐吹来之时，看到夕阳美景，自然发出喟叹。夕阳放射出醉人的余晖，使看之人，情不自禁想要融化在这幅美景中。然而，有多美，即有多痛。黄昏将至，一切美景将转瞬即逝，被夜幕所笼罩吞噬。

诗人淡淡的哀愁，或许并非完全源于对美景的赞美与留恋，亦是在感叹时局与人生。清人纪昀曾评此诗曰：“百感茫茫，一时交集，谓之悲身世可，谓之忧时事亦可。”此评确为精当。时至晚唐，中兴无望，昔日繁盛之大唐不复存在，而诗人空有一腔抱负，终未来得及施展，便陷入朋党之争。此种境况，与黄昏将至之时的夕阳，有何二致呢？

将逝的不仅是美景，而是诗人对于韶华渐去的感叹，再多的浪漫亦挽不住人生的时光。大唐王朝又何尝不是一样，虽然繁盛一时，也终于未能幸免，走上了衰落的道路。叹息，便在这样的余晖中悄悄袭来，将世世代代的人击中，涌起无数的伤感。

“夕阳无限好，只是近黄昏”，人生如此，又奈何，唯有学会用平淡的心态看世事罢了。如若明白没有什么会天长地久，但若放弃执着，世间一切都是细水长流，才是人间至境。

# 落寞的夜，寂寥的心
## ——张继《枫桥夜泊》

**枫桥夜泊**

唐·张继

月落乌啼霜满天，江枫渔火对愁眠。
姑苏城外寒山寺，夜半钟声到客船。

向来以一首诗名垂青史之人并不多见，张若虚仅以一首《春江花月夜》便生动了整个春夜，亦明媚了整个人生；而鲜为人知的张继，也以一首《枫桥夜泊》伴随苏州城，伴随寒山寺流传千年。

吴越之地，向来以美著称，诗人至此难免要抒怀一番。在人间胜地中，那些淡淡的羁旅忧愁，便也带上了几许美丽。夜半诗人依旧无法安眠，故而干脆起身，走到枫桥之上，一人静静独享这份安然与寂静。彼时，残月、栖鸦、枫树、渔舟、寺院、客船、枫桥和江水浸透在夜中，仿如一幅层次分明、意境深远的山水画。诗人便在这画中，将愁思一点点渲染开来。躺在船上，他对着茫茫的夜色，久久难眠。彼时月亮已落，天色黯淡，鸦栖未稳，不时传来一两声啼叫，后又复归寂静，失眠的诗人由此受触动，不免产生“月明星稀，乌鹊南飞，绕树三匝，何枝可依”之感。

停泊在桥畔的客船隐约其中，江水在朦胧的月光下泛着银光，片片渔舟，点点渔火，仿若人间仙境。深秋已至，夜晚的江船上寒气袭人，诗人远眺天空和江面，尤感苍茫一片，仿佛是白露为霜，从天而降。月落惊乌，显夜之寂静；月夜乌啼，露声之惊心；秋月秋霜，即感之冷寂；朦胧江枫，感望之阴森；渔火摇曳，品人之寂寥。敏感的诗人，自然难免生发缕缕轻愁。

诗人在客船上辗转反侧，难以成眠，倏然间一声悠长的钟声穿破夜幕，从寒

山寺的方向杳杳传来。“姑苏城外寒山寺，夜半钟声到客船”，夜静谧得连风声都不曾闻，一声钟响更将一座寺的深永和清寥衬托得无以复加，此境界与“蝉噪林逾静，鸟鸣山更幽”极为相似。诗人卧听于客船，个中滋味，唯有自己能解。一个“到”字，赋予原本无形的“夜半钟声”以人情姿态，越发耐人寻味。

夜太美，亦太愁，既蒙着一层感伤的薄纱，又在色的浓淡和光的明暗间激荡着诗人的思绪。人之感情都带有或多或少的共通之处，孟浩然亦是在一个无法安然入睡的夜晚，写下了一首秋江暮色小诗——《宿建德江》：

移舟泊烟渚，日暮客愁新。
野旷天低树，江清月近人。

诗人把船停靠到岸边沙洲旁，残阳西落的黄昏又给他增添一份新的哀愁。黄昏时刻的江上烟雾笼罩，景色朦胧，诗人的心情亦如薄雾般缥缈晦涩。空旷的原野上远处的天空好像比眼前的大树还低；清澈的江水中，月亮的倒影仿佛与人更加亲近。苍茫无垠的宇宙中只有一个即将在江水上夜宿的孤独旅人，与天地为伍，和树影、月影做伴。一颗愁心驰骋在空旷寂寞的原野上，融入寂静的天宇中，更添一份新的愁绪。恰恰应了清人沈德潜所评价的：“下半写景，而客愁自见。”

漫漫长夜，悠悠江水，孑然一身，异乡为客，不同诗人固然有不同诗句，然而喟然与感慨难免相同。古诗中那种清清淡淡的深幽意境，像是一泊寒澈的湖水，岸上是愁，倒影亦是心酸。寒山寺的钟声依旧在夜半适时响起，纵然诗人已逝，却有一代又一代的落寞人倾听。

# 惜时的青春，折花的岁月

## ——杜秋娘《金缕衣》

### 金缕衣

唐·杜秋娘

劝君莫惜金缕衣，劝君惜取少年时。
花开堪折直须折，莫待无花空折枝。

女人的世界，是一扇一扇闭合的窗，是一层一层抽丝的茧。倘若有人悄然打开那扇扇窗，拨开那层层茧，他们会惊讶于窗外尽是莺歌燕舞姹紫嫣红，而茧里尽是明珠琥珀。“花开堪折直须折，莫待无花空折枝”。在一生最华美的年岁中，有多少女人可以像杜秋娘这般以纤纤玉手尽折花叶，以鸿鹄之志尽显风采，不甘落寞，不甘沉寂，沿途享受生命中最绝艳的风景，沿途寻找生命中最精彩的过客。

想起杜秋娘，便想到她那首流传至今的成名作《金缕衣》。

如果穿越时空，回到那个歌舞升平、纸醉金迷的场景，妩媚俏丽的杜秋娘为年过半百的镇静节度使李锜表演取乐。为从美艳绝伦、长袖善舞的歌伎中脱颖而出，杜秋娘暗自思量，自写自谱《金缕衣》，婉转唱出，惊艳四座。论诗才，杜秋娘的诗偶有心意，算不了奇和美，也并非美和艳。但论心机，却为高人。她的心机之高明，并不在于老谋深算或是未雨绸缪，而是善于洞察人心，提点人性。

“劝君莫惜”“劝君惜取”，是是非非，对对错错；“金缕衣”“少年时”，彼时此时，物欲与精神；“有花”“无花”，喜和忧，福和祸；“直须折”“ 空折枝”，果断勇敢，遗憾悔恨。此尽是显而易见之语，却因对比强烈，不仅令李锜恍然大悟，更点醒了这世上多数人：得到的未必值得珍惜，得不到的才最值得拥有。

我劝你莫要在乎那华丽的金缕衣，我劝你还是要好好珍惜青春年少的光阴。花开的时候，不要犹豫，直接折下来便可以。不要等到花谢之后，徒然折下一段空枝。后两句诗颇有“人生得意须尽欢，莫使金樽空对月”之意，不仅暗指人生要及时行乐，且上升到了生命的深度与光度。

从诗作的温柔的口吻，如水的规劝中，似乎确实可以读出女子的柔情。看花流泪，见月伤心，的确是女子才容易流露的感情。笑靥如花，如花美眷，女子和花之间，总有千丝万缕的联系。所以黛玉在葬花时不禁感叹，“试看春残花渐落，便是红颜老死时。一朝春尽红颜老，花落人亡两不知！”花开花落，最能触动女子细腻的情思。

而杜秋娘似乎也悟到了这自然的常态，但她并不消极。她鼓励并劝勉世人，不要贪图金缕衣的物质吸引，要将自己的热情和年华投入到积极进取之中。唯有把握时机，撷取人生最灿烂繁华的光阴，才算不辜负宝贵的生命。

相传，她丈夫李锜因为听了她演唱的这首诗，而将她收为侍妾，成就了一对“忘年恋”的典型。后来，李锜起兵反抗朝廷遭到镇压，作为罪臣的家属杜秋娘被送到后宫为奴。结果，又是因为她演唱了这首《金缕衣》，被唐宪宗赏识，封为秋妃。

不管后来岁月如何坎坷，总算没有辜负自己青春的绚烂，惜时的志向，折花的岁月。美丽如杜秋娘，在于她历经世事后生命之感仍存于世人心中，摇曳的岁月在杜秋娘的笔下显得易逝而珍贵，花落无情在杜秋娘眼中更是要执着于生命的理由。

女人如水，水能涤荡万千尘埃，亦有崩云裂石之状。柔而不弱，且能克刚，或许，这正是杜秋娘这般女子所具有的力量。

# 转瞬间，世事已沧海桑田
## ——韦应物《淮上喜会梁州故人》

**淮上喜会梁州故人**

唐·韦应物

江汉曾为客，相逢每醉还。
浮云一别后，流水十年间。
欢笑情如旧，萧疏鬓已斑。
何因不归去？淮上有秋山。

韶光溅落，时间倒退至相逢那年的光影交错；流年匆匆，岁月在沉默中隐去曾经的体态。转眼间，世事已沧海桑田。多少诗人在岁月的缠绕中白了头，相逢相知一笑而过，都只因流年如阳光下树叶的倒影，斑驳错落。

韦应物深知这一切，世间所有因时光而犯的错，都化作诗篇，缠绵入梦。

许是目睹过繁华才会明白凋零的意义。韦应物的一生就经历了这冰火两重的煎熬和考验，方知流年终可拨散亲情和聚首。

出身于显赫家族的韦应物，父亲与叔父都是远近驰名的丹青大家，所以15岁的他就得以近侍玄宗，看尽盛世繁华，享受人间最骄奢的生活。然而，一场安史之乱改变了多少诗人的命运，此后的韦应物流离失职，饱尝人间沧桑。战火和离乱让他倍加懂得亲情的珍贵和生命的意义。

在战乱年代，活着的时光都是被赋予的，每一天都是生命给的恩赐。流水的年头，冲淡了诗人心中的如诗如画的岁月，剩下的，只是对岁月无情的感叹。

诗人说：像九月的云和六月的雨，说不定哪天又在雾里相见，谁知这一别竟行云流水，阔别十年。再相见，手仍旧那般温热，语笑嫣然。忽然间发现，自己和故人都已龙钟老态，发疏鬓斑。没有久别重逢的欢喜，反而是岁月蹉跎让人空

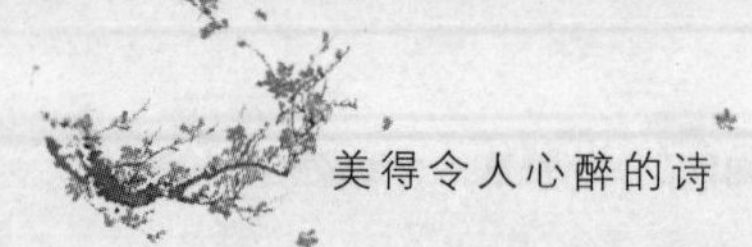


叹，诗人收放自若的情绪让人折服。

绘画艺术中有所谓“密不通风，疏可走马”之说，诗亦如此。这首诗的前两句不过是相逢的背景“流水十年间”以流水表岁月如流的时光飞逝之感，仿佛置身在这相逢的画面不忍切换。这两句，时间最长，空间最小，人事最繁。这两句所用的是流水对，自然之水是无情之水，而情谊之水却不可无情，纵使浮云承载的是悠悠离情，绵绵的流水仍是阻隔不断。

“欢笑”还未来得及，“萧疏”又硬生生将岁月的残忍拉回眼前：情如旧，鬓已斑。不归去的缘由是“淮上有秋山”。身在中唐的韦应物收敛了盛唐诗人的盲目乐观，“秋山”的存在打破了沉浸于岁月流逝的伤怀之中，使刚刚的失落之感稍有回旋。至于是沉溺于对往昔时光的追忆还是向往淮上的秋山，诗人给我们留下了选择的余地。

仿佛还是昨天，可是昨天已非常遥远。记忆中的那个人还是明眸皓齿、柳眉朱唇，奈何时光太匆忙，还未来得及促膝长谈，就已时过境迁。这不由得让人想起《惊梦》那一段：

原来姹紫嫣红开遍，似这般都付与断井颓垣。良辰美景奈何天，赏心乐事谁家院！朝飞暮卷，云霞翠轩；雨丝风片，烟波画船——锦屏人忒看的这韶光贱！

眉眼还是那双眉眼，只是眼神不再流转。略发浑浊的瞳眸，是岁月的杰作，雕刻于面容之上的，是时光的纹理。一日又复一日，更况岁岁年年，去日苦多，杜甫也一样叹道：“明日隔山月，世事两茫茫。”

是怎样的世事茫茫，让诗人和世事都这般，断了水，又隔了山。

# 一段青涩的岁月，一掬缄默的心事
## ——席慕蓉《邂逅》

### 邂　逅

席慕蓉

你把忧伤画在眼角
我将流浪抹在额头
你用思念添几缕白发
我让岁月雕刻我憔悴的手
然后在街角我们擦身而过
漠然地不再相识
啊
亲爱的朋友
请别错怪那韶光改人容颜
我们自己才是那个化妆师

**诗心藏韵**

席慕蓉，这个名字也如同她笔下的诗一般，温温婉婉，清清淡淡。她的诗行，是尘世中一道清冽的风景，一字一句，都轻柔得如同天上的一朵自由流走的云，悠悠地飘过乍晴还雨的天空。

或许，她的诗歌并不对仗，亦不讲平仄，但却简单干净，如同青春明媚的日子。这些诗句，因是一个富有诗意的女子对生活、爱情的体验和解读，故而，在清晨、在午后、在傍晚、在子夜，轻轻读上几行，便唤起对浪漫时光的眷恋，林林总总，点点滴滴都是回忆。

读她诗歌的人，总是弄不清是因为先读了她的诗行，后知道了爱情，还是先尝到了爱情，而后读懂了她的诗歌。原来，她的诗，并不是纯粹的诗，而是一段

青涩的岁月，一掬缄默的心事，一段辗转不眠的锦瑟华年。

时光流逝，逝去的犹如一枚悄然落下的树叶，恰似这首《邂逅》里描述的一般。

朝花夕拾，是世间最浪漫，亦是最伤感的事情。往日的记忆悄无声息地在一片落叶中荡着秋千，只待傍晚之时，人们信步低首轻轻将它们打捞起。这风中的记忆，似乎还残留着丝丝缕缕的幽香，手指触摸之时，沉沉浮浮的往事，便如春日的桃花一般，再次羞红了双颊。

于人生的旅途中，在最开始的开始，我们都不曾知晓，将会与谁有一场盛大的相遇，将会路过怎样的风景，走过怎样的小巷和街道。未来未可知，唯有静静等待，不期而遇，然后道上一句“好久不见”。

或许就是在下个路口，清风托起长发之时，浩渺宇宙，只剩下花瓣一片片落下，唯美至极。而后，两个人在落英缤纷的樱花树下，于彼此瞳仁中发现了爱意。于茫茫人海中，不早不晚，不慢不快地遇见邂逅灵魂相依的知己，而后，相识相知，彼此欣赏，共赏细水长流，同感受真情爱意的千种姿态、万种柔情，世间美事，莫过于此。

然而，生活有开始，亦有结束。爱情无法解释，誓言亦不可修改，两人当初炽烈的相遇，终究不可重新安排。转身的那一刻，纵然泪水爬上眼角，亦没有鼓起勇气挥手，对彼此说一声再见。

时光过得太匆忙，一晃已经过去许久。自从离散，思念一直缭绕心头，夜夜，回忆的容器里，已盛满了红豆与泪滴。多少次张望路口，痴痴以为对方已经回首。多少次吟咏发黄的情书，字字句句是美丽和哀愁。盼盼念念，叠上千万只千纸鹤，只愿有一天盛装走在繁华街头时，会和心底深处之人，再次相逢。

还是那条街，小贩的吆喝声还是烦乱而亲切。时间恰逢在两人眼神相遇的那一刻定格，却又在那一刻匆匆而逝。没有喜悦，亦没有欢愉，他们只是保留了陌生的权利，尽管心海澎湃，尽管黯然神伤。

真的是岁月的流逝让曾经相识相知的人变得漠然吗？诗人席慕蓉在诗的最后做了回答：“请别错怪那韶光改人容颜，我们自己才是那个化妆师”。

“人生若只如初见，何事秋风悲画扇。”原来，纳兰容若早已参破世间真理。原来，相见不如怀念。